Un canto al silencio

Un canto al silencio

Jennifer Rosner

Traducción de Puerto Barruetabeña

Rocaeditorial

Título original: *The Yellow Bird Sings*

© 2020, Jennifer Rosner

Publicada en acuerdo con Flatiron Books
junto con International Editors' Co. Barcelona.
Todos los derechos reservados.

Primera edición: mayo de 2021

© de la traducción: 2021, Puerto Barruetabeña
© de esta edición: 2021, Roca Editorial de Libros, S. L.
Av. Marquès de l'Argentera, 17, pral.
08003 Barcelona
actualidad@rocaeditorial.com
www.rocalibros.com

Impreso por LIBERDÚPLEX, S. L. U.

ISBN: 978-84-18417-27-6
Depósito legal: B. 6092-2021
Código IBIC: FA; FV

Todos los derechos reservados. Quedan rigurosamente prohibidas,
sin la autorización escrita de los titulares del copyright, bajo
las sanciones establecidas en las leyes, la reproducción total o parcial
de esta obra por cualquier medio o procedimiento, comprendidos
la reprografía y el tratamiento informático, y la distribución
de ejemplares de ella mediante alquiler o préstamos públicos.

RE17276

Para mis padres

PRIMERA PARTE

*L*a niñita tiene prohibido hacer ni el más mínimo ruido, así que el pájaro amarillo canta. Canta todo lo que la niñita compone en su cabeza: gorjeos agudos de flautín o bramidos graves de contrafagot. El pájaro reproduce con sus trinos todas las partes musicales, excepto la percusión, porque de eso se encargan los conejos del pajar, que amablemente golpean el suelo con sus patas de atrás haciendo las veces de bombos o cajas. Las melodías del violín y el chelo son las más elaboradas en su composición. Complejas, fluyen como un líquido, excepto cuando el miedo vuelve las notas toscas y discordantes.

La música contribuye a que se abran las flores. Cuando abundan las margaritas, el pájaro hace una guirnalda con ellas para que la niñita se la ponga en la cabeza, como la corona de una princesa (aunque nadie pueda verla). Ella tiene que esconderse de todos los del pueblo: de los soldados, de los niños de la granja y también de los vecinos. La mujer de párpados entornados y pesados zapatos acaba de llevarse a un niño arrastrando por la calle; después ha vuelto, altanera y con la espalda muy recta, abrazando un saco de azúcar como si fuera un bebé.

Cuando los gigantes pasan atronando, el pájaro se hace un ovillo y se oculta en la viga, muy quieto y silencioso. Lo de cuidar el jardín tendrá que esperar. La niñita, con su música atrapada dentro, se entierra bajo el heno. Se imagina a su madre contándole en susurros su cuento para dormir o cantándole en voz muy baja su nana favorita. Abraza con fuerza su mantita, la huele, buscando en vano el olor ya perdido de su hogar, e intenta dormir.

1

Polonia. Verano de 1941

Un calor persistente reina en el estrecho espacio del altillo del pajar, que no tiene más de tres pasos de ancho por cuatro de largo. Las tablas están sin desbastar y llenas de astillas y las vigas tienen una gran inclinación, lo que hace que Róża solo pueda ponerse de pie, totalmente erguida, en el centro. Sedosas telas de araña invaden los rincones y unos leves rayos de sol se cuelan por las grietas. Aparte de eso, todo está oscuro.

De rodillas, Róża forma con la mano un denso colchón de heno para que Shira se tumbe. La coloca junto a la pared, enfrente de la escalera, y la cubre con más heno. Después prepara un lugar para ella delante de su hija, en diagonal, para poder vigilar la puerta. Todavía tiene acelerado el corazón.

Hace menos de una hora Krystyna, la mujer de Henryk, entró corriendo para intentar arrinconar a un pollo y las descubrió agachadas tras el carro de heno. Róża contuvo como pudo un respingo de sorpresa y agarró con más fuerza a Shira. Los ojos de Krystyna se dirigieron a la pared, donde había colgadas varias herramientas (desplantadores, palas grandes y pequeñas y una horca), pero solo salió de allí despacio. Poco después entró Henryk. Su expresión era de profunda preocupación, pero llevaba dos patatas en cada mano.

—Nosotros tenemos cuatro hijos. Nos matarán a todos.

El suelo de tierra apisonada se estremeció bajo los pies de Róża. Daban recompensas por denunciar: un saco de azúcar por judío. Su mente empezó a pensar a toda velocidad en qué cosas de valor podía ofrecer: levadura y sal de la panadería. Monedas. Tres de los rubíes de su abuela, que llevaba cosidos en el dobladillo de la chaqueta. Su alianza, si era necesario.

¿La opinión que tenía sobre ellos estaría equivocada? Henryk frecuentaba la panadería antes de la guerra. Era simpático, incluso flirteaba un poco con Róża cuando ella estaba en el mostrador. A veces llevaba con él a su hijo Piotr y los dos se comían una galleta rellena de mermelada de un solo bocado, sonriendo e intentando después quitarse con la mano el azúcar glas que se les había pegado a los labios. Tenían cosas que agradecerle a su familia: su tío Jakob, que era médico, había tratado a Piotr cuando tuvo la rubeola. Róża pensó que ellos las ayudarían, al menos al principio.

—Te lo suplico. Solo una noche o dos.

—Pero ni una más.

Henryk sacó lo que tenía en el altillo y apiló un poco de heno. Shira subió corriendo la escalera y Róża la siguió muy de cerca.

Ahora están ahí tumbadas, quietas y en silencio. Róża se pregunta: «¿Adónde iremos después?». No pueden volver a Gracja. No después de lo que le pasó a Natan, al que mataron de un tiro tras una semana de trabajos forzados, y a sus padres, que sacaron a la fuerza de su apartamento y los obligaron a subir a camiones de ganado. Ni marcharse al bosque, como su primo Leyb, porque no tienen ninguna garantía de poder encontrar comida o refugio. En el invierno, con las temperaturas gélidas que se alcanzan en el bosque, Shira no lograría sobrevivir.

«¿Adónde, entonces?» Róża se devana los sesos, pero no

encuentra ninguna respuesta. El plan de contingencia para esa noche, si es necesario salir del pajar, es la bodega subterránea de Henryk, un sótano al lado de la granja.

Róża siente la dureza de las tablas del altillo del pajar en la espalda y en las nalgas y se le está clavando una brizna de heno en el cuello, pero no se mueve hasta que Shira se duerme; después cambia de postura, solo lo justo, con un movimiento lento y silencioso.

Por la tarde, Henryk deja un cubo de agua y dos trapos limpios en el pajar. Róża y Shira bajan sin hacer ruido por la escalera. Después de beber hasta saciarse, Róża mete los brazos en el agua y la frescura que siente hace que todo su cuerpo se relaje.

Lava primero a Shira, quitándole la mugre y la tierra de las mejillas y el cuello con pasadas lentas y suaves del trapo. Paciente, minuciosa, le limpia las manos (ahuecadas, como si envolvieran algo, una costumbre que adoptó a partir de la desaparición de su padre), metiendo el trapo entre los dedos de Shira, y después las muñecas y los brazos. Cuando termina envía a Shira al altillo y empieza a lavarse ella. Se desabrocha la blusa para llegar al pecho, la espalda y las axilas. El agua le gotea por los costados; Róża la recoge con el trapo y la va subiendo por su cuerpo, esforzándose por eliminar el olor. Sigue lavándose así hasta que detecta un leve movimiento fuera del pajar. «¿Henryk?» Se ha quedado por ahí tras dejarles el cubo, cree, y ahora la está mirando por una grieta de la pared del pajar. A Róża se le acelera la respiración. Se mira los pechos al aire, el vientre tenso, las caderas protuberantes. El instinto le dice que se vuelva, pero no lo hace. Esa noche las van a alimentar allí. Y les van a proporcionar refugio. Así que moja otra vez el trapo y continúa, sin dejar de sentir los ojos de Henryk fijos en ella, observándola.

ϒ

Horas después, Róża mira por un agujero en las tablas del altillo y ve a Krystyna en el interior de la granja, agitada, discutiendo con Henryk. Ella niega con la cabeza enérgicamente, lo que provoca que su bebé, Łukasz, se le escurra de la cadera. Róża se sienta encogida en el suelo del altillo.

Henryk entra en el pajar y empieza a sacar heno con una horca y a formar grandes montones que bloquean la vista desde los campos vecinos y la carretera.

La granja, blanca, con postigos de madera tallada pintados de un alegre azul, es más pequeña que el pajar y no impide del todo la vista desde la carretera, sobre todo desde la curva. La taberna debe de estar cerca, porque Róża oye el bullicio desde allí.

Por la noche Róża le enseña a Shira cómo improvisar un cepillo de dientes envolviéndose un dedo en una esquina limpia de un trapo y cómo aliviarse en un cubo lleno de paja que después Henryk mezclará con el heno sucio y el estiércol de los animales.

Henryk trae otro cubo con comida dentro. Repollo y nabos hervidos.

—Krystyna os envía esto. Solo por esta noche. Tiene mucho miedo.

Róża asiente, agradecida.

De nuevo cubierta por el heno, Róża se aprieta los ojos con las manos. Ve puntos amarillos y negros, que se desparraman como tinte derramado, y entre ellos aparecen fugaces imágenes de Natan y sus padres.

Al final abre los ojos y se encuentra a Shira contemplando, maravillada, dos conejos que saltan sobre una bala de heno y se escabullen. Si Shira echa de menos el ritual que tenían en su casa a la hora de irse a dormir (un baño relajante, leche caliente con nuez moscada y miel y carantoñas de sus abuelos), no lo demuestra. No para de tamborilear los dedos sobre la pierna, siguiendo el ritmo de una elaborada melodía que tiene en su cabeza y que solo oye ella.

Krystyna entra una hora después, muy seria, con una postura tensa y los labios apretados. Pero trae más agua y un poco de pan. Róża no tiene tiempo de darle las gracias, ni de frenar a Shira; la niña baja corriendo por la escalera del altillo y, con una reverencia muy dramática, le ofrece a Krystyna un pequeño rectángulo de briznas de heno que ha tejido. La expresión de Krystyna se suaviza. Sus ojos se llenan de ternura. Shira vuelve rápidamente al altillo y se lanza a los brazos de Róża.

2

Shira practica su capacidad de hacerse invisible. Encorva los hombros, mete el estómago y se mueve furtivamente como un gato. Su madre también practica la mejor forma de enterrarse bien en el heno y atraer a Shira con un gesto de la mano para que se acurruque en su regazo y se quede quieta. O se lleva un dedo a los labios para indicarle que se quede callada.

Las tablas del suelo son ásperas y el heno pincha y pica. Shira no entiende por qué no pueden irse a casa (ni por qué tuvieron que marcharse de allí), donde su madre y su padre, los dos juntos, la arropaban en su cama, como si estuviera en un nido suave y mullido, y donde el aire estaba lleno de música y del olor de lo que su abuela tenía en el horno.

Allí Shira podía ir correteando por el pasillo para unirse al resto de la familia, que contemplaba cómo sus padres abrían las fundas de sus instrumentos. Acurrucada en el regazo de su abuelo, inhalando el aroma a serrín y a barniz de su taller, daba botecitos y golpecitos con el pie siguiendo las subidas y bajadas de las notas del chelo de su madre y del violín de su *tata*.

Al principio, mientras afinaban y calentaban, todo sonaba desordenado y triste. Pero entonces empezaban las melodías y la música los arrastraba a todos, hasta que Shira se sentía como si no estuviera allí, sentada contra el cuerpo de su abuelo, sino en un lugar totalmente diferente, de una belleza pura y compartida. Melodías vibrantes y conmovedoras. Ritmos atronadores y apasionados. Y no importaba lo alto que llegaran a tocar; no había ni un solo vecino en el edificio que no disfrutara de su música. Shira podía hasta tararear, si quería. Pero allí, en el pajar, su madre es inflexible: tienen que estar calladas y escondidas. Así que se enrosca todo lo que puede sobre sí misma, como un muelle, y se contiene.

Shira se esfuerza por acallar el sonido de cada momento: de sus pasos, de su respiración. Anticipa el flujo de su orina y ha aprendido a retenerlo hasta que se queda en un goteo casi inaudible. Y sabe cómo cubrir y borrar cualquier rastro de su existencia (una serie de momentos que desaparecen) antes de retirarse bajo las pilas de heno.

Pero aunque Shira hace todo lo que puede por mantener el silencio, su cuerpo se lo pone difícil con un estornudo repentino, un movimiento de tragar saliva involuntario, o el fuerte crujido de la cadera después de mucho tiempo de inmovilidad. Un calambre en un músculo de la pantorrilla. Un picor que necesita rascarse. La presión de los intestinos. Hasta el movimiento más cuidadosamente planeado puede provocar que el heno haga un leve ruido y que una tabla del suelo cruja. Entonces Shira mira a su madre con cara de disculpa. Preocupada, su madre le devuelve la mirada.

Shira ensaya el plan para trasladarse, si es necesario, desde el pajar a la bodega subterránea (una *ziemianka* que tiene un nido de cigüeña encima y que está a un lado de la granja), donde debe esperar a su madre todo el tiempo que haga falta (aunque note mucho frío o humedad), agachada en el suelo, detrás de los barriles, sin moverse y con el cuello recto, no ladeado, o acabará doliéndole. También practica lo que su madre le ha dicho una y otra vez sobre su voz: que no puede ser más alta que un susurro, excepto en lo más profundo de la noche, cuando su madre diga que es seguro hablar *pianissimo* en lugar de *piano pianissimo*. Si su madre la despierta de repente, ella no debe hablar en voz alta. Tiene que controlar la respiración: nada de suspiros profundos. Y sobre todo, ni un estornudo.

Siempre que Shira hace el más mínimo movimiento, como cambiar de postura, las tablas del suelo crujen y el aire se vuelve espeso y húmedo, tanto que cuesta respirar. Pero entonces el pájaro amarillo sale del hueco entre sus manos y se cuela por el agujero de las tablas del altillo. Da unas cuantas vueltas alrededor, buscando cualquier peligro, y vuelve con sus plumas amarillas alborotadas por el viento. Shira mira en el fondo de sus ojos redondos y negros y ahí encuentra tranquilidad: «Nadie ha oído sus ruidos».

Se acomoda de nuevo en el heno e intenta una vez más quedarse quieta, hasta que unas notas, unos fragmentos de canción que pronto toman forma y se convierten en pasajes enteros, laten en su interior, muy bajito al principio, pero después crecen en intensidad y se hacen más fuertes. Una historia contada con instrumentos de cuerda y de viento: una noche glacial, un fuego parpadeante, sonidos como agua negra bajo el hielo resplandeciente, contrabajos, timbales y notas melancólicas de violín. Y por fin, un *crescendo*, la tierra helada agrietándose...

Su madre agita un brazo y arruga la frente. Shira se da cuenta de que está otra vez dando golpecitos con el pie.

3

*E*l tiempo se difumina y se expande en el pajar. Escondidas, el día no se diferencia de la noche y en la oscuridad imprecisa el paso de cada minuto parece una eternidad. Pero Róża continúa con la rutina para la hora de dormir que empezó con Shira tras escapar de Gracja cuando, en su huida, pasaron por las afueras de varios pueblos y cruzaron campos y prados de camino al pajar de Henryk.

Primero miran las fotografías de la tarjeta doblada: Natan en la universidad, una foto oscura y con mucho grano; los padres de Róża, con la mirada llena de ternura a pesar de sus posturas rígidas y formales; y Shira con un vestido hasta los tobillos. Róża podría haber cogido otras fotografías, unas mejores de Natan y del resto de la familia. Pero esas fueron las que estaban más a mano.

En susurros Shira le pide a Róża que le cuente cosas de cada una de las fotos.

—Este es tu papá el día que se sacó el título de Farmacología; estos son tu *bobe* y tu *zayde* en la boda de tía Syl y tío Jakob; y esta eres tú en el *bar mitzvah* de tu primo Gavriel.

Después Róża le cuenta el cuento de una niñita que cuida un jardín encantado con la ayuda de su bonito pájaro amarillo. La niñita tiene cinco años, la misma edad que Shira. El jardín debe estar siempre en silencio (solo es seguro el canto de los pájaros), pero hay una princesa que no puede parar de estornudar y unos gigantes que no deberían oírla. Se producen aventuras y amenazas, que se logran evitar gracias al rápido ingenio de la niñita. Y todas las veces el cuento termina con la niñita y su madre acurrucadas sobre un mullido montón de pétalos de margaritas, preparadas para pasar una buena noche de sueño reparador.

Después Róża le canta muy bajito una nana sobre unos pollos que esperan que su madre vuelva a casa con unas tazas de té para ellos. No hace el «cocorocó» con el que empieza la nana y reza para que Shira no lo pronuncie tampoco en voz alta. Después flexiona sus largos dedos sobre los deditos de Shira (un abrazo de manos, un buen apretón de buenas noches) y arropa a Shira con su mantita para que duerma.

Solo que esa noche, aturdida por el hambre, la inactividad y la luz morada que se va desvaneciendo, Róża se duerme en medio del cuento. Se despierta sobresaltada, con una lucidez renovada, cuando oye el ruido de alguien entrando en el pajar. Henryk. Sube por la escalera y entra en el altillo; trae consigo el olor del aire de la noche y el alcohol.

Róża supone que es más de medianoche. La granja está a oscuras: Krystyna y los niños deben estar durmiendo. Shira está sentada con las piernas cruzadas en medio del altillo, completamente despierta, fingiendo que juega con su pájaro mientras intenta descifrar lo que susurra Henryk, noticias de la guerra que acaba de oír en la taberna.

Henryk mira a Shira un segundo.

—¿Esta niña no duerme?

Róża le señala a Shira un sitio junto a la pared que está más alejada de la escalera.

—Necesito que te tumbes ahí. Sí, mirando a la pared, no te vuelvas... Toma tu mantita. Te prometo que acabaré el cuento que te estaba contando por la mañana, en cuanto nos despertemos.

Róża siente que Shira se rebela al oír la falsa alegría en su voz.

—Pero mamá...
—No me preguntes nada más ahora. Shhh...

Róża se queda en silencio e inmóvil mientras Henryk se baja torpemente los pantalones y entra en su interior. Seca y tensa, siente como si la desgarraran por dentro. Soporta el peso del cuerpo del hombre sobre el de ella. Sus embestidas se vuelven más rápidas y más profundas y los empujones más y más fuertes. Se le clavan las briznas de heno en la espalda, porque él la tiene aplastada sobre las tablas del suelo, y nota su sudor salado y su aliento en la nariz.

Los ruidos que hace él, ellos (golpes de una puerta de un porche en medio de una tormenta), podrían descubrirlo todo. Pero Róża no puede hacer nada más que esperar a que acabe. Henryk le palpa la blusa, encuentra su pezón y se lo pellizca y lo aprieta con fuerza. Róża fija los ojos en una grieta en la pared del altillo por la que se cuela un rayo de luz de luna. Henryk sigue empujando. Un gruñido final y el calor húmedo proveniente de él llenando su interior. Después deja caer todo su peso sobre ella, todavía con una mano metida entre su pelo.

Cuando Róża se atreve a mirar hacia donde está Shira, se da cuenta inmediatamente, por el irregular ritmo de la respiración de la niña, de que sigue despierta.

A primera hora de la mañana siguiente, recién empezado su segundo día en el pajar, Róża ya está despierta y pensando, desesperada, en que van a tener que dejar su escondite (¿adónde irán?), cuando entra Henryk. Ella se yergue y cruza los brazos sobre el pecho.

—Podéis quedaros un poco más —anuncia Henryk.

Róża se relaja y todo su cuerpo prácticamente se derrite sobre el heno.

—Gracias.

Horas después, ve que una vecina se acerca con un plato de galletas de azúcar e interrumpe a Henryk, que está regañando a sus hijos mayores, Piotr y Jurek. Les dijo que no se acercaran a la bomba del pozo, pero los dos estuvieron jugando con ella y la rompieron. Ahora les acaba de hacer una clara advertencia: no los quiere ver cerca del pajar.

—¿Ahora tienes caballo? —pregunta la vecina a Henryk, con los ojos entornados, mientras le tiende el plato de galletas.

—¿Cómo?

—¿Tienes un caballo en el pajar?

Las grandes pilas de heno siguen bloqueando la visión de la parte delantera del pajar desde los campos vecinos.

—Oh, lo dices por eso. No, es que he estado recolocando herramientas, nada más.

Cuando se acerca otro vecino, Krystyna (tras mirar solo un breve segundo hacia el altillo) sale con el pequeño Łukasz y se acerca al grupo para que lo admiren. ¿Por qué le habrá surgido tan de repente ese instinto de protección hacia Róża y Shira?, se pregunta Róża. ¿Y no existirá la posibilidad de que le surja el instinto de traicionarlas tan repentinamente como el otro?

Róża se aparta de la grieta en la pared antes de ver como todos se ponen a comer galletas.

El día va pasando: Krystyna trae una jarra de agua y dos trozos de pan; después Henryk se lleva el cubo donde hacen sus necesidades. A pesar de esas muestras de amabilidad, Róża está segura de que, en cualquier momento, uno de los dos les exigirá que se vayan y por eso no deja de devanarse los sesos, intentando pensar adónde pueden ir Shira y ella después. En el siguiente pueblo hay una casa que conoce, porque una vez fue a entregar una *şekacz* para la boda de un comerciante. La tarta (de cuarenta huevos) era alta como un árbol y muy difícil de transportar. La casa destacaba entre las demás porque también era muy alta. Intenta recordar: ¿estaba la casa cerca de la de los vecinos? ¿Alguna vez había oído comentar que la mujer del comerciante tenía hijos? Si los tenía, puede que allí no tuvieran tanta suerte...

Por la noche, Krystyna trae sopa. Ni ella ni Henryk mencionan que tengan que irse. Después de comer, Róża acuesta a Shira y le cuenta un nuevo episodio del cuento. La niñita descubre una familia de topos que entran y salen de un agujero cerca del jardín, empujándose unos a otros con la nariz. La niñita teme que los topos hagan un túnel bajo un parterre de flores encantadas, así que compone muy inteligentemente una «canción de mudanza» para que su pájaro se la cante. Al oír la alegre melodía, los topos se ponen sus sombreros, cogen sus bolsas de viaje y se van, sacudiendo las cabezas al ritmo de la música. El jardín está seguro.

—¿Qué llevan los topos en sus bolsas? —pregunta Shira.

—¡Sus gafas! —responde Róża.

Shira abre mucho los ojos, maravillada y encantada. Entonces Róża le canta bajito la nana, flexiona sus dedos sobre los de Shira y la arropa con su mantita (todo antes de que Henryk suba por la escalera).

No las echan del pajar al día siguiente, ni al siguiente. Róża hace pequeñas muescas en la viga del altillo con una piedra para llevar la cuenta de los días que pasan. Le gusta notar el peso de la piedra en la mano y ver cómo la blanda madera cede bajo su punta. Al ver las marcas que se van acumulando siente una sensación de triunfo provocada por la supervivencia, aunque siempre atenuada por el miedo.

4

Róża hace una nueva muesca en la viga, que marca el fin de otro día, mientras Shira no deja de hacer sus persistentes preguntas en susurros:

—¿Por qué tenemos que escondernos? ¿Por qué tenemos que estar siempre en silencio?

Róża mira fijamente a Shira, deseando tener alguna respuesta que sirviera para tranquilizarla.

—A algunos gigantes no les gustan las flores y, como creen que la música de nuestras voces ayuda a que crezcan, no podemos permitir que los gigantes oigan nuestras canciones.

—Pero ¿los pájaros sí pueden cantar?

—Sí, siempre y cuando nosotras sigamos en silencio.

Róża vuelve a mirar la viga mientras recuerda la visita de Henryk de la noche anterior. Entró en ella despacio, casi con delicadeza. No pudo evitar ser consciente de todas las cosas en las que era diferente de Natan: el propio peso de su cuerpo, su pecho con menos vello, ese olor que tenía un toque a tierra. Aunque ella se mantenía totalmente inmóvil (viendo las cosas como si pasaran en otro cuerpo, en otro lugar), en cierto momento apartó su mirada de la pared y la posó en la cara de él, en sus ojos de párpados caídos…

La punta afilada de la piedra, que Róża tiene fuertemente agarrada en el puño, se le clava en la carne. Contiene una exclamación y deja la piedra en un rincón. Se pone a calcular, intentando averiguar cuál de las marcas correspondería al *sabbat*, con el que no han cumplido.

¿Vivirá sola la mujer del comerciante en esa casa alta? Seguramente su marido habrá sido reclutado, a diferencia de Henryk, que ha sido declarado no apto por un problema en el nervio óptico, que hace que no pueda recuperar la claridad de la visión en medio del humo con la rapidez suficiente.

Tras contar las muescas, Róża ve que es su undécimo día allí, en el pajar.

5

Shira y su madre no hablan durante el día, el decimonoveno, mientras la luz del sol se cuela por las grietas de las tablas y cubre la piel de ambas de motas luminosas. Ni el regalo que trae Henryk, una patata asada extra, les arranca una palabra de agradecimiento. Solo le provoca una sonrisa tensa a su madre mientras mira como Shira la devora sin hacer ruido.

En el silencio, otros ruidos parecen pronunciados. Dentro del pajar, el rumor, el golpeteo de las patas y el ruido de mordisqueo de los conejos. Fuera, el canto matutino de los chochines y los camachuelos del Sinaí. El susurro de las hojas. Las pisadas y el crujido de las botas de Henryk. Y por la noche tarde, muy tarde, cuando Shira tiene que quedarse especialmente quieta, el chirrido agudo y el vaivén de la puerta del pajar. El sonido de la escalera al pisar las tablas del suelo. El inconfundible gemido de cada uno de los peldaños. Y después la voz queda de Henryk, allí arriba, en el altillo, con su madre.

Henryk trae consigo el olor del exterior. A veces también deja trocitos de hierba que lleva en sus botas. Murmura palabras que Shira no puede oír. Su madre le da a Shira la tarjeta con las fotografías para que la abrace, bajo la manta, mientras ella asiente y le contesta también en murmullos. Cuando Henryk está allí, Shira tiene que quedarse tumbada lejos de su madre, dándole la espalda, confundida por toda esa conmoción.

Algunas noches Shira oye soldados andando por la carretera. Si han estado bebiendo, cantan sobre besar a chicas bonitas; Shira disfruta secretamente de esas canciones. Si no han bebido, solo se oyen pasos enérgicos y conversaciones.

Cuando hay demasiado peligro incluso para susurrar, Shira y su madre se hacen gestos. Por ejemplo, un solo dedo cerca de la oreja significa «Oigo a alguien». Pero tienen otros más específicos para Henryk (mesarse una barba imaginaria), su mujer, Krystyna (atarse los lazos del delantal), y los tres hijos de los Wiśniewski (de mayor a menor, una mano a la altura de la cabeza de un niño en posición alta, media y baja). También tienen un gesto para un vecino (palmas mirándose y colocadas una cerca de otra); soldados (los puños cerrados sobre el pecho, como si sostuvieran un arma); o un extraño que no conocen (cejas arqueadas). Tocar diferentes partes del cuerpo indica hambre, sed, dolor o la vejiga llena. Una mano sujetando un grueso mechón de pelo significa. «¿Quieres que te haga una trenza?». Así están entretenidas un rato. Un roce de los dedos sobre los párpados cerrados: «Vete a descansar». Antes de quedarse dormida, Shira ve como los labios de su madre recitan oraciones en hebreo. Y eso, más que cualquier otra cosa, le sirve a Shira para calmarse porque, en su mente, ese recitar silencioso de su madre se convierte en música.

Nunca se quitan los zapatos, por si necesitaran salir corriendo. Los de Shira le aplastan los dedos pequeños del pie, pero no dice nada. Tampoco habla de las briznas de heno que se le clavan en los dedos, ni de que tiene hambre todo el tiempo. Su madre le da la porción más grande de todo lo que les dan. Si alguna vez Shira le ofrece más, ella nunca lo acepta; lo que hace es chupar briznas de heno. Las partes blandas y carnosas que tenía su cuerpo han desaparecido. Shira ve perfectamente que a su madre le sobresalen mucho las clavículas.

Shira lleva un vestido que Krystyna le ha llevado a escondidas, uno que se le ha quedado pequeño a su sobrina. Tiene un bonito estampado de cuadros y un ribete gris. No es suave, como los vestidos que tiene en el armario de su casa, cosidos por su abuela, que le quedan perfectos y que son casi tan bonitos como los que hay en los escaparates de Gracja. Su madre lleva un par de pantalones atados a la cintura y una blusa con el cuello ancho (ropa para viajar, dice). Juntas se tumban en silencio sobre el heno, inhalando los olores de las diferentes capas (dulce, fuerte, húmedo y putrefacto) y escuchando los sonidos de la noche. Un aullido y un silbido. El ladrido de un perro.

Shira se encontró con un perro cuando su madre y ella estaban cruzando los prados cercanos al pajar de Henryk. Su madre intentó espantarlo, porque tenía miedo de que ladrara. Pero Shira le acercó la mano. El perro ladeó la cabeza y la olió, moviendo la nariz. Tenía destellos dorados y amarillos en los ojos y las orejas echadas hacia atrás. El perro pareció entender, incluso compartir, el proyecto de invisibilidad con Shira, porque se apartó y se fue trotando, como si no pesara nada, y no se oyó ni el más mínimo ruido de sus patas mientras caminaba por la carretera. Shira se lo imaginó llevándole un mensaje sin palabras a su padre.

Shira mira por una rendija entre las tablas como Henryk juega con Łukasz afuera, tirándolo al aire una y otra vez. Łukasz chilla y estira la manita regordeta para agarrarle los labios fruncidos a Henryk y acariciarle los bigotes a contrapelo.

Algunas noches, cuando su madre ya dejaba de rodear el chelo con sus piernas y se ponía a recoger la cocina, el padre de Shira la subía a su regazo y le enseñaba a hacer escalas completas de notas pulsando las cuerdas del violín en diferentes lugares. Su voz, baja y cercana, le recordaba a Shira el sonido del agua: arroyos y ríos, el susurro de las mareas. Ella estiraba los dedos sobre las cuerdas con entusiasmo, lo más lejos que podía, y él hacía sonar esas notas con largos y gráciles movimientos del arco. A veces la dejaba intentar sujetar el violín sola, cogiendo el frágil mástil de madera entre el pulgar y el índice y colocando la barbilla en la barbada grande y alargada. Cuando Shira hacía temblar los dedos sobre las cuerdas, como había visto hacer a sus padres para conseguir un *vibrato*, su padre se reía y el sonido de esa risa era como una cascada rompiente. En su aliento, que notaba húmedo contra la mejilla, predominaba el olor a café.

¿De verdad recordaba Shira a su padre, con algunas canas, olor a almizcle y un abrazo cálido y suave, pero no como el de su madre, o se lo estaba inventando y era producto de una mezcla de sus visiones y sus sueños? Un violín especial contra una barbilla cubierta de barba, notas que ondulaban como un diapasón y que atraviesan el corazón de su madre. El baile se acabó de repente, el violín volvió a su funda y acabó enterrado cuando él no regresó. Al despertarse, se le ocurrió que si se tumbaba con el oído pegado al suelo podría oír las notas de su padre ascendiendo por la fértil tierra.

Si le pregunta por él, su madre se repliega sobre sí misma, como un cisne de papiroflexia. Así que Shira se muerde el labio y cierra los ojos para no seguir viendo la escena de afuera.

Shira y su madre inventan juegos para jugar en silencio. Adivinar cuantas golondrinas anidan en el pajar. Contar los nudos de la madera de las tablas. Cuando llega la hora de dormir, Shira se acurruca junto a su madre, con las manos ahuecadas, y ella empieza el cuento.

Esa noche ha entrado en el jardín una cierva con manchas blancas que busca darse un banquete de flores encantadas. La niñita y el pájaro temen (con razón) que algún gigante quiera cenarse a esa cierva, así que idean un plan: la niñita dirige al pájaro y este interpreta con sus trinos una pastoral de llamadas suplicantes de cervatillo. La cierva levanta la cabeza, alarmada (está segura de que su bebé la está llamando), y sale corriendo justo cuando los pasos atronadores del gigante empiezan a oírse a lo lejos.

Shira le suplica a su madre que continúe (le encanta imaginarse a la niñita y a su pájaro en el jardín con las margaritas blancas, los ciervos y las sinfonías, también los sonidos más oscuros que advierten del peligro), pero su madre se muestra tajante.

—Mañana, Shirke. Tenemos que esperar y ver qué nuevas emociones llegarán mañana.

Su madre le canta bajito su nana y Shira estira las manos para que los dedos de su madre envuelvan los suyos como una promesa. Después se arropa bien, abrazando su jirón de mantita cubierta de heno, y se va quedando dormida escuchando, como siempre, el sonido de unos pasos.

6

Mientras Shira duerme, Róża se queda tumbada sin moverse bajo montones de heno, aguzando el oído para percibir los ruidos del mundo que hay fuera del pajar. El repiqueteo lejano de cascos de caballos. Voces indistinguibles que llegan desde la taberna del final de la carretera.

La gente pasa cerca de allí día y noche; pero, por mucho que lo intenta Róża, no consigue que Shira se mantenga completamente quieta y en silencio. Es más difícil por la mañana, cuando Shira se acaba de despertar. Róża tiene que estar constantemente haciéndole señas. Se lleva un dedo a la boca: «Silencio». Una mano a la pierna: «No te muevas». Shira se muerde el labio en respuesta, pero cada vez que respira, que traga saliva, parece que resuena en ese espacio.

Las horas se alargan, infinitas, y no puede relajar la vigilancia ni un minuto, porque la imaginación de Shira vuela, viaja lejos, y su cuerpo responde, irrefrenable, al ritmo de una canción.

Durante el viaje hasta allí, cruzando las afueras más distantes de los pueblos, Róża podía permitirle a Shira tararear y dar golpecitos con el pie para seguir el ritmo. Sus melodías (asombrosamente complejas y con varios niveles, llenas de notas que se funden y chocan) le recordaban a Róża las sinfonías que escuchaba su padre.

—¿Qué música es esa? —le preguntó Róża a Shira.

—¿Qué?

—¿Qué estás tarareando?

—Oh. Lo que oigo en mi cabeza, nada más.

Róża desea con todas sus fuerzas que Shira pudiera continuar, porque reconoce su talento y sabe el consuelo que la música le proporciona... Pero ahora no puede ser.

—Es muy bonito, pero tienes que guardártelo dentro.

Róża desea que Shira se guarde dentro también sus constantes preguntas, que no deja de formular en susurros: «Mamá, ¿por qué estamos aquí? ¿Dónde está *tata*? ¿Podremos irnos a casa pronto?».

Henryk y Krystyna no las denunciarán (sus destinos están entrelazados ahora), pero algún vecino podría oírla. Y si alguien daba el aviso, los soldados vendrían a registrar.

La única vez que Henryk habló de una fecha para que ellas se marcharan fue un día susurrando en voz baja con Krystyna cerca del gallinero, donde no podían oírlos ni los vecinos ni los niños. La respuesta de Krystyna fue totalmente inesperada: «Pero ¿adónde van a ir, Henryk? La niña no puede ser mucho mayor que la pequeña Łucja, la hija de Maryla». En ese momento (su trigésimo segundo día en el pajar, según las muescas de la viga, y ya sin nada para poder intercambiar, todo había desaparecido), Róża vio la compasión de Krystyna como un golpe de suerte. Pero ahora Krystyna, que ha subido la escalera del altillo y le ha tendido una mano a Shira, le está dando razones para dudar.

Róża revisa el altillo y teme que la cama de Shira, apartada a un lado, revele lo que Henryk hace ahí por las noches. Pero Krystyna no parece darse ni cuenta.

—¿Por qué no la saca afuera un rato? Necesita aire fresco.

Róża agarra a Shira muy fuerte. «¿Qué? ¡No!»

—Gracias, pero es demasiado peligroso.

—Solo un paseíto. Vamos ahí al lado a ver a los pollos. No ha amanecido del todo aún.

Róża nota mucho calor, a pesar del aire fresco. La granja ocupa una franja de tierra larga y estrecha y el gallinero está cerca del pajar, con varios campos detrás. Pero, incluso con las pilas de heno que hay afuera, alguien podría ver el gallinero desde la curva de la carretera. No quiere enfadar a Krystyna, pero no puede dejar que Shira salga.

—No creo que sea buena idea.

—Mamá, ¡yo quiero ver los pollos!

—¡Calla!

Róża examina la cara de Krystyna.

—Henryk se ha llevado a los niños a ver a sus padres. Y los vecinos... Ludwika está en casa de su hermana y Borys está durmiendo la mona tras pasar la noche en la taberna.

—¿Y si pasa algún soldado? ¿U otros vecinos? —Por ejemplo, la que hace galletas de azúcar.

Krystyna mira hacia la carretera.

—Los montones de heno bloquean la vista. —Hace una pausa—. Si alguno de mis hijos tuviera que estar quieto y callado tanto tiempo, no sé cómo lo haría.

Una pequeña golondrina que vive en el pajar va revoloteando hasta el alero. Róża siente que Shira se revuelve entre sus brazos.

Empieza a sudar y la humedad se acumula bajo los brazos de Róża. Ha visto que Shira envidia a Jurek y a Piotr cuando entran y salen corriendo del gallinero, con el pelo mojado. ¿Y si Krystyna tiene razón y lo que Shira necesita es moverse un poco? Duda y Shira aprovecha para irse con Krystyna. Las dos bajan la escalera y salen por la puerta del pajar, en dirección al gallinero.

El corazón de Róża le martillea bajo las costillas mientras va pasando de una grieta a otra para mirar afuera, aunque solo logra ver fragmentos de su hija: la cabeza ladeada de Shira, su pierna izquierda, una mano que cuelga. Cuando entran en el gallinero y desaparecen del todo de la vista, Róża empieza a contar: uno, dos, tres, cuatro, cinco, seis...

Angustiada, coge la mantita de Shira y acaricia la costura con un dedo. Podría bordar ahí el nombre de Shira, con unos puntos diminutos, por si alguna vez se separaban. Podría pedirle a Krystyna que le prestara un poco de hilo y una aguja...

Deja la mantita. «Pero ¿dónde están?» Mira por la grieta más grande, desesperada por ver a su hija.

Reaparecen y, unos pocos pasos después, están de vuelta en el pajar. Toda la salida ha durado menos de cinco minutos. A pesar del alivio, Róża está furiosa. Le costaba respirar el tiempo que Shira ha estado lejos de ella.

—¡Habrá pollitos en primavera! —canturrea Shira con su vocecilla.

—¡Silencio!

—Sí, mamá —contesta en un susurro.

Krystyna se queda al lado de la puerta mientras Shira sube corriendo la escalera. Róża la envuelve con sus brazos e intenta calmar su respiración.

Unos días después, también antes de que amanezca, Krystyna vuelve. A Róża le cuesta ver en la penumbra a Krystyna llevando a Shira de la mano a ver los pollos y después un poco más lejos para acariciar la vaca. Aunque no la pierde de vista ni un momento, observando cada movimiento, Róża agradece tener unos momentos a solas.

Cuando están tras una de las pilas de heno que bloquea la vista del pajar, Krystyna saca una cestita con comida. Róża fuerza la vista, intentando distinguir: ¿huevos cocidos? ¿Rebanadas de pan? Quiere que Shira vuelva, pero ahora está comiendo.

A Róża le ruge el estómago y se le hace la boca agua. Cuando cree que Krystyna la ve observando, cambia de sitio y mira por una grieta diferente, más pequeña.

De repente Krystyna recoge la comida.

«¿Está pasando alguien por la carretera?»

Róża escucha, intentando percibir el ruido de botas, mientras Krystyna lleva a Shira al pajar otra vez. La niña sube la escalera y se lanza a los brazos de Róża, que nota del olor del pan en los labios de Shira.

Bajo el heno, Róża se tumba junto a Shira y le acaricia suavemente la tripa llena.

—Quería traerte comida para ti, mamá, pero *Pani* Wiśniewska la guardó muy rápido.

—No pasa nada, Shirke. Me alegro de que hayas podido comer cosas ricas.

—Me ha dicho que *Pan* Wiśniewski te traerá patatas más tarde.

Róża no dice nada.

—Pero ¡yo quería traerte un huevo! La próxima vez, te lo prometo.

—Vamos a dejar de hablar ya.

Róża traga con dificultad, aunque no tiene nada en la boca.

Más tarde Róża sube a Shira a su regazo y le separa el pelo en tres partes iguales. Con los mechones entre los dedos, empieza a trenzarlos, entrelazando por arriba y por debajo, cada cruce señalado por un leve tironcito, hasta que ya solo quedan algunos pelos sueltos. Con el pelo recogido, se ve muy claro el parecido que tiene Shira con su abuela, con esa cara aceitunada y con forma de corazón. La única diferencia son los ojos, que tienen la forma y el color de las almendras, como los de Natan.

—Hoy te he peinado de una forma especialmente elegante. Te voy a peinar igual el día que te lleve a ver la Filarmónica.

Shira se vuelve para mirarla, sin poder creérselo.

—Sí. Cuando podamos volver, tiraremos la casa por la ventana para comprar entradas y podrás escuchar una sinfonía.

Shira se toca la trenza que le cubre la nuca.

Róża recuerda conciertos a los que fue de niña con sus padres. Aun vestidos con sus mejores galas, se les veía poco elegantes en comparación con la mayoría de los asistentes, pero eso no importaba porque su padre había fabricado varios de los violines que se iban a tocar allí. Después, ya muy tarde, Róża podía sentarse con sus padres a la mesa de la cocina y tomar té y tarta Linzer.

Róża ata la trenza de Shira con una brizna de heno fresco, mientras el pajar se va tiñendo de un suave morado por el efecto de la luz del atardecer. Rodea a la niña con sus brazos y se sume en un sueño irregular y marcado por el hambre.

7

Shira sabe que su madre prefiere que se quede escondida, pero cada vez aumenta más la emoción que le produce el exterior (sentir el aire fresco en la cara y en el pelo, pasear entre los pollos mientras van por ahí pavoneándose y picoteando y después comer huevos cocidos), así que cuando ve que Krystyna se acerca al pajar, Shira se incorpora y se sienta, llena de esperanza. Tiene muchas ganas de salir, aunque solo sea a dar los pocos pasos que hay entre el pajar y el gallinero, con la mano firme de Krystyna apoyada en su espalda todo el tiempo.

Su *tata* lo entendería. En su último cumpleaños él le preparó una búsqueda del tesoro por toda la orilla del río. Si estuviera aquí, él también querría ir, seguro.

Cuando su madre duerme, Shira acaricia la suave cabecita amarilla de su pájaro y lo alimenta con diminutas gotitas de néctar que van cayendo de su dedo meñique, mientras se pregunta qué aventuras habrá en el cuento de esta noche. El corazón del pájaro late fuerte y rápido. Con cada nuevo sonido que llega desde el exterior (el retumbar de unas botas, unas voces que se elevan), él se acurruca un poco más en el nido que forman las manos de Shira.

—Ya, tranquilo… —susurra Shira.

Los dos saben que hay otros pájaros en el exterior del pajar, agazapados en agujeros en los árboles, ocultos por ramas o hechos un ovillo entre palitos y agujas de pino. ¿Estará el *tata* del pájaro ahí fuera, en alguna parte, buscándolo? Ni los pájaros salvajes se atreven a cantar. Sus trinos no llegarán hasta el amanecer, cuando los hombres estén en sus casas, en sus camas, demasiado torpes y somnolientos para ponerse las botas.

Por ahora el pájaro le hace compañía y ella a él. Lo necesita, sobre todo cuando los sueños agitan a su madre y ella no deja de moverse sobre las tablas y de decir nombres. Shira se pregunta: «¿Debería despertar a mamá? ¿O la dejo seguir durmiendo?». Entonces el pájaro va dando saltitos y picoteando y anima a Shira a poner una mano en la mejilla de su madre para poner fin a esos sueños que la perturban.

El pájaro de Shira se queda con ella cuando Krystyna la saca del pajar y cuando los ominosos pasos de soldados hacen que Shira y su madre se entierren completamente bajo el heno. Y también cuando Henryk sube la escalera con su andar pesado y se supone que tiene que estar más callada que nunca porque debería estar dormida.

Cuando Shira está contenta, como estaba cuando su madre le enseñó cómo hacer puntadas con la aguja y el hilo que Krystyna les trajo, el pájaro se posa en las vigas del altillo o sobre un montón de heno cercano. Pero cuando está triste, como cuando se pinchó el dedo y le salió sangre, que le manchó el ribete del vestido, él viene volando directo al nido que forman sus manos ahuecadas.

Él podría cantar si quisiera. Su trino es maravilloso: dieciocho notas tiene, nada menos. Pero permanece en silencio. Un sonido así podría llamar mucho la atención y ahora tienen que permanecer ocultos.

8

—Papá nos ha dicho que no entremos. Piotr...

—Pues no vengas conmigo.

Ese es el único aviso que Róża tiene de que los niños mayores están en la puerta del pajar. Rápidamente Shira y ella se entierran bajo el heno y Róża se pone a rezar mentalmente: «Por favor, que Shira se quede quieta; que no se mueva, ni suspire, ni dé golpecitos, ni estornude...».

La puerta se abre, arañando el suelo. Con los niños entra también la luz del sol, que forma un trapecio en el suelo.

—¡Nos vamos a meter en un lío! —dice Jurek.

—No sé por qué nos lo ha prohibido papá. Pero si aquí no hay nada...

—Deberíamos invitar a las niñas a venir aquí con nosotros.

—Pero ¿no estabas preocupado por si nos metíamos en un lío?

—Bueno, así al menos merecería la pena. Pero aquí huele mal.

—¿Y de dónde viene el olor?

—Creo que de ahí arriba. ¿Subimos a ver?

El corazón de Róża late tan fuerte que está segura de que los niños lo van a oír. Si suben al altillo, se acabó.

Piotr va hacia la puerta.

—Déjalo, Jurek. No hay nada interesante aquí dentro. Vámonos.

Cuando los niños salen afuera y ya no pueden oírlas, Róża exhala el aire retenido y busca la mano de Shira. Intenta idear un plan por si vuelven y quieren subir al altillo. Tal vez Henryk podría quitar la escalera...

Pero Piotr vuelve una hora después, esta vez acompañado de un niño diferente. Róża teme que el heno se haya movido y no estén totalmente cubiertas, pero no se atreve a moverse. Se le hace un nudo en la garganta y le cuesta respirar. Envuelve la mano de Shira con la suya, cubierta de sudor.

—¿Tu familia guarda cerdos aquí? —pregunta el niño.

—No sé qué han metido. Siento lo del olor, pero al menos aquí podemos estar solos.

—Hay heno ahí arriba —dice el otro niño, señalando al altillo.

—Pero ahí huele peor. Aquí estamos mejor.

Piotr lleva al niño a un rincón del granero. Pronto Róża oye el sonido de un cuerpo apretado contra la pared y una respiración acelerada. Nota calor en la boca del estómago. Se esfuerza por ver a través del heno mientras los niños se bajan los pantalones y se suben las camisas.

Róża no sabe si Shira tiene la cara mirando hacia el rincón o no. ¿Está viendo lo que pasa? ¿Y si hace algún ruido?

De repente se abre la puerta del pajar de par en par y vuelve a pillar desprevenida a Róża... y también a los niños. Se separan, pero no antes de que Krystyna tenga tiempo de verlo todo.

—Dariusz, es hora de que te vayas. Inmediatamente. —La voz de Krystyna suena aguda.

Los niños se ponen la ropa corriendo, tirando y abrochándose como pueden, y salen del pajar con las cabezas bajas y las caras muy rojas.

Con el corazón a mil, Róża mira la cara de Krystyna (levantada hacia el pajar, preguntándose qué han visto los niños y qué Róża) antes de que ella se gire y se vaya.

Oye que Krystyna sigue a Piotr hasta la granja, mientras Dariusz se aleja por la carretera. Shira le suelta la mano.

—¿Shira? —dice Róża en un susurro, intentando respirar con normalidad otra vez.

No hay respuesta.

—Esta vez te ha salido muy bien lo de quedarte quieta y callada.

—¿Por qué *Pani* Wiśniewska los ha reñido así?

—Estaba asustada.

—¿Por qué?

Róża piensa un momento, preguntándose otra vez qué habrá visto Shira.

—Porque quiere que Piotr esté a salvo.

—¿Y lo está?

—Sí, Shirke.

Pero nada más decir esas palabras, sus labios empiezan a rezar oraciones silenciosas por él.

Esa noche Krystyna y Henryk se ponen a hablar junto al corral. Róża logra oír la petición urgente de Krystyna.

—Quiero que se vayan ya.

—¿Ha ocurrido algo?

—No.

—¿Estás segura?

—No ha pasado nada. Solo quiero que se vayan.

—Krystyna, no lo entiendo…

—No es seguro. Tenemos que proteger a nuestra familia.

—Pero fuiste tú la que dijo que no tenían adónde ir.

Krystyna se tapa la cara con las manos y se vuelve para dirigirse hacia la casa.

—Tengo que ir a atender a Łukasz.

ϒ

Róża examina el altillo. Si hubiera conservado al menos un rubí o una bolsita de levadura, tendría algo que ofrecer a cambio del siguiente escondite. En el rincón ve la mantita de Shira, en medio de una colección de diminutos nidos hechos de heno, cada uno de ellos forrado con una pelusilla de pelo de conejo. Se palpa los bolsillos buscando las fotografías, el reloj y la brújula de Natan. Sus dedos rozan la boquilla para adornar tartas de su madre.

Cuando viene Henryk esa noche, Róża espera una vez más que le diga que se tienen que ir del pajar. Se prepara, llena de temor ante el viaje que tendrán por delante hasta el siguiente pueblo y ante la posibilidad de que la mujer del comerciante se niegue a acogerlas. Pero él no las echa. Lo que hace es lo habitual en sus visitas nocturnas.

Días después, una vecina se acerca a Krystyna cuando está tendiendo la ropa en la cuerda y le pregunta por Dariusz.

—¿Qué pasa con él? —pregunta Krystyna.

—Lo he visto por aquí. ¿Es amigo de alguno de tus hijos?

—Era compañero de clase de Piotr. —La voz de Krystyna suena rara.

—Pues lo han cogido —se lamenta la vecina.

—¿Cogido?

La vecina se acerca un poco a Krystyna, con un brillo en los ojos.

—Borys lo ha denunciado. Sospechaba que estaba contagiado de algo. Y ya sabes lo que hacen los alemanes con esas cosas...

Róża ve que Krystyna se queda pálida.

—¿Contagiado? —pregunta Krystyna con la voz inexpresiva.

—Sí. Es una suerte que ya esté lejos de nuestros hijos.

Róża cambia de postura y se oculta bajo el heno. Durante las siguientes horas no se atreve a mirar hacia la carretera, porque tiene miedo de ver una pila de galletas de azúcar en un plato, de oír chistes sobre *castrati*, de presenciar cómo se llevan a rastras a Piotr.

9

Otoño de 1941

Róża se despierta con el cuerpo frío y rígido. Desde que ha cambiado el tiempo, duerme entre Shira y la pared, de forma que puede protegerla de la corriente que se cuela por las grietas cuando cae la helada a primera hora de la mañana. Pero ahora Shira la tiene atrapada entre su cuerpo y las tablas; un leve movimiento para estirar una pierna hace que se le agarroten los músculos de la pantorrilla. Ni siquiera puede sacar un brazo para rascarse la cabeza (infestada de piojos, a pesar de que está constantemente haciéndose trenzas) sin despertar a Shira, lo que provocaría que empezara, aún más temprano de lo habitual, el reto de mantenerla en silencio un día más. «¿Cuándo va a terminar esto?» Los concursos de contar mentalmente y los juegos de quedarse como estatuas solo la entretienen un rato y Shira al poco está dando golpecitos con el pie al ritmo de su música, que ya parece que se ha convertido en sinfonías completas que no puede mantener contenidas más tiempo.

Pegada a las tablas, con el heno ya aplastado, a Róża le duele la parte de atrás de la cabeza. Cuando ya no puede soportar más la postura, mueve la cadera muy poquito a poco y nota el reloj de Natan, que ya no funciona, clavándosele en el muslo. Shira no se despierta. Agradecida, Róża vuelve a dormirse.

Krystyna viene esa mañana, pero no para sacar a Shira, sino para traerles algo con lo que distraerse. Debe de haberle leído la mente, porque en un cubo ha ocultado una aguja de croché, hilo, lápices, papel, un atlas y la novela infantil polaca *A través del desierto y de la selva*, escondida bajo las tapas de otro libro: *Emil und die Detektive*.

—Se supone que ahora solo podemos leer libros en alemán —explica Krystyna, señalando la tapa—. Pero a mis hijos les gustó mucho este.

Róża quiere darle las gracias a Krystyna por no echarlas (hoy cumplen cincuenta y seis días en el pajar) y decirle que ella nunca dirá ni una palabra sobre lo de Piotr, pero duda; teme ofenderla o que eso suene a chantaje por su parte para poder seguir en el altillo. Krystyna ya se ve obligada a aguantar los gruñidos de Henryk porque los niños deben hacer las tareas más rápido desde que ella decidió que Piotr tiene que ir a misa todas las mañanas.

—Estamos muy agradecidas por tu amabilidad. Gracias —es lo que dice Róża.

Lo más cercano a un libro que han tenido hasta entonces es la tarjeta con las fotos. Ahora Róża le lee a Shira en susurros las primeras páginas de *A través del desierto y de la selva* y se detiene en cierto momento para abrir el atlas y enseñarle Puerto Said, en el extremo norte del Canal de Suez, el lugar donde se desarrolla esa historia de intriga y aventuras. Shira suelta una exclamación de placer al oír que se describe a los flamencos como «flores rojas y moradas suspendidas en el cielo», e inmediatamente se tapa la boca con la mano.

—Perdón —se disculpa—. Sigue leyendo, por favor.

—Shira, ahora que tenemos papel —susurra Róża—, quiero enseñarte las letras. Así puedes aprender a escribir tu nombre.

Róża escribe las letras del alfabeto en una hoja de papel y rodea las letras del nombre de Shira, pero la niña insiste en darle la vuelta al papel, para que esté en blanco, y en ponerlo en horizontal.

—Quiero un papel de música.

—¿Un qué?

—Un papel de música, con las rayas de lado a lado, como el tuyo y el de *tata*...

Shira se queda callada. Fuera, el cielo se ve blanco. No hay pájaros en las ramas ahora.

—Vamos a aprender las letras primero.

Róża sabe lo que va a pasar: un papel de música las llevará a hacer música o, como mínimo, a dar más golpecitos con el pie. Pero si Shira acaba enfurruñándose (que es lo que parece que está a punto de pasar), eso puede desembocar en una pataleta, que resultará incluso más difícil de contener.

—Te voy a proponer algo: ¿qué te parece si te cuento la historia de la vida de algunos músicos famosos?

—Me parece bien.

—Ven a sentarte en mi regazo para que pueda contártela muy bajito. Esta es la historia de un violinista, uno con mucho talento que se llamaba Joachim. Él estaba dedicado a la música en cuerpo y alma, hasta tal punto que creía que ni sus amigos músicos ni él deberían casarse nunca.

—¿Por qué?

—Porque pensaba que eso solo servía para distraerlos. Quería que todos le fueran fieles únicamente a su vocación como músicos. Incluso tenía un lema personal: «*Frei aber einsam*». Libre aunque solitario.

—¿Quería que fueran todos solitarios?

—No es que quisiera eso. Es que creía que la música era la mejor compañía que podían tener.

—A Dora le regalaron un perro por su cumpleaños.

—Ah.

Róża presenció, desde la ventana de un vecino, la redada que acabó con la captura de su amiga Dora y su familia... justo el día antes de que Natan no volviera a casa. Ahora mira fijamente a Shira y se obliga a sonreír un poco.

—Pues como regalo para Joachim, sus amigos compusieron una sonata basada en las notas musicales F(fa), A(la) y E(mi), las iniciales de «*Frei aber einsam*». Dietrich escribió el primer movimiento, Schumann el segundo y Brahms el tercero. Un *scherzo*.

—Ojalá pudiera oírla.

Ella no menciona que Shira ya ha oído el *Scherzo* de Brahms. Natan lo ensayaba de forma repetitiva y meticulosa.

—Si me prometes que vas a estar muy callada, te puedo tararear los primeros compases. Está en modo menor, que es muy difícil, y empieza de una forma muy dramática.

Aunque tiene los ojos cerrados, Róża siente que los de Shira no se apartan de su cara mientras tararea el principio de la melodía del violín. Róża se pregunta si Shira compondrá música así de excepcional en su cabeza.

—Mamá, ¿me la escribes en el papel? Prometo que la tendré guardada en el bolsillo y no haré el menor ruido.

10

Shira aprieta fuerte los labios para que no se le escapen las notas. Una y otra vez tararea el trozo del *Scherzo* de Brahms que le ha interpretado su madre: el principio es como si unas ramas golpearan una ventana, pero después llega una melodía feliz y conmovedora. Tiene la mirada fija en una grieta de la pared del altillo. La luz naranja pálido se cuela en medio del gris; es ese momento que precede al amanecer.

La primera conmoción de la mañana la provocan los pájaros: los *kiuk* de los pájaros carpinteros, los *krek* de los charranes. Al alba Henryk sale hacia los campos. Los niños mayores hacen sus tareas y después Piotr se va a la iglesia. Krystyna anda de acá para allá, con Łukasz apoyado en la cadera, destendiendo camisas tiesas. Łukasz chilla cuando lo deja en el suelo, así que vuelve a cogerlo y entra en la granja. Shira se lo imagina entre los pliegues de la falda de Krystyna, masticando una corteza dura con sus flamantes dientecitos nuevos.

Los habituales vecinos del pueblo pasan por allí de camino a sus recados: la mujer del pelo blanco con el vestido de estar por casa floreado que asoma entre el abrigo largo y las botas, las dos chicas rubias y delgadas que llegan tarde al trabajo, como siempre.

Durante un largo rato Shira se entretiene escondiendo sus «tesoros»: trozos de porcelana azul y blanca que ha desenterrado, con la ayuda de un palo, en un rincón del pajar con el suelo de tierra. Hace girar en la mano una y otra vez cada fragmento mientras piensa en dónde guardarlo para que nadie lo encuentre. Cuela uno en un hueco y en la unión entre una cruceta y una viga; otro lo coloca dentro del nudo de la madera del suelo. Dos trozos alargados, que casi encajan, los esconde junto a la pared del fondo, lo más lejos posible de la escalera, bajo mucho heno.

Se oyen gritos de niños que juegan en un jardín cercano. Pronto llegará la hora en que Krystyna trae el cubo con la comida. Shira espera que haya pan para poder mojar en la sopa de hierbas silvestres y una manzana para cada una. Ayer se comió su manzana tan despacio que le duró toda la tarde; en cada mordisco el jugo le inundaba la boca y le impregnaba los labios, mientras el olor del otoño se le quedaba pegado en los dedos.

Detiene su juego solitario para volver a mirar por la grieta de la pared del altillo. En las tres ramas más cercanas se agitan los plateados enveses de las hojas. Las hierbas altas y pardas se mueven al compás de la brisa. Shira se esfuerza por intentar oír cómo fluye la savia bajo la corteza azul de los arces. Y espera, en vano, que Krystyna venga a sacarla un rato del pajar.

Al final Shira vuelve a acomodarse sobre el heno, acercándose hasta notar la presión del hueso de la cadera de su madre e inhalando su olor acre. Se pregunta cuándo traerá Henryk otro cubo con agua para que puedan lavarse. Le gusta el contacto del agua templada y cómo su madre la frota con el trapo entre los dedos de las manos y de los pies y le hace cosquillas. Una vez Shira consiguió comerse un huevo fuera del pajar y que su madre la lavara, ¡ambas cosas en el mismo día! Intenta recordar: «¿Cuántos días hace de eso?», pero su madre interrumpe sus pensamientos.

—Shirke, es la hora de tus clases. —Su madre estira la hoja con el alfabeto y la aparta a un lado. Después empieza a dibujar columnas en una hoja nueva—. Hoy vamos a aprender los números. Quiero enseñarte a contar hasta cincuenta, porque ya tienes cinco años y cincuenta es diez veces cinco.

—¿Voy a ir alguna vez al colegio?

—Por ahora tenemos que quedarnos aquí.

—Pero los otros niños...

Su madre mantiene la voz baja.

—Si no haces ruido, podemos jugar a un juego de letras.

Shira quiere protestar (quiere salir fuera, ir al colegio), pero los ojos de su madre, que cierra con fuerza, como persianas, hacen que guarde silencio.

Después su madre le lee un nuevo pasaje de *A través del desierto y la selva* en voz muy baja y con la boca pegada a la oreja de Shira, señalando las palabras según va leyendo y animando a Shira a pronunciar las más cortas. A Shira le gusta formar cada sonido con la boca. Está deseando aprender a leer, aunque, con ese libro en polaco, le parece un poco como si estuviera fingiendo. Los libros que hay en el estante junto a su cama en su casa están en yidis.

Tras unas cuantas páginas su madre deja el libro abierto a un lado. Unas ojeras aparecen alrededor de sus ojos, oscuras y azuladas como el cielo a medianoche, y se le ven arrugas profundas junto a la boca. Shira nota por la respiración de su madre que está preocupada. Se separa de ella.

Los pájaros de fuera empiezan con sus cantos del atardecer y Shira espera a que los ojos se le acostumbren a la luz para verlos por la grieta de la pared del pajar. Los ojos de esos animales, que parecen cuentas de vidrio, como los de los peluches, no paran de mirar en todas direcciones. A varios les faltan dedos en una pata, la izquierda. Eso hace que vayan dando saltitos un poco ladeados y se inclinen hacia un lado cuando están posados.

ϒ

Unos días después, Shira oye soldados en el exterior del granero. Nunca han estado tan cerca; los ha oído junto a la taberna y por la carretera, cantando, a pie y a caballo, pero ahora están justo bajo el árbol que hay cerca de una de las paredes laterales del pajar. ¿Van a entrar? La madre de Shira cubre el cubo que hace las veces de baño y tapa a Shira con una gruesa capa de heno antes de tumbarse para esconderse.

A Shira le cae una gota de sudor desde la raíz del pelo que hace que se estremezca. El plan sobre el lugar al que deben huir ha cambiado; ya no tienen que ir a la bodega. ¿Adónde entonces? No prestó atención cuando su madre se lo dijo, porque tenía una canción en la cabeza. Se lo iba a volver a preguntar más tarde, pero…

—Hasta los pájaros de aquí están deformes —comenta un soldado mientras rodea el árbol a grandes zancadas.

A Shira se le hace un nudo en el estómago por la preocupación. Si no les gustan los pájaros de fuera, ¿tampoco les gustará el suyo?

—Tiene que ser un problema genético, a no ser que alguna enfermedad afectara a toda la bandada. —Es un soldado diferente el que ha hablado, uno con una voz más suave.

—Vamos a dispararles.

—No, no quiero…

Shira desea saber la oración que su madre reza constantemente en silencio.

—No tienen importancia. Pero míralos.

—No debemos malgastar las balas.

—Tenemos más que de sobra.

Cuando a Shira le llega el ruido de amartillar un arma, se hunde más en el heno y nota que tiene los ojos llenos de lágrimas. Se oyen disparos. Alas que se agitan como locas con el cielo de fondo. Shira empieza a tararear, una melodía para ahogar la tragedia. Cuando su madre la silencia con un siseo casi inaudible, ella manda callar también a su pájaro, que retrocede y picotea, enfadado, porque no le gusta que lo silencien.

11

Cuando Róża oye que los soldados se ponen a practicar tiro al blanco con los pájaros piensa en Natan. «¿Dónde le dispararon? ¿En la espalda, cuando estaba de rodillas?»

Durante cuatro días seguidos los soldados reunieron a todos los judíos jóvenes y sanos de Gracja para llevarlos a hacer trabajos forzados. Los hombres volvían por la noche, sucios y agotados, pero Natan estaba seguro de que ser útiles y trabajar duro era lo que los estaba salvando. A todos.

El quinto día solo volvieron la mitad de los hombres. Oskar, su vecino, temblaba tanto que apenas podía hablar, a pesar de las desesperadas súplicas de Róża para que le diera alguna información.

—Tienes que decírmelo, Oskar. ¿Dónde está? ¿Está bien?

—Nos han hecho cavar trincheras.

—Pero ¿dónde está Natan? ¿Todavía está allí? ¿Han dejado a algunos hombres alojados más cerca? Es fuerte. ¿Es que se les ha ocurrido empezar más temprano mañana?

—Róża...

—Lo sé, no es tan fuerte, pero es trabajador, obstinado, ¿no?

—Róża tienes que escucharme.

—¿Por qué no me ha dicho que le hiciera una bolsa de viaje? Le podría haber preparado ropa limpia.

—Nos han obligado a cavar trincheras.

—Me lo dijo, y que cavar trincheras tan profundas es un trabajo muy duro.

—Nos pusieron a todos en fila delante de ellas.

—¿Y para qué necesitarán trincheras tan profundas? Quién sabe, pero...

—Róża, fusilaron a más de la mitad. Después de que nos pasáramos todo el día cavando. No sé por qué sigo aquí. No está bien que yo esté aquí cuando Natan... —Oskar se tapó la cara con las manos.

Róża retrocedió, desconcertada.

Con las piernas temblándole, a punto de ceder, Róża salió corriendo en dirección a la casa donde vivían los tres, con los padres de ella. Su padre se llevó a Shira y su madre la abrazó mientras ella chillaba y lloraba. Después la acostó en la cama. Róża se quedó mirando las paredes empapeladas con colores pálidos, la colcha con girasoles amarillos, los elefantes de madera tallada, los troncos entrelazados sobre el escritorio, muy fijamente, parpadeando despacio. Esa habitación, la que había compartido con Natan, le parecía irreconocible. El mundo había dejado de tener sentido.

Dos días después los soldados entraron a la fuerza en el edificio y se llevaron a sus padres. En la oscuridad difusa del armario donde estaban escondidas, Róża abrazaba con fuerza a Shira mientras inhalaba el olor a harina del cuello del abrigo de piel de camello de su madre, sintió los ojos de la niña fijos en ella y, al mirarla, le vino a la mente la cara de su madre. Róża le hizo un gesto a Shira para que guardara silencio y contuvo sus sollozos mientras oía el retumbar de botas en las escaleras y los gritos de sus padres que resonaban contra la pared, mientras envolvía con los dedos la boquilla metálica para adornar tartas que encontró en el fondo del bolsillo del abrigo de su madre.

Después, vivas gracias a que un altercado al otro lado del pasillo distrajo a los soldados y evitó que hicieran un registro exhaustivo de la casa, Róża comprendió algo: no podían quedarse allí.

Esperó, primero a que los soldados desaparecieran de la calle, y después a que cayera la noche. Guardó fotografías, monedas y joyas, el reloj de Natan, su brújula y su gorro de piel. Cogió a Shira (que sostenía entre las manos ahuecadas al pájaro amarillo, que había aparecido a raíz de todo ese sinsentido) y huyó.

Ahora Róża mira a Shira, hecha un ovillo en el oscuro escondite, con una mejilla pegada al papel de música y siguiendo con el dedo índice el contorno de la ilustración de la cubierta de tela del libro (un león encaramado a una roca alta con una postura muy regia). Antes de que empezara a ocurrir lo peor en Gracja, Róża no le daba importancia a las denigraciones: las estrellas amarillas o las marcas en las puertas de los negocios judíos, entre ellos la panadería de su madre y su tía Syl. Róża solo quería que Shira se sintiera orgullosa de lo que era en su interior. Tal vez por eso ahora no le explica abiertamente la razón por la que tienen que esconderse, por la que se ven perseguidas. De todas formas, aunque intentara contárselo, tampoco está segura de que Shira pudiera entenderlo.

El aire del otoño es cortante. Una luz mortecina entra por las grietas.

En esta época se estarían preparando en la panadería para las grandes festividades de los Días Austeros y se verían inundadas de pedidos de tartas de miel, de manzana y *babkas*. La señora Blum les preguntaría, como hacía todas las semanas, si el bizcocho estaba tierno. Róża piensa en sus amigos y su amplia familia, la tía Syl y el tío Jakob y las sobrinitas de Natan y sus primos.

«¿Quedará alguno con vida para recibir el Año Nuevo?»

«¿Habrá en pie todavía alguna sinagoga?»

Gira la cabeza para mirar a la pared y escucha piar los pájaros, que han vuelto a posarse, un poco inclinados, en las ramas al otro lado de la pared del pajar.

12

Invierno de 1942

Su aliento forma volutas de vapor helado cuando lo exhalan. Incluso bajo una gran pila de heno, a Shira le duelen las puntas de las orejas por el frío y tiene entumecidos los dedos de pies y manos. Cuando empieza a temblar, con la piel pegajosa, Róża la cubre con su cuerpo para mantenerla caliente. Henryk les lleva una manta de lana, guantes y un gorro para la niña.

Shira apoya la cabeza, cubierta por el gorro, sobre su almohada, un saco de guisantes. Por una grieta de la pared ve las ramas de los árboles cubiertas de hielo y desea que pare el frío y que vuelva el canto de los pájaros.

Su madre tararea un fragmento de *La doncella de nieve*, una ópera que le ha contado que habla de cómo el invierno debe morir para que pueda llegar la primavera. Pero la primavera ahora parece quedar muy lejos.

—Mamá, ¿y el *Scherzo* de Brahms? Me dijiste que me lo enseñarías.

A Róża se le para el corazón un segundo cuando recuerda cómo Natan ensayaba el *Scherzo* de Brahms con Władysław, un amigo pianista de gran talento. Trabajaban en esa pieza compás por compás, mientras otros amigos entraban y salían de la sala de música mojando trozos del bizcocho de almendras de su madre en sus tazas de té. Róża cierra los ojos y aprieta la mejilla contra el hombro, adoptando la misma postura que ponía Natan cuando tocaba, con la cabeza muy inclinada y todo el lado izquierdo de la cara rozando el violín. Así recuerda ella la cascada tempestuosa del inicio de la pieza, el movimiento lírico que se produce a la mitad. Se lo tararea a Shira una vez más.

Shira se queda como abstraída, incluso cuando Róża le describe los saltitos del arco, las notas rápidas y seguidas. ¿Está un poco letárgica por el hambre? ¿O ha perdido su vitalidad? Sus mejillas, que antes eran redondeadas, se ven hundidas y demacradas. El contenido del cubo de comida es cada vez más escaso: unos cuantos nabos y una sopa de patata aguada. Según las muescas de la viga, hoy es el día ciento sesenta y ocho. Esa apatía silenciosa de Shira produce en Róża un conflicto entre la gratitud y la desesperación.

—Shira... —Róża se esfuerza porque su voz suene alegre—, ¿por qué no miramos juntas el atlas?

En el pajar solo entra un rayo muy leve de luz invernal, que se abre paso con dificultad. Róża piensa: «Al menos este frío mantendrá alejados a los alemanes». Con las manos cubiertas por los guantes le cuesta pasar las páginas, una a una, mientras miran primero los continentes, después los países. Que la topografía tenga colores (cordilleras en marrón claro, bosques en verde y océanos de azul verdoso) es algo que reconforta inmensamente a Róża.

—¿Ves Viena, aquí, en la parte noreste de Austria? Allí se encuentra uno de los mejores auditorios que se pueden encontrar, el Musikverein.

—¿Has estado allí alguna vez?
—No.
—¿Y el abuelo?

—No...

Róża está a punto de prometerle a Shira que la llevará allí, y tal vez también a Milán, a la famosa ópera italiana. Pero el fuerte golpe que da Henryk en la puerta al entrar en la granja hace que Róża se trague sus palabras y solo le haga un gesto a Shira para que se esconda.

13

Altas horas de la noche. Róża espera que Shira esté dándole la espalda, bien cubierta por el heno y con los ojos cerrados, como tantas veces le ha dicho que tiene que hacer. Le llega el crujido que producen las botas de Henryk cuando recorre el camino junto a la parte más alejada del pajar. Róża se desenreda el pelo con los dedos apresuradamente y traga con dificultad, intentando mejorar su aliento.

Después de subir por la escalera, Henryk saca una patata envuelta del bolsillo. Durante varios minutos se muestra muy paciente: se tumba de costado y apoya la cabeza sobre el brazo doblado mientras contempla a Róża, que le da un solo mordisco a la patata y guarda el resto para Shira. Él huele a animales y a humo de madera, y sus ojos oscuros no se apartan de ella, como un caballo. Después le da otro regalo: un par de calcetines. Róża asiente para agradecérselo y Henryk estira la mano para tocarle suavemente el pelo.

Se toma su tiempo para desabrocharle la blusa, desatar la cuerda que le rodea la cintura y bajarle los pantalones por las caderas estrechas y las nalgas. No la toca, todavía no. Se coloca a su lado y la mira durante mucho rato. Mientras sus ojos la recorren, Róża gira la cara para mirar la pared, con la mandíbula apretada. Temblando.

Henryk le pone un dedo en la mejilla y la obliga a volver la cara para mirarlo. Sus ojos, muy intensos, están fijos en los de ella. Róża siente una reacción involuntaria en su vientre, un calor que late algo más abajo. Le resulta incómodo, pero también excitante que la miren así, que la vean después de estar tanto tiempo oculta.

Después de eso Henryk lo hace todo rápido. Ella no quiere reaccionar ante él; está muy quieta, no se mueve con él, pero tampoco se opone. Shira está a pocos centímetros.

Cuando acaba todo, comenta:

—Estos días que vienen son fértiles.

—¿Qué me estás diciendo?

—Quiero decir que es arriesgado. Tú no siempre sales lo bastante rápido y...

—¿Me vas a decir tú a mí lo que es arriesgado?

Nota su aliento caliente contra el cuello. La fuerte bofetada hace que a Róża le escueza la mejilla.

Cuando se va, tras bajar los peldaños de la escalera de dos en dos y después cruzar la puerta del pajar, Róża gira la cabeza para mirar a Shira. Tiene los ojos cerrados y su respiración es regular, está dormida. Despacio, sin hacer ruido, Róża baja la escalera y sale tras abrir la puerta del pajar solo una rendija. El aire es helador y el suelo está cubierto de nieve, pero ella necesita estar un momento afuera.

No hay luces encendidas en la casa. Róża se pregunta: «¿Krystyna estará dormida o despierta? ¿Es posible que se sienta aliviada porque soy yo la que recibe las atenciones de Henryk?». No deja de darle vueltas continuamente a lo que hay entre ellos dos, intentando entender su relación. Henryk tiene segundas intenciones, pero Róża cree que Krystyna es verdaderamente buena. Y generosa. Debería estarle agradecida por los huevos que le da a Shira a veces para comer.

Róża se dirige a la esquina, se baja los pantalones y se agacha para orinar. Le escuece por la irritación. Coge un puñado de nieve y se limpia entre las piernas con ella, un bálsamo frío y húmedo, antes de volver a subirse los pantalones. Se frota los codos magullados, arañados por las tablas del suelo, y vuelve al pajar. Sube la escalera y, todavía incómoda por el escozor, se tiende en su cama de heno.

En ese momento desea desesperadamente a Natan. Sus labios cubriéndola de besos, haciendo que se estremezca de deseo, como una cuerda tensa. Era como si compartieran el mismo pulso, el mismo potente latido del corazón; así había sido de fuerte e intenso su amor y ahora lo era su dolor.

Róża coge a Shira en brazos, porque necesita sentir el cuerpo de la niña contra el suyo. El pelo de Shira se ha escapado de la trenza y le toca suavemente la cara a Róża. Ella inspira profundamente, intentando ahogar el olor a lana húmeda y a humo que ha dejado Henryk en su cuerpo. Durante un breve momento, Róża se imagina que Shira es la madre y ella la niña. Envuelve con sus dedos la mano extendida de Shira y aprieta con fuerza.

Es última hora de la tarde cuando Shira se pone a buscar frenéticamente entre el heno, desesperada. Parpadea sin parar para evitar que se le llenen los ojos de lágrimas.

—¿Qué buscas, Shira? —pregunta su madre en susurros.

—Mamá, no encuentro a mi pájaro... ¡Creo que está en casa de los Wiśniewski!

Shira no le dice a su madre que el pájaro prefiere estar fuera, donde hay luz, aire fresco y cosas ricas para comer. Shira se ha mostrado firme en cuanto a la necesidad de quedarse en el pajar, escondidos (nada de canturrear, ni de desplegar las alas), pero él se ha escapado cuando Shira ha salido con Krystyna y ahora no quiere volver.

La tripa llena de Shira le está dando guerra otra vez, por el arrepentimiento. No le ha traído nada de comida a su madre.

Por eso ha tenido un fétido episodio de diarrea en el cubo de paja y ahora en el altillo hay un olor horrible. Teme que su pájaro no vuelva con ella. Se pone a caminar arriba y abajo por su escondite, olvidándose de permanecer quieta y callada.

—Vale, ya está. Ya volverá.

Róża cubre el cubo con más heno, para enmascarar el olor hasta que Henryk pueda sacarlo al corral de los animales.

—¡No, no va a volver y es todo culpa mía!

A Shira le caen lágrimas por las mejillas. Se tira al suelo del altillo y empieza a dar golpes contra las tablas.

Su madre la coge y le sujeta los brazos contra el pecho.

—*Nie!* A callar ahora mismo.

El tono de la voz de su madre es frío y duro. Shira intenta zafarse de sus manos.

En ese momento no le importa que aún no sea completamente de noche y que el exterior no sea todavía seguro para su madre. Cuando caiga la noche, su madre le dirá que se tumbe lo más lejos posible, de cara a la pared, y Shira tendrá que cerrar los ojos e intentar no oír nada, incluso cuando parece que Henryk le está haciendo daño a su madre. ¡No puede hacerlo sin su pájaro!

Por eso suplica con un susurro urgente:

—¿Puedes ir a buscarlo? No puede pasar la noche en la granja.

—Shhh. Deja ya esa tontería.

—¡Por favor, mamá!

Su madre suelta un resoplido de frustración, pero baja la escalera. Desaparece bajo el altillo, reaparece al poco con una mano ahuecada y vuelve a subir solo con la ayuda de la otra mano.

«¿Cómo ha podido encontrarlo tan rápido?»

Shira inspecciona al pájaro, por si es otro y no el suyo. Pero ve que sí que es él, por la diminuta manchita blanca del pico y esa pluma que siempre tiene alborotada, como si se negara a permanecer en su sitio. Shira lo abraza contra el pecho. A él le late el corazón muy rápido, como unas botas marchando o unos tiros. Cuando intenta acariciarlo, se aparta y aletea, como si quisiera decir que no va a ser fácil calmarlo.

Shira le da la espalda a su madre, mientras acaricia y abraza al pájaro, y le murmura:

—Necesito que estés conmigo siempre.

Algo en la forma en que Shira le da la espalda para, supuestamente, reconfortar a su pájaro, hace que Róża sienta una rabia imparable. Con todo lo que hace por ella (le cede la mayor parte de la comida, a pesar de que Krystyna le da huevos a Shira y nunca a ella; fomenta el interés musical de Shira, incluso aunque le recuerda dolorosamente a Natan; la calma con nanas e inventa cuentos muy elaborados para entretenerla y ayudarla a pasar el tiempo), y Shira sigue poniendo a prueba todos los límites: está deseando salir con Krystyna y monta un escándalo por ese pájaro, poniendo en riesgo la seguridad de ambas, de todos ellos. ¿Cómo puede tener la desfachatez, además, de imitar unos «cuidados maternales»?

Nota el pecho a punto de estallar, lleno de furia. Pero tras una hora sentada allí, en esa negrura difusa de aire viciado (no puede ir a ninguna otra parte), respirando los olores fétidos y viendo a Shira sujetar amorosamente el aire vacío, la furia desaparece y llega la culpa.

Lo han perdido todo, solo se tienen la una a la otra. ¿De verdad tiene la niña que temer perder incluso lo imaginario?

Cuando Shira se despierta a la mañana siguiente, encuentra a su madre apoyada en la pared más alejada del altillo, donde unos leves rayos de sol llenan de rayas el pajar. Con los dedos muy cerca de la cara y los ojos entornados, tiene la aguja y el hilo que les dio Krystyna y está tejiendo con puntadas de croché algo muy pequeño.

—¿Qué haces? —pregunta Shira en un susurro.

—Tendrás que esperar para verlo.

Aliviada al oír que la voz de su madre tiene un tono juguetón, Shira se tapa los ojos con las manos. No para de mover las piernas y de balancearse de lado a lado por la expectación.

En su última fiesta de cumpleaños, en la que hicieron un pícnic junto al río Narew, Shira se tapó los ojos cuando su abuela trajo la tarta. Todo parecía oler mejor con los ojos tapados: el azúcar del glaseado, la llama de la cerilla, la cera de las velitas. Cuando oyó las primeras notas profundas del chelo de su madre tocando el cumpleaños feliz, Shira abrió los ojos y no pudo creer lo que veía: la tarta tenía tres pisos, como un castillo de hadas. Estaba decorada con unas delicadas espirales de crema blanca y habían puesto cinco velitas rosa para ella y veinticinco blancas para su madre, porque las dos habían nacido con veinte años (y dos días) de diferencia. Algunos de los amigos de Shira le decían que debería tener una fiesta para ella sola, pero a Shira le encantaba compartir el cumpleaños con su madre. En cuanto acababa la fiesta de un año, empezaban a planear la del siguiente.

—Vale, ya puedes mirar —dice su madre, con el hilo todavía entre los dedos.

Shira se inclina para ver más de cerca y encuentra un diminuto sombrero (su madre debe de haber tomado como referencia el tamaño de la punta de su dedo) y una fina bufanda, que solo tiene tres puntos de ancho y diez de largo. Shira mira a su madre, sin entender.

—Son para tu pájaro.

—Oh, gracias, mamá.

¡Su madre no está enfadada por lo de ayer! Shira coge las diminutas prendas. Con cuidado le envuelve el cuello al pájaro con la bufanda y le pone el sombrero sobre la cabeza emplumada.

Su madre teje también otras prendas: orejeras (dos diminutos círculos unidos por una brizna de heno) y una funda para el pico.

—Porque hace mucho frío —explica.

A Shira le encanta que su madre haga esas tonterías.

—Y algo elegante para que pueda ponerse cuando vayamos a oír la sinfonía —anuncia su madre, y le da a Shira una capita.

—¿Mamá? La noche del concierto, ¿haremos una cena especial?

Shira recuerda (aunque no lo dice) la noche en la que, con ayuda de su padre, ella acompañó a su madre en un «dúo de concierto importante» y después comieron un asado delicioso.

—Sí, Shirke. Y pondremos flores bonitas en la mesa.

—¿Margaritas?

—Y también unas amapolas muy rojas.

La piel de debajo de los brazos de su madre tiene unas motas de un rosa azulado, un estampado que a Shira le recuerda el papel de pared del vestidor de su abuela.

—La niñita y su madre deberían cultivar amapolas en su jardín silencioso —sugiere Shira.

—Tal vez el pájaro encantado les traiga semillas desde el campo para que puedan hacerlo. Tendremos que esperar y ver.

Shira se acurruca junto a su madre, con las diminutas prendas para el pájaro entre las manos.

En cada cuadradito de la colcha que cubría su cama de Gracja había seis delicadas flores rojas que salían de un solo tallo, con hojas que se curvaban como una lira, y dos pájaros que se miraban con las caras enfrentadas, tan cerca que, antes de que uno tuviera tiempo de empezar a cantar, el otro ya sabía cuál era la canción.

14

Róża camina arriba y abajo por el altillo, mordiéndose la lengua para no ponerse a gemir. Le pidió a Henryk que le trajera semillas de zanahoria silvestre como precaución porque, además de que se le interrumpió la menstruación, se notó los pechos muy sensibles. Ahora está sangrando mucho y el dolor es atroz. Mira por una grieta en la pared, evaluando la cantidad de luz de la luna.

—¿Mamá?

—Estoy bien. Solo... me duele la tripa.

Róża se inclina hacia un lado y luego al otro. Intenta sentarse, pero los calambres del vientre hacen que tenga que volver a levantarse. Aunque se ha colocado en los pantalones un trapo extra de refuerzo, este también se le ha empapado.

—¿Te pasa algo malo, mamá?

Se ve preocupación en la cara de Shira.

Un fugaz deseo cruza la mente de Róża (que Shira no estuviera, que no necesitara consuelo y que no tuviera que verla así), antes de que logre componer una expresión tranquila para mirar a su hija.

—Necesito un poco de aire fresco. Es tarde, así que tienes que quedarte muy calladita. Silenciosa como un ratón bajo el heno, ¿me has oído?

—Sí, *mamusia*.

—No te muevas. Y no me llames, por favor.

Róża inspira hondo, baja un pie y después el otro por la escalera y por fin abre la puerta y sale.

Allí, en medio de la nieve, la sangre de Róża, que es de un color negro rojizo, mancha la capa blanca que cubre la tierra. Caen pegotes y coágulos y, cada vez que empuja, sale más; huele a óxido, a metal y a podredumbre. Se marea y siente calor a pesar del aire gélido. Coge un puñado de nieve limpia para aplicárselo sobre la frente y la nuca.

Róża sabe que necesita sacarse eso para volver a ser ella por dentro. Pero, a pesar del dolor, se pregunta: «¿De cuánto estaba?» y «¿Era un niño o una niña?». Dirige la vista a los lejanos árboles mientras le tiemblan las piernas que la sostienen. Con cada chorro que sale, produciéndole calambres, siente una profunda tristeza mezclada con alivio.

Cuando el sangrado se reduce, Róża se sienta, con el culo al aire, agotada, y mira las estrellas. Un minuto. Dos. Momentos fugaces en los que se pregunta si estarían mejor en Gracja. Ahora los judíos que quedaban vivían en un gueto, se lo había dicho Henryk. Si su tío Jakob todavía estaba allí, él tendría influencia, y su tía Syl haría pan para que todos ellos pudieran comer, si lograba conseguir los ingredientes. Lo que es seguro es que Róża no estaría teniendo un aborto sola, a la intemperie y en pleno invierno. Pero entonces piensa en lo que los soldados le hicieron a Natan en los campos de trabajo y en cómo fueron después a llevarse a sus padres; los golpes y los gritos que oyeron a través de la puerta del armario...

Róża se estremece cuando un poco de nieve cae desde el tejado del pajar. A la luz de la luna los campos helados se han convertido en una lámina plateada y ondulante. Róża se levanta con esfuerzo y se ata los pantalones después de ponerse otro trapo, no muy limpio, entre las piernas.

Tiene que ocultar la sangre para que no la descubran. Lo

mejor sería enterrarla fuera de la vista de los humanos y del olfato de los animales, pero la tierra está helada y, además, ella no tiene tiempo para cavar un agujero. Si al menos hubiera sangrado en un cubo, podría haber encontrado una forma de esconderlo en el pajar.

Va tambaleándose hasta el pajar y, cuando llega, ve uno de los conejos en un rincón. Con un movimiento rápido lo atrapa y lo sujeta con fuerza bajo el brazo. Siente el latido rápido de su frenético corazón aprisionado. Con la mano libre coge un desplantador que hay colgado de una pared. Teme que Shira empiece a hacer preguntas, pero por suerte sigue bajo el heno, callada. Róża vuelve a salir afuera y le asesta un solo golpe al conejo con el que le clava profundamente la hoja del desplantador. El animal se queda quieto, inerte. Róża utiliza la hoja para reventar al conejo como lo habría hecho un lobo. El fuerte olor, a carne cruda y a óxido, le provoca una arcada. Temblando, deja el conejo destrozado tirado sobre su sangre. Como medida adicional, clava el desplantador en la tierra un par de veces, con la esperanza de que se suelte un poco para que le sirva de camuflaje, pero la tierra no cede y su esfuerzo es en vano. Pronuncia una oración mientras se limpia las manos en la nieve para quitarse la sangre (la del conejo y la suya), vuelve al pajar y sube al altillo, con Shira.

Al día siguiente, por una grieta en el extremo más alejado del altillo, Róża ve que Jurek pincha el conejo destripado con un palo. Al verlo ahora, un amasijo sucio y congelado, Róża vomita bilis sobre el heno. Empieza a sudar y siente nuevas contracciones en el vientre. Pero no aparta los ojos de lo que pasa afuera. Jurek ha cogido el conejo y llama a su padre.

Henryk llega al momento.

—Si hay un zorro por aquí, deberíamos reforzar el gallinero —comenta Jurek, inspeccionando el animal muerto—. Pero no tiene sentido que un zorro deje aquí toda esta carne. ¿Qué otra cosa puede haberlo matado?

—No lo sé.

—¿Crees que mamá lo querrá para echarlo en la sopa?

Se oye claramente el pánico en el «no» que pronuncia Henryk.

Si Krystyna va allí, tan cerca del pajar, a inspeccionar esa escena, lo sabrá. Cuando Henryk vuelve a hablar, ya ha conseguido recuperar un tono tranquilo.

—No sabemos cuánto tiempo lleva muerto. No es seguro comérselo.

Jurek deja caer al conejo y se pone a revolver con el palo los pegotes de nieve enrojecida y viscosa.

—Aquí hay más sangre de la que puede haber soltado un solo conejo.

Shira, que estaba apoyada en la pared, tejiendo heno en forma de cuadraditos, se incorpora al oír a Jurek mencionar la palabra «conejo» y se pone a examinar el altillo y la parte de abajo del pajar. Róża se pone un dedo sobre los labios, que conservan el sabor a bilis.

—Hemos comido tan poca carne últimamente que seguro que mamá...

—Seguro que tu madre querrá que termines de limpiar el gallinero. Inmediatamente. Voy a enterrar esto para que no atraiga a otros animales.

Henryk entra en el pajar para coger una pala, sin mirar hacia arriba, y se pone a abrir un agujero en la tierra congelada.

Cuando Henryk sube al altillo esa noche, Róża está hecha un ovillo en un rincón, con las rodillas contra el pecho, como si todavía hubiera algo dentro de ella que pudiera proteger.

—Krystyna notará que falta un conejo. Se supone que son para comérnoslos.

—Dile que se escapó. No se me ocurrió otra cosa...

Henryk le toca la pierna a Róża. Ella se estremece.

—No me toques ahora. Por favor...

Los ojos de él se oscurecen. Da un golpe con la mano en el suelo y sale como una tromba del pajar, dejando a Shira despierta tras el sobresalto y a Róża todavía encogida.

15

Primavera de 1942

Shira ignora el ceño de su madre y baja por la escalera para saludar a Krystyna, que ha entrado en el pajar con un cubo de comida. Shira está deseando comer algo, pero tiene aún más ganas de hablar con Krystyna.

—Yo... He visto que Łukasz ha dado sus primeros pasos. ¡Lo vi por una de las grietas!

—¡Shhh! —le llama la atención su madre desde el altillo.

Shira baja la voz hasta dejarla en un susurro.

—Lo he visto. Ha andado.

—¡Sí! Ahora está dormido tras la mañana tan agitada que ha tenido —contesta Krystyna.

—¡Cinco pasitos!

—¿Cinco ha dado? —Krystyna sonríe, encantada.

—¡Sí, cinco! Y la hierba le ha servido de colchón cuando se ha caído.

Róża dice que ellos no son su familia, pero Shira siente que sí lo son. Aunque Shira tenga que esconderse cuando Henryk sube al altillo. Aunque los niños no sepan que ella está allí. Desde su atalaya se ha enterado que el juego favorito de Piotr es la *zoska* y que a Jurek no le gusta nada limpiar el gallinero, esa es la tarea que más odia. Ha oído a los dos niños quejarse por la falta de comida; por las amenazas de los soldados; por cómo otros niños menosprecian a su padre porque no ha ido a la guerra.

Shira nota cuando los niños tienen miedo, aunque es peor el miedo de los adultos: se queda permanentemente en sus caras y en sus cuerpos y se percibe atrapado en los sonidos que se oyen al margen de sus palabras. Como cuando están fuera y un vecino se acerca para charlar, entonces Krystyna se excusa para ir a atender a los niños y Henryk a los animales. O cuando por la noche su madre le pregunta a Henryk las últimas noticias y Shira lo oye tiñendo sus susurros. Lo conoce de antes, de cuando todavía vivían en Gracja; sus padres intentaban ahogarlo o enterrarlo con la música de sus instrumentos, pero se quedaba ahí, pegado a las notas.

En su confinamiento en el pajar, su madre inventa cuentos cada vez más elaborados: para mantener el silencio en el jardín encantado, la niñita fabrica pañuelos con los pétalos de las margaritas para amortiguar los estornudos de la princesa. Engaña a los gigantes (cuyos pasos atronadores impiden que florezcan las plantas) dándoles la vuelta a las suelas de sus zapatos y así ellos se alejan del jardín en vez de acercarse. Y, con la ayuda de su madre y su pájaro amarillo, la niñita planta un fresal secreto, oculto entre los girasoles, para tener algo delicioso para comer que no podrán encontrar ni los ladrones a los que se les ocurra ir por ahí a saquear.

Shira pregunta si hay gatos en el jardín. La última vez que Krystyna sacó a Shira, el gato atigrado le rozó las piernas con la cola y después bajó al suelo de un salto y aterrizó delante de ella. Shira creyó que quería que lo acariciara, pero cuando se arrodilló y extendió la mano hacia él, el gato intentó arañarla.

—No, no hay gatos en el jardín.

—Mejor, porque no se iban a portar bien con los pájaros.

—El jardín es seguro para los pájaros y las niñas que están en silencio.

Su madre le lee el único libro que tienen una y otra vez, como le pide Shira. Ahora ya reconoce palabras cortas y comunes («el», «eso» o «que») y los nombres de los personajes: «Stas» y «Nell». Y su madre le ha permitido utilizar cinco hojas de papel para escribir música en vez de letras y números. Su madre hace planes para cuando salgan del pajar, tararea fragmentos del *Scherzo* de Brahms y de la nana para dormir, y no deja de susurrar ni cuando le duele el cuerpo, algo que Shira detecta por la forma en que pone la boca, como si tuviera dentro una esponja imaginaria y por eso los dientes no llegaran a tocarse. Las palabras se van amontonando, como si con ellas espantara el dolor, superara el miedo y demostrara que ellas, solo las dos, son familia suficiente.

Pero Shira sigue echando de menos a su *tata*, a sus abuelos, sus amigos y su casa. Mira las fotografías y examina durante más tiempo la suya, tan elegante con el vestido hasta los tobillos, una noche en que estaban todos juntos. Acaricia al pájaro y espera las visitas de Krystyna. Y se sienta junto a la grieta de la pared para escuchar las conversaciones de los niños y ver a Łukasz avanzar gateando hasta que alcanza los brazos abiertos de Jurek y de Piotr.

16

Corren rumores de denuncias, asesinatos a tiros y un pajar quemado en el siguiente pueblo. Henryk cava un agujero en el suelo del pajar, que tapa con una bala de heno, para que Róża y Shira tengan un escondite en el interior y no tengan que salir. Esparce parte de la tierra sobrante por el suelo y también se lleva algo en cubos para tirarla en los campos.

Más tarde, en el altillo, Henryk le acaricia la mejilla a Róża antes de desnudarla. Ha sido más dulce desde el aborto, desde esa única vez que ella le pidió que no la tocara.

Aun así, la voz de Róża tiembla cuando le pregunta:

—¿Has salido a tiempo?

No puede quedarse embarazada otra vez.

—Sí.

Róża sigue quedándose tumbada casi inmóvil cuando Henryk está con ella. Pero la forma en que su cuerpo le responde cambia. Ella se dice que es involuntario que se le endurezcan los pezones, que se humedezca. Ahora sus cuerpos se conocen.

Quiere recordar su época con Natan, su noviazgo, los primeros besos llenos de ternura. Pero, siendo sincera, el recuerdo se ha vuelto borroso en su mente. Es el hambre, está segura, y el estrés constante. Incluso con los ojos cerrados para no ver la realidad, es la silueta de Henryk la que aparece. A ella le hace cosas que no debe de hacerle a Krystyna (cosas que Natan no habría ni soñado) y su cuerpo responde.

Róża se dice continuamente que Shira y ella están vivas gracias a eso. Se dice que, aunque Shira tenga que estar tumbada solo a unos centímetros, con los ruidos del sexo resonando en sus oídos, está haciendo lo que tiene que hacer, por las dos. Se dice que, haciéndolo, las está manteniendo a salvo.

La madre de Shira siempre le está diciendo que esté quieta y callada, pero cuando Henryk sube la escalera del altillo, él no deja de moverse y hace mucho ruido. Su madre no dice nada y le ha prohibido que gire la cabeza o abra los ojos. Tiene que quedarse tumbada ahí, asustada, oyendo los golpes, los jadeos y lo que parecen gritos sofocados de Henryk.

Hace calor bajo el heno y a Shira le cuesta respirar. Desearía que su *tata* estuviera ahí para que eso parase. Pero allí sola no puede hacer nada más que esperar y ahogar los ruidos con la música que oye en su cabeza, oscura y lúgubre.

Cuando Henryk por fin baja por la escalera y sale del pajar, Shira se atreve a mirar un segundo a su madre, que tiene los ojos fijos en el techo y la respiración acelerada. Es el único momento en que Shira no puede leer la expresión de la cara de su madre.

17

Cuando mejora el tiempo, el pajar suda. Allí, en el altillo, el heno, seco y de olor dulce en invierno, empieza a perder la humedad, que ahora cubre las vigas y hace que se expandan las tablas de las paredes. Las grietas se reducen y dejan ver un trozo más pequeño de la granja y la carretera.

Aun así, el ruido de los niños llega flotando hasta el altillo; Shira oye a Jurek y a Piotr discutir mientras arreglan un poste caído de la desvencijada valla.

Su madre se enfada cuando los niños están por allí. Se apoya contra la pared, con los brazos cruzados sobre el pecho, deseando poder bloquear sus voces. Pero Shira escucha con atención sus conversaciones.

Antes se quejaban de tener que ir al colegio, pero ahora que lo han cerrado, Piotr quiere que lo vuelvan a abrir.

—La vida de la granja estará bien para ti —dice Piotr.

—A mí me gusta. —Las palabras de Jurek salen de su boca entre golpe y golpe del martillo.

—Pues yo quiero aprender para ser médico.

—Tendrás que estudiar un montón de tiempo. No merece la pena.

—Sí la merece. Y no está bien que no pueda tener la oportunidad...

Shira lame los restos de la sopa de coliflor de Krystyna y después aparta el cubo. Su pájaro estira las alas, recorre dando saltitos las piernas cruzadas de Shira y se pone a picotear sus zapatos.

—Shhh —susurra—. Ya te lo he dicho: tienes que estar quieto y callado. Tienes que esconderte.

El pájaro la mira con los ojos llenos de preguntas, así que ella continúa:

—Los pájaros como tú no pueden salir afuera y no tienen permiso para volar.

Shira sabe que él no la entiende. Desearía tener mejores respuestas. Ni la niñita del jardín encantado sabe realmente qué le ha pasado a su *tata*, ni al resto de su familia, ni por qué los demás pueden hacer ruido pero ella tiene que estar escondida y en silencio. A veces su madre le dice algo sobre ser diferente y sentirse orgullosa de quién es, pero ¡no tiene ningún sentido!

Fuera, una cigüeña se acomoda en su nido, que está sobre el *ziemianka* de patatas del vecino.

—Tú eres diferente. No sé muy bien por qué, pero lo eres. Te he dicho que te quedes escondido. ¡Shhh!

Entrada la noche, en el altillo, las manos de Henryk tiemblan y sus ojos llenos de miedo no paran de mirar a todos lados mientras describe lo que ha oído: el pajar quemado era propiedad de un granjero al que vieron dándole comida a una familia de judíos que pasaba de camino a los bosques. Los soldados alemanes lo ataron a una columna y después le prendieron fuego al edificio.

Róża aparta la vista.

Durante una semana Henryk es el único que entra en el pajar. Y en vez de traer cubos con las sopas y los guisos de Krystyna, carga con grandes cajas de madera en las que hay alguna que otra patata y una cantimplora de agua que repiquetea bajo las herramientas de la granja. Róża se pregunta si

Krystyna estará presionando para que se vayan y ahora es Henryk quien suplica que las deje quedarse.

Solo una vez durante esa semana Henryk busca la compañía de Róża. Y Róża le responde.

18

Verano de 1942

Cuando Shira empieza a toser, Róża no puede pensar en otra cosa que no sea ese sonido y quién podría oírlo: ¿los niños? ¿Algún vecino que va de camino a la taberna? ¿Un soldado? «Que Dios nos ayude.»

Coge a Shira y la abraza con fuerza, más para amortiguar el ruido que para calmarla, y está a punto de asfixiarla cada vez que Henryk o Krystyna entran en el pajar.

Pero la tos persiste. Róża intenta silenciarla, con dulzura y sin ella. Necesita que pare ese ruido.

—Calla, Shira. Por favor.

Al llegar la noche del tercer día, la tos cesa. Róża reza una oración de agradecimiento. Pero pronto se da cuenta de que Shira ha empeorado. Tiene las mejillas muy enrojecidas y se estremece por los escalofríos, pero irradia calor. Por la mañana tiene los ojos vidriosos y está letárgica.

¿Por qué no se ha dado cuenta de lo enferma que estaba Shira? Róża le aparta el pelo húmedo de la cara y la acuna en su regazo. Si es tifus, morirán las dos, juntas.

Henryk deja agua al lado de la puerta del pajar y mira arriba. Róża ve en su expresión que sabe que Shira tiene algo malo.

—Temo que sea neumonía.

No se atreve a decir en voz alta su otro temor. Si a Henryk y a Krystyna se les pasara por la cabeza que Shira pudiera tener tifus, las echarían al instante.

—No tenemos medicinas.

—¿Podrías traerme agua para bañarla y vasos?

—¿Vasos?

—Vasos pequeños de cristal. Y cerillas. Y también un poco de alcohol y algodón.

—Róża...

—No se me ocurre qué más hacer. Le cuesta respirar.

La tía de Róża una vez le describió el proceso: al encender una llama dentro de un vaso de cristal se crea un vacío y el vaso se pega a la piel por succión. Eso ayuda en esos casos y hace que sea más fácil respirar.

Por la noche llega Henryk con una caja llena de cosas. Hay varios trapos colgando por un lado.

—Por si grita —explica en un susurro.

Shira no lo oye, o más bien está demasiado aturdida para que le importe. Parece que está mirando más allá de la pared.

—¿Puedes quedarte y ayudarme? —pide Róża.

—¿Para asegurarme de que no quemes el pajar?

—Para quemar cosas ya están los alemanes.

Los vasos tintinean cuando Henryk los saca de la caja. Shira no se vuelve a mirar.

—¿Shira? —Róża teme que se le esté yendo cada minuto que pasa. «¿Me oirá al menos?» Dirigiéndose a Henryk, dice—: No puede quedar nada de alcohol en el vaso o la quemará. El vaso estará caliente, así que...

—Róża, creo que esto no es seguro.

—La neumonía no es segura. Ni la fiebre alta.

Tira de los hombros de Shira para girarla.

—Necesito que te tumbes boca abajo, Shira. Así, con la cara

mirando hacia un lado. Te vamos a tapar la boca para que no hagas ruido.

Shira acepta la mordaza y no se opone a que le levanten el vestido. Esa docilidad está a punto de acabar con la determinación de Róża.

—Te vamos a poner unos vasos en la espalda. Es para que te encuentres mejor.

Rápidamente Henryk cubre las paredes del altillo con mantas, para que no se vea la luz de las cerillas desde el exterior del pajar. Después, con una mano cubierta con un guante, coge uno de los vasos. Echa un chorrito de vodka y lo hace girar dentro para repartirlo, intentando empapar bien todo el interior del vaso. Róża sujeta una bolita de algodón con unas tenazas, la prende y después recorre con ella el interior del vaso varias veces. El alcohol arde. Pero antes de que puedan hacer nada, ni siquiera pensar en qué parte de la espalda de Shira colocarlo, el vaso se hace añicos.

A Róża le cuesta respirar a esas alturas y su resolución se va disolviendo por momentos.

—Tal vez esto es demasiado peligroso —insiste Henryk.

Róża aparta los trocitos de cristal que han caído más cerca de Shira y después acerca la mejilla a su frente, que está muy caliente, como recién salida de un horno. Si no pueden conseguir que eso funcione, ¿qué será de Shira?

Henryk le lee el pensamiento. Le rodea los hombros con el brazo.

—Vamos a intentarlo otra vez.

Prepara un segundo vaso y Róża mete una bolita de algodón llameante en su interior. Hay llamas, el alcohol se quema y el cristal se oscurece hasta el borde, pero no se rompe. Cuando las llamas se agotan, Henryk le pasa el vaso a Róża (ambos llevan guantes).

Ella mira a Henryk, que le devuelve la mirada lleno de inseguridad. Shira está inexpresiva. Róża se siente mareada, tiene calor y le parece que ella también tiene fiebre, pero inspira hondo y coloca el vaso en la espalda de Shira, que se pone tensa, pero solo un momento.

¿La está quemando y la niña está demasiado aletargada para reaccionar?

—Lo siento, Shirke. Estoy intentando que te pongas mejor. —Mueve el vaso en círculos hasta que se queda pegado—. ¿Crees que podrás soportar otros dos?

Shira parpadea.

Al final se queda dormida con los tres vasos pegados en la espalda. Róża no sabe cuánto tiempo tiene que dejárselos, así que espera unos minutos más y después mete un dedo bajo el borde de los vasos para interrumpir la succión y poder quitarlos. La piel de Shira está inflamada, enrojecida e irritada, pero ella no se despierta.

Henryk barre con su brazo todos los trocitos de cristal para meterlos en la caja.

—Perdona por haber roto ese.

Róża envuelve los tres vasos intactos en unos trapos y los deja junto a las piernas de Henryk.

—Espero que Shira se recupere.

Róża aún ve incertidumbre en sus ojos.

Por la mañana, los silbidos irregulares que emitía Shira han dado paso a una respiración más suave y menos ahogada. Tiene la frente pegajosa por el sudor. Se despierta avanzado el día, todavía con fiebre, por con los ojos cristalinos y la mirada enfocada. Róża siente que el alivio le inunda el cuerpo cuando, al caer la noche, Shira le pide que le cante la nana.

En la espalda le han quedado tres marcas rojas redondas, con los bordes bien definidos por unos cardenales circulares.

Mientras Shira se recupera, Róża deja a un lado las lecciones habituales de palabras, sumas y mapas y ocupa el tiempo en enseñarle cosas de música. Empieza dibujando dos pentagramas, cada uno con cinco líneas y cuatro espacios, y le explica que las notas más graves van en el de abajo y las más agudas en el de arriba. Dibuja una clave de sol sobre el pentagrama de arriba y una clave de fa en el de abajo.

—¿Esas cosas para qué son?

—Sirven para decirte dónde colocar las notas en el pentagrama.

—¿Y por qué son diferentes?

—Porque estamos escribiendo música para diferentes instrumentos.

—¿Por qué?

Los ojos de Shira no se apartan de la página.

—Los diferentes instrumentos tienen distintos tonos. No se pueden poner todos en el mismo pentagrama con una sola clave.

—¿Cuál es la clave que se utiliza para la música de violín?

—La de sol. ¿Te has fijado en que el violín puede tocar notas muy agudas y el chelo muy graves?

Shira coge el lápiz e intenta varias veces dibujar una clave de sol.

—No me sale.

—Hace falta práctica. La clave de sol sirve para indicar que la nota sol está en la segunda línea, aquí. —Róża escribe un sol en el pentagrama de la clave de sol y después añade otras notas—. Ahora te voy a enseñar la clave de fa. Con ella se escribe la mayoría de la música para chelo. Aquí la nota fa está en la cuarta línea.

Róża escribe notas en el pentagrama de la clave de fa, pero no son todas iguales; las hace enteras, mitades, cuartos y octavos.

—¿Qué es eso?

—Todas son notas, pero tienen diferentes duraciones.

—¿Por qué?

¡Shira nunca ha hecho tantas preguntas sobre los lugares de los mapas!

—A veces quieres que esas notas sean largas y continuas y otras veces que sean cortas y rápidas, ¿no?

Shira asiente.

Róża coge unas briznas de heno. Deja una brizna larga intacta y otras las rompe para ilustrar la duración de las notas: la brizna larga es una nota entera, las briznas partidas en dos trozos representan las medias notas, y las briznas en cuatro trozos, los cuartos de nota.

—No puedo hacer trozos lo bastante pequeños para representar las octavas, lo siento —se excusa.

Shira busca entre el heno y saca el papel donde está escrito el principio del *Scherzo* de Brahms. Róża la ve examinarlo como si fuera la primera vez que lo ve. Quedan muchas cosas por explicar aún (los bemoles, las ligaduras), pero Shira parece cansada. Mañana le enseñará más cosas.

Ahora Róża escribe las notas musicales de una canción más sencilla: la nana que le canta por las noches:

Cucuricoo!
Di mom iz nisht do.
Vu hat zi geyn?
Tzu bakumen a glaz fun tay.
Vas is gegangen tsu trinken es?
*Mir aun dir.**

La melodía se repite, con una cadencia suave, como un barquito que cruza un plácido lago. Durante el resto de la tarde Shira, contenta, la tararea bajito, una y otra vez, señalando una nota tras otra en la partitura escrita mientras canta.

---

* *La nana nocturna* (del yidis): ¡Cocorocó! / Mamá no está aquí. / ¿Dónde ha ido? / A por una taza de té. / ¿Quién se la va a beber? / Tú y yo.

Al principio Shira no entiende cómo las marcas que hace su madre en la hoja de música pueden corresponderse con los sonidos de la nana, pero de repente algo encaja y Shira ve que el patrón de notas sigue la melodía que sube y baja y que el sencillo ritmo se repite. Vuelve a mirar una vez más el *Scherzo* de Brahms y descubre que, lo que antes le parecían garabatos de su madre, se trasforman y empieza a identificar un *crescendo* repetitivo de notas muy breves, los sonidos que recuerda del tarareo de su madre y de los ensayos de su padre. Le parece que tiene fiebre de nuevo, pero esta vez es producto de la emoción y la urgencia que la inundan. Los conciertos que tocaban sus padres, las sinfonías que escuchaba su abuelo, la música que no deja de darle vueltas en la cabeza ¡pueden escribirse en el papel! Shira puede escribirla toda en esos pentagramas, ¡incluso los sentimientos que hay en ella! Así que coge un lápiz.

19

Un día fresco de septiembre, unos gritos desesperados rompen el silencio del pajar. Por una rendija Róża ve a Krystyna echando a un cerdo de la bodega. Un segundo después aparece el cerdo en la parte de delante del pajar, corriendo en círculos y sin dejar de chillar.

—¿Qué ha pasado, mamá?

—Shhh. Se ha escapado un cerdo.

Por la angustia que ha oído en los gritos de Krystyna, Róża supone que el cerdo se ha dado un banquete con los alimentos que tenían guardados para el invierno. Róża vio a toda la familia preparar la cosecha y almacenarla en la bodega, esperando poder evitar así las redadas alemanas. Pero al parecer ha sido el cerdo quien ha logrado encontrarla siguiendo el olor.

Róża se dice que eso puede ser lo que al final haga que las echen del pajar. Krystyna no tendrá suficiente comida para alimentar a su familia y a dos bocas más. Róża se levanta, débil y con los músculos rígidos, pero ve que se abre la puerta del pajar. Rápidamente coge a Shira y las dos se esconden bajo el heno. Le aprieta con fuerza la muñeca derecha a la niña; es la señal que significa que tiene que guardar silencio total.

Los gritos agudos de Jurek, que está llamando al cerdo, se oyen desde allí arriba.

—¡Cerdito, cerdito, cerdito! ¿Dónde te has escondido?

Parece que el niño está dando vueltas por debajo del altillo.

En su escondite de heno, Róża contiene la respiración y traga saliva para intentar contener las arcadas. Henryk entra bruscamente justo en ese momento.

—Jurek, sal ahora mismo.

—Pero, *Tata*, el cerdo...

—Ahora mismo he dicho. —Se percibe miedo en su voz.

Róża no le suelta la muñeca a Shira hasta mucho después de que se cierre la puerta. E insiste en que se queden allí, bien cubiertas, hasta que se hace de noche. Shira se revuelve e intenta que le suelte la muñeca, pero Róża no cede. Les ruge el estómago a las dos. Krystyna no viene con la sopa. Henryk tampoco les hace su visita nocturna.

Al final Róża desenvuelve media patata vieja que tenía guardada y se la da a Shira, que se la come y después se pone a chupar una piedrecita para tener la boca ocupada.

—Mamá, explícamelo otra vez, ¿por qué nos escondemos de Jurek?

—Porque puede contarle a alguien dónde estamos.

—¿A quién?

—No lo sé. A un compañero del colegio. A un vecino. Es muy peligroso.

—Los señores Wiśniewski saben que estamos aquí.

—Ellos nos están ayudando para que no nos pase nada.

—Pero ¿mamá...?

Róża imagina la pregunta. Está atenta a los sonidos de la noche, que va pasando, y se pregunta si habrá alguna posibilidad de que venga Henryk.

—¿Qué?

—¿Qué hemos hecho de malo?

—No hemos hecho nada malo, Shira. Es muy difícil de explicar...

—¿Han vuelto a meter al cerdo en el corral?

—Sí.

—Quiero ir a casa.

ϒ

Muy debilitada por el hambre, Róża se queda dormida. Cuando se despierta encuentra a Shira inclinada sobre un montón de papeles, escribiendo en una hoja nueva. Ha conseguido dibujar pentagramas, torcidos e irregulares, pero legibles. En algunos hay unos símbolos que se parecen a la clave de sol y en otros algo que recuerda a la clave de fa. Todos los pentagramas están llenos de notas, menos el último.

—¿Qué tienes ahí?

—Mi música.

—¿La estás escribiendo solo con lo que te he enseñado hasta ahora? Hay cosas que todavía no te he contado sobre las alteraciones, los silencios y...

Una mirada rápida al papel y Róża lo ve al instante: dos melodías líricas, intrincadamente entrelazadas. Se queda sin habla por el asombro. Las melodías que tararea Shira siempre le han parecido avanzadas, pero esa composición pertenece a otro nivel, sin duda. ¿Es un prodigio su hija?

—Estoy escribiendo una parte para violín y otra para chelo. Así podrás tocarla con Ta... —Shira levanta la vista, con expresión preocupada.

Róża aparta la mirada, pero logra decir:

—Es brillante, Shirke. Tal vez algún día aprendas tú a tocar el violín y podamos tocarla juntas.

Krystyna entra en el pajar antes del amanecer. Róża teme que venga a hacer inventario de los conejos, pero a quien mira es a Shira.

—¿Está dormida?

Róża asiente.

—Creo que deberías trasladarla a otro lugar.

—¿Qué?

—Por su seguridad. Conozco a alguien que trabaja con una red de personas que ocultan niños. Shira estará mejor en un orfanato con unas monjas que en este pajar.

Róża se levanta de un salto y tropieza con el heno cuando da un paso atrás mientras oye una voz en su cabeza que grita: «Ni hablar. Yo no me separaré nunca de mi hija».

Mira a Shira, para ver si la ha despertado. No. A Róża le cuesta respirar.

Es consciente de que allí empieza a haber demasiados riesgos. Tienen poca comida. Y Krystyna seguro que sabe lo de las visitas de Henryk. Tiene que haberlo visto pasar por el pajar cuando vuelve de la taberna.

Róża revisa el altillo en busca de sus pocas posesiones. Cogerá a Shira y se irán ahora mismo. No sabe adónde, solo que será mejor, tanto para ella como para Krystyna. Ya hay cuatrocientas sesenta marcas en la viga, muchas más de las que podía esperar.

—Soy consciente del peligro al que os estamos exponiendo. Y lo siento —dice Róża. Ha visto a Krystyna abrazando con fuerza a Łukasz y alejándolo del pajar.

—Róża, es por su bien. Las monjas se ocuparán de que tenga educación y que haga ejercicio. Estará mucho más segura escondida entre cristianos devotos.

Róża deja de revolverse y mira fijamente a Krystyna. Tiene una cara tierna, le recuerda a un ciervo. Unos pelillos rubios rizados que salen de su nuca, demasiado cortos para quedar sujetos por el moño alto que lleva, flotan alrededor de su cara como finos hilos de suave algodón. ¿Es su fe en el Dios cristiano lo que mueve a Krystyna a hacerle esa oferta? ¿O el apego que siente por Shira? Tal vez ha soñado alguna vez con tener una niña. ¿Podría tener razón Krystyna en lo de que Shira estaría más segura lejos de ella?

Róża piensa en lo complicado que fue el viaje hasta allí, con la responsabilidad constante de llevar en brazos, tranquilizar, silenciar y alimentar a Shira. Recuerda cuando recorrieron un tramo largo que cruzaba unos prados. Necesitaba que Shira fuera andando sola, pero la niña no dejaba de quitarse los zapatos y pedirle a Róża que la cogiera en brazos. Una y otra vez se quejaba de que su *tata* la habría llevado en brazos. Róża la arrastró, aunque solo tenía los pies cubiertos por las medias, hasta que Shira le suplicó que parara y prometió que se pondría los zapatos y caminaría...

—¿Podrías arreglarlo?

—Te lo he dicho. Conozco a alguien que lo hace. Es mi hermana, de hecho.

Róża se deja caer de rodillas, desconcertada, porque la confianza que ha depositado en Krystyna queda empañada por la duda. «¿Su hermana sabe que están allí escondidas? ¿Qué garantía hay de que ella mantenga a salvo a Shira?»

Instintivamente, los dedos de Róża tocan el lugar donde antes llevaba la alianza. Mira el reducido espacio del altillo. Ha sido agotador mantener a Shira en silencio día y noche.

—Tu hermana... ¿acompañará a Shira hasta el convento?

—Sí.

—¿Y por qué nos ayudas? —pregunta de repente Róża.

Las motivaciones de Krystyna siguen resultándole confusas. ¿Se alegrará de separar a Róża de su hija, porque lo ve como una forma de castigarla por haber aceptado las atenciones de Henryk?

Krystyna mira a Róża fijamente.

—A los ojos de Dios, tu hija es igual que los míos. Se merece todas las oportunidades posibles de vivir.

Róża aparta la vista, arrepentida.

20

Otoño de 1942

Antes de que Róża y Krystyna tengan tiempo de organizar un plan, los alemanes irrumpen en el pueblo. Algunos van a caballo. Otros en coche. Entre todos abarrotan la zona. Durante tres días ni Krystyna ni Henryk entran en el pajar. Róża y Shira permanecen bien enterradas en el heno, aturdidas por el hambre, el silencio y la inmovilidad. Desde la taberna llega un gran escándalo que dura hasta altas horas de la noche. Shira duerme a ratos, pero Róża permanece despierta, alerta. Tiene la garganta seca y le pica por el polvo del heno y nota la piel pegajosa por el sudor, que se le va enfriando para después secarse.

Cuando oye que alguien se acerca a la granja, Róża obliga a Shira a bajar corriendo la escalera. La niña está aterrorizada por tener que meterse en el angosto agujero que hizo Henryk en el suelo del granero, pero no tienen elección. Róża mueve la bala de heno que lo cubre y las dos se meten apresuradamente. Con cada movimiento que hacen, se desprende un poco de tierra, que cae sobre ellas. Allí hace frío, se nota humedad y, cuando Róża tira de la bala para cubrir con ella la abertura, se quedan completamente a oscuras.

Las dos se estremecen y parpadean. De repente se le ocurre a Róża que en el altillo hay cosas que no han escondido y que podrían delatarlas. El atlas. La novela. Si le cuestionan, Henryk puede decir que a sus hijos les gusta subir ahí a leer. Pero ¿y las otras cosas? El hilo y la aguja. Los folios con el abecedario (Jurek y Piotr son mayores para eso y Łukasz demasiado pequeño). Y las hojas con la música (nadie de la familia toca ningún instrumento). ¿Cómo podría Henryk explicar esas cosas? Y lo peor de todo es el cubo que utilizan a modo de baño, que seguro que huele fatal después de tantos días. Ni Krystyna ni él han pasado por allí para llevárselo y, con las prisas, Róża no se ha acordado de taparlo. Y Henryk ya no tiene al ganado como excusa; han tenido que matar a todos los animales que tenían para comérselos. El cerdo que se escapó y se comió sus reservas fue el último.

Pero ya no puede hacer nada. Róża se esfuerza por oír algo por encima del ruido de la sangre que le atruena en los oídos. Oye a un alemán decir:

—Voy a revisar los cobertizos y el pajar.

Róża inspira hondo, preparándose, sujetando la muñeca de Shira. Un terrón de tierra húmeda le resbala por el cuello, se cuela bajo la blusa y al final se queda en la parte baja de su espalda. Pasan los minutos. Henryk debe haberlos llevado a los cobertizos más alejados primero, para darles a ellas tiempo para esconderse en el agujero.

Cuando la puerta del pajar araña el suelo de tierra y se oyen los pesados pasos de botas a la izquierda de sus cabezas, se oye la voz de Henryk, bastante alta (tal vez demasiado) pero firme.

—No es más que un pajar, como ven.

—Tiene usted mucho espacio aquí. Los cobertizos, el pajar. ¿Sí?

—Tengo que atender varios campos grandes. Hace falta mucho equipamiento.

—Podría alojar a una segunda familia aquí. O esconder un enjambre de judíos...

A Róża le da la sensación de que se le van a vaciar los intestinos allí mismo, en cualquier momento. Pero Henryk no se queda callado.

—Oh, tal vez mejor una chica guapa con la que entretenerme por las noches. Pero tendría que matar al resto de su familia, claro…

El soldado ríe. Ahora su tono es más amistoso.

La conversación le llega amortiguada un momento, pero después Róża oye:

—Necesitamos su pajar para guardar suministros. Le doy cuatro días para vaciarlo.

Así que se acabó.

—Por supuesto —contesta Henryk, con aire despreocupado—. Limpiaré el espacio y, claro, sacaré a la chica antes de que mi mujer la vea…

El retumbar de botas se aleja. La puerta del pajar vuelve a arañar el suelo al cerrarse. Durante unos minutos Róża se queda petrificada. ¿Qué pasará con ellas?

Espera mucho rato antes de llevar a Shira al altillo otra vez. Una vez allí insiste en que las dos se queden escondidas bajo el heno. Sopesa sus opciones: ¿el gueto de Gracja? ¿Los bosques? ¿La casa del comerciante?

Al caer la noche, llega Krystyna y trae comida.

—Róża.

Róża intenta desenredarse del heno para levantarse, pero le tiemblan mucho las piernas.

—Lo sé.

En el cubo de Krystyna hay el doble de lo habitual: sopa de cebada y ensalada de rábano. Habla en el polaco más formal y en clave para que Shira no pueda comprender la conversación. Los preparativos para Shira están prácticamente hechos: papeles falsos, un plan de transporte y una plaza en un orfanato de monjas.

—¿Dónde? —pregunta Róża.

—En Celestyny.

—¿A qué distancia está eso de aquí?
—Los otros se negaron, Róża. Este es el único que aceptó.
—¿A qué distancia?
—A casi trescientos kilómetros hacia el sur.

¡Trescientos kilómetros! Róża se deja caer hasta quedarse sentada y abraza a Shira.

Pero ¿qué otra alternativa tiene?

No sabe qué seguridad le podrá proporcionar a Shira, ni quedándose con ella ni dejándola ir. La abraza aún más fuerte, mientras mueve los labios para rezar una oración, que se repite. Cada vez que oye un ruido fuera del pajar (el eco de voces, el crujido de las ruedas de un carro, el lento repiqueteo de los cascos de caballos) se estremece de miedo.

Ahora las calles están en silencio (los alemanes se han ido del pueblo y no hay jaleo, ni siquiera en la taberna), pero su madre no suelta a Shira. Ella se revuelve para alejarse del olor de su madre, de su aliento que le recuerda la leche agria, y mira por una grieta en la pared. Su madre le acaricia la mejilla, una y otra vez, y le aprieta la cara contra su cuello. Cuando Shira pregunta qué pasa, su madre mira hacia otro lado y murmura algo.

Al día siguiente Shira ve a Krystyna acompañada de una mujer que no recuerda haber visto antes. Caminan alrededor del pajar con los brazos entrelazados y las cabezas muy juntas. Después Krystyna sube por la escalera del altillo y dice algo a su madre en susurros y con palabras muy rimbombantes y elaboradas. Su madre asiente de manera cómplice, pero examina ansiosa la cara de Krystyna igual que haría una persona perdida con un mapa. De nuevo hay más comida de la habitual en el cubo, así que Shira come y come, encantada de llenarse el estómago. A su madre le duele la tripa cuando la tiene muy llena, pero a ella no.

Cuando entra Henryk no obligan a Shira a esconderse. De hecho, él trae ropa para ella escondida dentro de su chaqueta: un vestido de algodón amarillo a cuadros, que solo está un poco desgastado en el cuello, y unos zapatos más grandes. Se cambia los zapatos inmediatamente y estira sus pequeños deditos aplastados. El vestido tiene que probárselo al día siguiente, al despertarse.

A la hora de ir a dormir, su madre no parece cansada, así que Shira intenta mantenerse despierta, pero tiene la tripa llena y los párpados se le caen y se va quedando dormida mientras imagina, divertida, a su pájaro amarillo dando saltitos por el pentagrama de su nueva composición musical mientras canta la melodía.

Krystyna entra en el pajar al amanecer.

—¿Shira está despierta?

—Todavía no —susurra Róża—. La cena de anoche ha hecho que duerma como un tronco.

—Bien. Mi hermana pasó por aquí ayer. Está todo listo. Vendrá esta noche, tarde. No podemos arriesgarnos a esperar más.

Róża no puede hablar por el enorme nudo que tiene en la garganta.

—Esto es para ti. —Krystyna le da una tarjeta con una dirección impresa—. Cuando acabe la guerra, cuando sea seguro, puedes ir y recoger a Shira.

Róża coge la tarjeta, que dice: «Siostry Felicjanki, ul. Poniatowskiego 33, Celestyny», pero la sostiene lejos. No está segura de poder seguir con eso.

—Róża, es su mejor oportunidad.

Ella aparta la mirada.

—¿Y qué planes tienes tú? —pregunta Krystyna.

—Mi primo Leyb huyó a los bosques. Voy a intentar encontrarlo.

Cuando oyó la noticia del granero quemado en el pueblo de al lado, Róża abandonó su plan de intentar pedirle ayuda a la mujer del comerciante. Y volver a Gracja ya no es una opción, porque Henryk acaba de enterarse de que han sellado el gueto de Gracja y que allí ha habido varias *Aktionen*.
—¿Estás segura de que los bosques...?
—No tengo ningún otro sitio adonde ir.

21

Róża tira suavemente de la mantita, que una vez fue rosa, pero ahora es de un gris apagado y está cubierta de briznas de heno, para sacársela de entre las manos a una Shira totalmente dormida. Después se sienta, con la aguja y el hilo en la mano, bajo el rayo de luz que se cuela por la grieta más grande de la pared del altillo y se pone a bordar el nombre de Shira, una letra diminuta tras otra, en el dobladillo irregular y lleno de bultos de la manta.

Con cada tirón del hilo, los pensamientos de Róża van saltando entre su madre y su hija y pasan del dolor indescriptible al miedo. Su madre fue quien enseñó a coser a Róża. A última hora de la tarde, las dos sentadas cómodamente en el mullido sofá del salón, ella iba guiando, paciente y alentadora, la manita de Róża con la suya más grande. Róża recuerda el leve olor a apio en su aliento, unas galletas con forma de pajarita horneándose en la cocina, el rítmico ruido de raspado del cepillo de carpintero que salía del taller de su padre y siempre música sinfónica sonando de fondo.

¿Cuándo podrá Róża sentarse así con Shira, en un sitio lleno de comodidades, con comida de sobra y música por todas partes, para enseñarle a su hija las cosas que sabe?

Róża detiene su costura para coger la única cosa que le queda de su madre: la boquilla metálica para adornar tartas, que es lo bastante pequeña para que Róża pueda ponérsela en el dedo, como si fuera un dedal. La ha guardado en su bolsillo desde aquel día que se escondieron en el armario.

Su madre siempre rellenaba el centro de sus tartas con mermelada de frambuesa o con cerezas frescas y las decoraba con adornos intrincados y elegantes. Cuando era niña, Róża se quedaba mirando esas tartas llena de asombro.

—Son preciosas, mamá.

Su madre sonreía de oreja a oreja.

—Hay una frase en la que creo firmemente: «La belleza salvará al mundo».

¿Por qué Róża no ha compartido eso con Shira? Se promete que lo hará cuando se despierte.

Le llega el sonido de los chillidos de Łukasz desde el interior de la granja. Y el eco de cascos a lo lejos por el camino. En el altillo, Shira sigue durmiendo con una mano con los dedos ahuecados fuera del heno. Róża intenta respirar, a pesar del nudo en la garganta, y su exhalación se convierte en un estremecimiento.

Se limpia los ojos llenos de lágrimas y pasa la aguja sobre la manta con un cuidado lento y minucioso. Tiene que ser precisa y hacer los puntos bajo el ribete para que no sobresalgan y permanezcan ocultos. Cuando termina, el nombre bordado en el dobladillo de la manta es invisible. O casi.

El siguiente que pasa por el altillo es Henryk, que trae algo que parece un cubo de tierra. Saca unas cuantas hojas y raíces y le explica cuáles son comestibles y cuáles venenosas.

—Es posible que en este bosque crezcan cosas distintas, pero puedes seguir unas reglas básicas: evita las plantas con hojas de dientes finos y puntas estrechas, como estas. No comas bayas de color blanco. Las setas que tienen un capuchón un poco verdoso son las más peligrosas, ten cuidado. ¿Sabes algo de rastros y huellas?

—No, yo…

—Las huellas de los demás y las tuyas son importantes… Tendrás que fijarte en ellas. No claves el tacón en el suelo. Pisa y arrastra hacia atrás para que parezca que vas en la dirección opuesta. Si tus huellas se van a ver mucho, ponte unos calcetines sobre las botas. Te he traído unas cuantas prendas de abrigo.

Le da un beso tierno y solo se aparta cuando Shira se despierta y se gira para mirarlos.

Shira está observando los dibujos que forma el heno y pronto empieza a imaginarse cosas que podría hacer con ellos: tejer una cesta para un globo de aire caliente, construir una escalera de heno que llegue a la luna, fabricar un camino de heno que la saque del pajar. Si colocara las briznas una por una, todas seguidas, ¿la llevarían hasta el prado? ¿O todo el camino hasta su casa? Acerca una brizna a una tela de araña plateada que cuelga de la esquina inferior que forman la viga y la pared del altillo. No toca con ella sus intrincados hilos para que la araña negra no tenga que irse corriendo y construirse una nueva casa.

Los susurros de su madre («¿Quieres que te cuente más sobre *La doncella de nieve*? Creo que no te conté la historia completa. ¿O prefieres que te lea un poco?») suenan un poco forzados, así que Shira decide ahogarlos con un sonido: un trino agudo de una sola nota, que canta más alto de lo que ella pretendía.

En cuanto el trino sale de su boca, Shira se arrepiente. Su madre da un paso atrás, pálida y con cara de enfado. Pero peor que cualquier regañina es la mirada penetrante de sus ojos.

Shira se encoge, llena de remordimiento. Sin apenas moverse, se pone el vestido nuevo que le trajo Henryk. Quiere ponerse de pie y dar una vuelta para ver el vuelo de la falda, pero se queda sentada, quieta y callada, aferrándose a su mantita. Hay unos bultos nuevos en el dobladillo de la manta. Shira no le pregunta a su madre por ellos. Ya lo hará después, cuando vuelva a estar contenta.

Henryk entra en el pajar a plena luz del día. Se queda en la escalera del altillo y habla con Róża en voz baja, pronunciando palabras amortiguadas por sus labios cubiertos por la barba.

Cuando se va, Shira le pregunta a su madre:
—¿*Pan* Wiśniewski quiere casarse contigo?
Es que él mira a su madre como lo hacía *Tata*.
—¿Qué? ¡Anda, cállate!

Shira decide trasladar sus tesoros a nuevos escondites. Saca los trocitos de cerámica rota del hueco que forman la viga y la cruceta y los guarda en una bolsita que su madre le hizo cuando llegaron allí y que ella decoró con bolitas de pelo de conejo. Separa los dos trozos de cerámica que escondió juntos al lado de la pared del fondo del altillo y esconde uno sobre la cruceta y el otro detrás del último escalón de la escalera, bajo el heno. Abre el atlas por la página de África (le gusta la idea de que exista una Costa de Marfil) y guarda algunos de sus tesoros en una esquina, que se imagina que es donde tiene que estar el lugar más profundo de las cuevas que quedan cerca del monte Nimba, y otros a la orilla del mar.

Su madre ha hecho una caca mala en el cubo. Shira hunde más la cabeza en el atlas para huir del olor. Sigue con un dedo el arco que forma la costa, imaginando que es una exploradora.

Por la noche, Shira espera a que llegue la oscuridad para que su madre le cuente el cuento sobre la niñita en el jardín silencioso lleno de flores. Pero esta vez su madre le cuenta otro cuento: uno sobre cómo la niñita se va a un nuevo jardín donde puede hacer ruido, reírse y gritar y en el que tiene espacio para estirar todo el cuerpo, en vez de tener que vivir apretujada, como una flor en una maceta demasiado pequeña.

Shira se zafa del abrazo de su madre. Ha notado lo que hay debajo de la alegría fingida de la voz de su madre: sufrimiento.

Mira fijamente la cara de su madre, en la que la sonrisa forzada no casa con los ojos llenos de angustia. Algo pasa. Shira desea que la niñita del cuento componga armonías perfectas que cante el pájaro...

—Necesito que vayas a un lugar más seguro, Shira. Solo por un tiempo —dice su madre.

—¡No! ¡Por favor! No haré ruido, nunca, nunca más. Lo siento, *Mamusia*.

Su madre le coge la mano, pero se la aprieta demasiado fuerte. Shira se traga las lágrimas y aparta la mano. Después se cubre con heno.

«¿Por qué se me ha ocurrido hacer ese trino?» Shira se promete que se va a quedar quieta y callada y que va a hacer lo que su madre quiere que haga: desaparecer.

Se queda tumbada e inmóvil, como una piedra. La música resuena en su cabeza en oleadas oscuras y lúgubres, pero ella no lo manifiesta de ninguna manera: nada de dar golpecitos con los dedos, ni de mover los pies. No se rasca cuando le pica. Y contiene los estornudos. Ni siquiera le susurra a su pájaro, que no deja de picotearle el pie izquierdo, intentando parecerse a los otros pájaros, los de fuera.

Al final suplica, lo más bajito que puede:

—Cuéntame nuestro cuento, mamá. ¿El pájaro trae semillas de amapolas de los campos?

La cara de su madre está demacrada y cansada; le han salido arrugas nuevas en la frente. Parece que no ha oído la pregunta de Shira. Cuando vuelve a hablar, le cuenta que, con las margaritas de su jardín, la niñita y su madre tejen una cadeneta mágica de flores, que se puede alargar todo lo que haga falta para que estén siempre conectadas.

—Por mucho que se alejen, siempre se podrán sentir la una a la otra solo con darle un tironcito a la cadeneta.

—Pero ¡si están siempre juntas!

Los ojos de Shira se llenan de lágrimas. Y continúa con las protestas en su cabeza: «¡La mamá y la niñita nunca podrían estar conectadas por una cadeneta de margaritas! Se rompería. O se enredaría y ellas tropezarían. Debería saberlo: ¡la mamá y la niñita tienen que permanecer juntas!». Pero Shira no se atreve a protestar en voz alta. No cuando el silencio podría servir para arreglarlo todo.

Su madre no continúa con el cuento y Shira tampoco se lo pide. En silencio se pone a tejer briznas de heno para hacer nuevos nidos. Su pájaro pasa entre ellos dando saltitos y se acurruca entre sus manos ahuecadas.

Al final Shira se tumba en el heno para dormir, pero su madre está inquieta. Su respiración se oye trabajosa e irregular.

—¿Mamá?

—He tenido que encontrar un plan diferente para ti.

—¡No, mamá, por favor! ¡Dame otra oportunidad! No quería hacer ruido antes.

—No has hecho nada malo, Shira. Solo es que hay un lugar mejor donde puedes estar.

—Pero...

—No podemos quedarnos aquí más tiempo. Y ese sitio nuevo va a ser bueno para ti. Estarás con otros niños y tendrás espacio para correr y jugar.

Durante un momento Shira quiere ir a ese lugar mejor, aunque tenga que separarse de su madre, pero el miedo la puede...

—No, mamá, por favor. ¡Sin ti, no!

Shira se aferra a su madre. Cuando Róża coge a Shira en brazos y la baja por la escalera, ella le clava los dedos en la carne. Los peldaños crujen con fuerza, pero a pesar del ruido su madre no se detiene hasta que llega al suelo, con Shira enganchada desesperadamente a su cuerpo.

«¿Habrá gigantes?»

Una mujer que no conoce franquea la puerta del pajar y con ella entra una ráfaga de aire frío. Shira no puede distinguir sus facciones, porque va cubierta para protegerse del frío; solo ve unos ojos azul pálido que revisan todo el pajar y al final se posan en Shira.

—¡Mamá, no!

—Será por poco tiempo, cariño...

Shira empieza a llorar. Su madre se arrodilla para situarse a su altura. Shira acerca las manos, esperando que su madre le envuelva los dedos con los suyos, pero en vez de eso su madre le da su mantita.

—No te separes de ella. Le he bordado tu nombre...

Shira aprieta la cara contra su madre, con los ojos cerrados con fuerza y los dedos enterrados en su carne.

Nota unos besos húmedos en las mejillas. Shira abre los ojos. Su madre sigue ahí, arrodillada, y ahora está soltando los dedos que Shira no quiere separar de sus brazos.

Shira inspira el fuerte olor a hierba de su madre. Mira la escalera que lleva al altillo.

—¿Mamá?

—Te quiero con todo mi corazón —dice su madre, y su cara se desmorona, como nieve que cae de un alero.

Después de eso todo ocurre muy rápido. La señora saca a Shira del pajar y la lleva por un camino, en el que van dejando atrás filas de casas sumidas en el sueño. El aire es helador. Le quema los ojos a Shira que, llena de pánico, se esfuerza por examinar lo que la rodea. «¿Adónde me lleva?»

La oscuridad de fuera es diferente de la del pajar (la luz de la luna se refleja en la nieve, produciendo un brillo cegador) y Shira tiene que parpadear varias veces para poder ver algo.

—Vamos, bonita —la anima la señora.

Su voz es amable, pero la lleva cogida con fuerza. Sale con Shira del camino y siguen por un sendero que tiene una gruesa capa de nieve. Shira se gira para mirar atrás, al pajar, pero la señora tira de ella hacia delante, cuesta arriba y después cuesta abajo. Shira está casi sin aliento. Nota un dolor agudo en el costado, como un calambre, y tiene muchas náuseas. Hace meses que no da más que unos pocos pasos y ese aire le está helando la lengua y destrozándole los pulmones. Quiere parar. Quiere gritar y patalear, montar un escándalo, pero todo ese tiempo de silencio forzado hace que no diga nada. La nieve le empapa los zapatos y le duelen los dedos de los pies por el frío. Pero la mujer sigue arrastrándola. Las lágrimas que le llenan los ojos se quedan congeladas y le cubren de hielo las pestañas.

—Ya no está lejos. Es al final de este sendero.

Mientras la obliga a alejarse cada vez más del pajar, Shira busca pájaros en las ramas de los árboles, busca su pájaro, pero solo ve sombras oscuras. Resuenan en su cabeza las palabras de su madre («Necesito que vayas a un lugar más seguro»). ¡No hay ningún lugar seguro sin su madre! Shira nota que sus pies resbalan, pero la señora sigue tirando de ella, arrancándola de la única vida que conoce.

—De ahora en adelante te vas a llamar Zosia, un buen nombre católico. ¿Lo entiendes? Ya no vas a ser Shira. No a partir de ahora.

Shira se muerde los labios, que tienen un sabor salado. «¡No, yo no me llamo Zosia!», protesta en su mente.

Shira sabe que se supone que tiene que esconderse, pero ¡quiere seguir siendo Shira y quiere estar con su madre! Levanta la manta para verla a la luz de la luna, buscando las letras que le ha bordado su madre.

—Tienes que escuchar bien lo que estoy diciendo. Desde ahora tus padres se llaman Agnieszka y Bolesław. Nunca has pisado Gracja. Has estado escondida en Bielsk, en el pajar de un granjero... No puedes olvidar ningún detalle de lo que te estoy diciendo, ¿eh, Zosia?

Los ojos de la señora parecen dos grandes canicas azules. Las arrugas que rodean su boca demuestran preocupación.

Shira siente una puñalada en el corazón. Ella solo ha conocido a sus padres como mamá y *tata*. ¿Por qué esa señora ahora los llama con nombres extraños? Intenta zafarse de su mano (quiere volver corriendo al pajar, quiere estar con su madre), pero la señora la tiene sujeta demasiado fuerte.

El sendero se estrecha y los bosques son cada vez más espesos. Los dedos de sus pies tropiezan con raíces de árboles que sobresalen. Shira balbucea unas palabras:

—¿Adónde... me... lleva? ¡Quiero... volver!

No ve más que bosque hasta que por fin distingue, al pie de una colina cubierta de árboles, una casa iluminada y un coche de caballos parado a su lado.

—Ya hemos llegado —dice la señora—. Entra en la casa.

En la entrada, la mujer se pone a guardar papeles en los diferentes bolsillos de su abrigo, murmurando todo el rato que Zosia no engañará a nadie, no con ese pelo; necesitan pasar desapercibidas, oscuridad sobre todo, porque aquí no tiene lejía. Shira no sabe de qué está hablando: está perpleja por la cantidad de luz y el calor que nota en la casa. Es muy diferente de lo que veía de la casa de Krystyna y de Henryk; hay cuadros en las paredes, pilas de libros por todas partes y, lo más increíble, una pequeña pila de partituras. Shira se queda mirándola, todavía con la respiración acelerada.

—¿Te gusta la música?

Shira asiente una vez, con expresión asustada.

Shira sabía cuáles eran los verdaderos sentimientos de sus padres gracias al sonido de las notas (del chelo de su madre y del violín de su padre). Y también identificaba los de su querido abuelo por las sinfonías que escuchaba mientras se inclinaba sobre el banco de trabajo, rodeado de cinceles, cepillos y trozos de madera y cuerda.

La señora lleva a Shira a la cocina. En la mesa hay un plato de galletas. Shira se come una y se guarda otra en el bolsillo para su madre. La señora le explica que ella se llama Maryla y que tiene que enseñarle ahora mismo la Oración del Señor, lo que la gente llama «el Padrenuestro».

Shira no se atreve a repetir esas palabras. No hace ningún ruido. Pero cuando sus ojos se adaptan a la luz del farol, Shira reconoce a Maryla: es la mujer que rodeó el pajar del brazo de Krystyna. Shira siente una oleada de alivio: Maryla va a llevar a Shira de vuelta al pajar, con su madre. ¡O traerá a su madre allí!

Hay una tina junto al fuego. Maryla echa agua muy caliente sobre la fría.

—Esto la calentará un poco. Rápido, métete.

Shira deja que Maryla le quite el vestido y los zapatos y la meta en la tina. El calor relajante hace que se estremezca. Mueve los dedos de los pies doloridos y magullados a pesar de los zapatos más grandes que le trajo Henryk. Hunde la cabeza y se retuerce como una anguila. Después se queda quieta y deja que Maryla le quite los piojos y la lave. La música es alegre, como para bailar; tal vez después intente escribirla en un papel.

Después, cuando está seca y abrigada, deja que Maryla la saque afuera. Shira busca la dirección en la que está el pajar y tira de Maryla con todas sus fuerzas.

—¡Tenemos que ir a buscar a mi madre!

—¡No, Zosia!

Maryla arrastra a Shira hasta el coche. Tan cerca, la nariz de Shira se llena con el olor cítrico y poco familiar de Maryla. Intenta otra vez zafarse de su mano.

—Tienes que entrar en el coche ahora mismo. Tenemos que irnos mientras todavía está oscuro. —Maryla le da su mantita.

La parte de atrás del coche está cubierta de paja amarilla. Maryla mete dentro a Shira. Abre una petaca y se la acerca a los labios.

—Bebe, por favor. Sabe a chocolate y te ayudará a dormir.

Shira toma un sorbo del líquido espeso y pegajoso, que nota dulce en la lengua y caliente en el estómago. Maryla sujeta a Shira por los hombros y la empuja hasta que se tiende y luego la tapa.

—No te incorpores —ordena, antes de subir delante.

Cuando el coche arranca, Shira se da un golpe fuerte contra el suelo. La gruesa capa de paja amortigua su grito de dolor.

Shira gira la cabeza cada cierto tiempo, sin mover el cuerpo. Lo único que ve a través de la paja son los laterales pintados de negro del coche. «¿Por qué he deseado dejar el pajar, aunque fuera solo un momento?» Se echa otra vez a llorar, recordando la expresión crispada de la cara de su madre cuando le dijo que se tenía que ir.

Le pican y le arden los ojos, así que los cierra con fuerza mientras el coche sigue adelante, con un paso constante y rítmico. Impotente, intenta lo que le ha visto imitar tantas veces a su madre: pronunciar oraciones en silencio, una y otra vez. «Dios. Por favor.» Pero siente que poco a poco se le queda la lengua pastosa y que le cuesta moverla. A pesar del terror, el movimiento del coche la relaja. Quiere que todo sea un sueño; quiere dormirse y despertar tumbada bajo el heno, al lado de su madre.

En vez de eso se despierta en una cama metálica en medio de varias hileras de camas iguales. Y la vida que ha conocido (cuentos sobre un jardín encantado, una nana susurrada que la acompañaba hasta que se dormía, la suave piel de la mano de su madre envolviendo la de ella) quedará sustituida por un frío silencio y paredes blancas vacías, en las que solo cuelga la figura oscura de un hombre con los brazos extendidos y la cabeza caída, con expresión de dolor. Ya no va a ser Shira. El nombre escrito con tiza en una pizarra junto a su cama es «Zosia».

22

Krystyna y Henryk entran en el pajar. Krystyna lleva un paquete de comida; Henryk su par de calcetines más gruesos. Róża está angustiada, llora. Krystyna le da un abrazo.

—Voy a rezar por las dos.

Huele un poco a cebollas.

Róża se yergue y les da las gracias con un gesto de la cabeza y mirando, con los ojos llenos de lágrimas, primero a Krystyna y después a Henryk. La mirada de Henryk se encuentra con la suya brevemente y al instante él inclina la cabeza y aparta la vista.

—Adiós —se despide Henryk muy formalmente.

Ambos le dan lo que le han traído y se van.

Róża se cala hasta las orejas el gorro de piel de Natan y se calza las botas de goma que están siempre en un rincón del pajar, como centinelas. Se pone por encima de su chaqueta de lana el chubasquero que cuelga de un gancho y llena los enormes bolsillos con las pocas posesiones que tiene: la tarjeta con las fotografías, la boquilla de su madre, la brújula y el reloj roto de Natan, y un poco de hilo y la aguja. La tarjeta de visita con la dirección de Siostry Felicjanki la esconde temporalmente dentro del dobladillo de la pernera de su pantalón, que se ha metido dentro de la bota. No le hace gracia llevarse más cosas, pero aun así coge una cantimplora, cerillas, las tijeras pequeñas de podar de Henryk, un desplantador y dos navajas romas, que mete en los calcetines de repuesto para que no tintineen. Por último coge una cacerola pequeña con un asa, que tiene intención de utilizar para hacer fuego en su interior. Mete dentro el paquete de comida de Krystyna y se la cuelga del brazo.

Con la brújula en la mano, abre la puerta del pajar. Una ráfaga de viento gélido le azota la cara. Junto al camino se ven leves cintas de humo que salen de las chimeneas de las casas a oscuras. Róża parpadea, cegada por el reflejo de la luz de la luna en la nieve; no puede fiarse de sus ojos. ¿Hay alguien en el camino o de pie junto a una ventana, mirando afuera? Ha habido mucho movimiento allí esa noche. Se sube los cuellos de la chaqueta y el chubasquero para protegerse la cara. Como todo lo que hay en el pajar, esa ropa huele a heno húmedo y a Henryk. Camina rápido y no tarda en echar a correr para alejarse del pueblo en dirección al bosque.

Cada paso de Róża es una lucha contra las agujetas de los muslos, la bilis que le sube desde el estómago y el frío implacable que nota en la nariz, las mejillas y las yemas de los dedos. Pero sigue adelante a pesar del dolor y el abotargamiento, a pesar de su fuerte deseo de parar y descansar. Intentando dejar atrás su pérdida.

Cuando Maryla entró en el pajar, Róża solo pensaba en abandonar el plan, decirle que se fuera y encontrar otro escondite para Shira y para ella donde pudieran estar las dos juntas. Pero no era buena idea huir con la niña con esas temperaturas heladoras y sin saber si encontrarían refugio. Tenía que encontrar un lugar seguro para Shira. Le había costado mucho mantener la compostura, seguir mirándola a los ojos, pero entonces ella le acercó las manos (para que Róża envolviera los deditos de Shira con sus dedos largos, ese ritual que hacían todas las noches) y, como eso no le funcionó, se agarró a sus brazos con todas sus fuerzas, clavándole los dedos y las uñas.

—Oh, Shira...

Todavía tenía la marca de los dedos de Shira en los brazos y su voz aguda le resonaba en los oídos. Shira se había aferrado a ella y Róża había tenido que arrancársela literalmente, dedito por dedito. Para Róża había sido como si la despellejaran, como si le extirparan una capa de su ser y se la arrebataran...

A Róża le fallan las piernas al llegar al límite norte del bosque, pero sabe que ahí todavía puede verla alguien. Necesita un lugar donde esconderse.

Nada más entrar en el bosque, encuentra un enorme tronco caído, con las ramas llenas de agujas de pino. Si puede tapar un poco los lados le servirá, al menos temporalmente, hasta que se recupere un poco. Da un trago de agua, abre el paquete de Krystyna, le da dos bocados con ganas al pan de cebolla y después se pone manos a la obra para crear una guarida bien recubierta de agujas de pino. Coloca ramas por encima, pero deja una esquina abierta para situar ahí la fogata. Por fin se mete dentro, jadeando, y se queda mirando el cielo negro azulado por los huecos que dejan las ramas.

Se despierta en algún momento de la noche. El viento ha empujado unos trozos helados de corteza y de hojas por los huecos de las ramas y se le han congelado entre los dientes. Muerde y traga. Nota el terreno duro bajo las nalgas y los hombros y le duele todo el cuerpo por la rigidez y el frío. Todo excepto los dedos de los pies: Róża no los siente. Se guarda la tarjeta con la dirección en el bolsillo y se quita las botas. Se pone los calcetines de Henryk y mete los pies entumecidos, primero uno y después el otro, en el hueco que forman sus piernas dobladas.

Se despierta otra vez al oír un ruido: la llamada de un animal. Cambia de postura, aparta las ramas que tiene sobre la cabeza y se queda sentada. Se pregunta qué es lo que habrá allí cerca: ¿murciélagos, jabalíes, un lobo? Escucha atentamente hasta oír algo, a pesar de las ráfagas de viento. ¿Un pájaro?

Vuelve a acurrucarse en su refugio e intenta dormir otra vez, pero tiene la cabeza llena de recuerdos de Shira. El timbre de su voz. El olor oleoso de su pelo, la cálida suavidad de sus mejillas. El peso de sus brazos y sus piernas, doblados mientras duerme.

A pesar de todo lo que la echa de menos, siente una oleada de alivio (ya no tiene que alimentar a Shira, ni ocuparse de que no tenga frío, ni inventar cuentos sobre flores mágicas o pájaros musicales), seguida de una culpa mortificante, y no deja de darle vueltas mentalmente a todo lo que puede salir mal durante el transporte de Shira hasta el orfanato. Al final vuelve a cubrir bien con las ramas su guarida, como si cerrara una puerta. Allí dentro se hace un ovillo bien apretado y deja de mirar esas estrellas de brillo acusador.

SEGUNDA PARTE

La niñita llora, pero sin hacer ningún ruido, no se atreve. Si hay gigantes en ese nuevo jardín, no quiere que la oigan. El pájaro amarillo canta su música y las flores encantadas crecen. Aun así, la niñita sigue en silencio. Su madre le dijo que una cadeneta invisible de margaritas las iba a mantener siempre conectadas, así que intenta sentir el tironcito desde su extremo. Pero en el fondo la niñita sabe que, hasta que no esté otra vez con su madre y ella la rodee con sus brazos, seguirá perdida.

23

Con la primera luz de la mañana aparece una monja joven con un largo hábito marrón, se sitúa al lado de Zosia y le hace la señal de la cruz en la frente. Zosia se despierta sobresaltada y se queda mirando primero a la monja (que lleva una gran toca almidonada que parece formar unos cuernos) y después las hileras de camas con sábanas blancas perfectamente estiradas. Asustada, Zosia aparta de un tirón las mantas, tiesas, ásperas y con olor a lejía, que la tienen atrapada. Con una mano sujeta la mantita andrajosa y la otra la tiene ahuecada formando un nido.

Solo hay una ventana pequeña con un marco de madera oscura que contrasta con las paredes blancas sin adornos, y está demasiado alta para que Zosia pueda ver el exterior. Sin el calor de su madre, siente dolorosamente el aire frío de la habitación en el pecho. No sabe si es por el frío o por el miedo, pero empieza a temblar. Entonces la monja le pone la mano en el pecho y ejerce una leve presión constante, como si pusiera un pisapapeles sobre una hoja de papel a punto de volar. Después de unas cuantas sacudidas más, un escalofrío y un estremecimiento, el cuerpo de Zosia va cediendo poco a poco.

—Ya está, ya está. No te asustes. Yo soy la hermana Alicja. —La hermana Alicja mira la pizarra y después a la niña—. Y tú tienes que ser Zosia.

Zosia parpadea involuntariamente, como si eso pudiera

servir para que el nombre desapareciera (no es el suyo, el que le puso su madre). Se aferra aún más a la mantita.

—Zosia, sí —repite la hermana Alicja, como si el nombre fuera algo que pudieran decidir así, de mutuo acuerdo. Su cara redonda se ve brillante y limpia. Tras unos momentos, le tiende un vestidito marrón y un blusón blanco sin mangas—. Venga, ponte esto.

Cuando Zosia se pone de pie, mete la mano en el bolsillo y encuentra los trocitos de la galleta que ha cogido para su madre. No quiere cambiarse de vestido, aunque el suyo esté muy sucio, pero la hermana Alicja le quita rápidamente el viejo, mirando hacia un lado todo el tiempo, y le pone el nuevo.

—Toma un bollo. Mientras las otras niñas están en el refectorio, vamos a ver qué podemos hacer con ese pelo.

Zosia se toca el pelo. Después del baño Maryla no le volvió a hacer la trenza y ahora lo tiene todo enredado.

La hermana Alicja la lleva hasta un baño que hay allí cerca. Una sola bombilla proyecta un leve círculo de luz amarilla sobre dos cubículos y un lavabo alargado. En unos estantes toscos y altos hay alineados trapos para lavarse y toallas tiesas, dobladas en cuadrados perfectos. La hermana Alicja coge una toalla.

Zosia se revuelve cuando le aprieta la nuca contra el borde de la fría porcelana del lavabo y le echa en el pelo un líquido (tiene un olor tan fuerte y acre que a Zosia parece que le arde la nariz solo con respirarlo). Se retuerce e intenta apartarse, pero la hermana Alicja la sujeta, con cuidado pero con firmeza, para que se quede en su sitio.

—Está bien. —Tras hacer que se incorpore, le pone una toalla sobre los hombros y le da otro bollo—. Tenemos que esperar un poco para que haga efecto.

Después, la hermana Alicja le vierte agua helada desde el nacimiento del pelo hasta la base de la nuca. Zosia mira fijamente una grieta en el recubrimiento blanco del techo para no gritar; se estremece cuando el agua le empapa el cuello de la blusa y le cae por la espalda.

—No tenemos agua caliente para esto, lo siento.

Tras enjuagárselo varias veces, la hermana Alicja le seca el pelo con una toalla. Le pica mucho la nariz y tiene la espalda del vestido mojada. Zosia no aparta los ojos de la toca de la hermana Alicja; la piel que se ve bajo el borde blanco levantado, la caída del velo negro. Le parece que es como si la hermana Alicja no tuviera pelo.

Con unas últimas palmaditas, la hermana Alicja le quita la toalla de la cabeza.

—Ya está mucho más claro.

Zosia se coge un mechón y se lo acerca para verlo. Creía que se lo estaba lavando para que lo llevara más limpio, pero ahora ve que le ha cambiado el color: está casi blanco. Suelta una exclamación, perpleja.

La hermana Alicja le pone a Zosia las manos firmemente en los hombros y le habla con suavidad.

—No es más que pelo. Y va a ser mejor así. Pero espera. Tienes que quedarte quieta y con los ojos cerrados un poco más. No tendría sentido que tuvieras las cejas oscuras, ¿verdad? —Vuelve a empujar a Zosia para que se siente con la cabeza hacia atrás y empapa las cejas de Zosia con una toalla mojada en lejía.

Unos minutos después, la monja la examina de nuevo con los labios apretados. Después asiente, limpia bien las cejas de Zosia para que no quede ni rastro de lejía y la hace girarse para peinarle el pelo lleno de nudos, y ahora del color de la paja, mechón por mechón, antes de secárselo otra vez con una toalla.

Zosia nota los ojos llenos de lágrimas. No entiende por qué la hermana Alicja le está haciendo eso. Pero antes de que tenga tiempo de preguntar, la monja lleva a Zosia por un pasillo oscuro, flanqueado de gruesas columnas y coronado por bóvedas con arcos, extrañas e intimidantes. Zosia tiene miedo porque los tacones de los zapatos de la hermana Alicja resuenan con fuerza contra el suelo de madera a cada paso que da. Busca ventanas o alguna puerta (una forma de escapar), pero la paraliza el caos provocado por la cantidad de ruido que la rodea. Pasos y gente cantando. Campanas que señalan la hora. Demasiado ruido después de tanto silencio…

Fuera, en el patio, Zosia oye los gritos de las otras niñas: una que pilla a otra y después se va corriendo; la cantinela que entonan mientras saltan; las firmes regañinas de las monjas, dando órdenes o intentando convencer amablemente. Recuerda cuando jugaban los hijos de Henryk: ellos hacían un ruido que no suponía ningún peligro. Y recuerda ese trino que pronunció y resonó en el pajar: el sonido que le había costado todo.

Zosia se queda inmóvil, todavía intentando contener las lágrimas y buscando con la mirada algún escondite en las paredes de piedra o tras los setos. Las niñas son larguiruchas y rubias. Ninguna tiene el pelo grueso y oscuro, como el de su madre. O el suyo.

En cuanto la ven, se arremolinan a su alrededor y se quedan mirándola. Zosia se revuelve, incómoda; no está acostumbrada a que la examinen así. Solamente una niña la saluda con un «hola», pero Zosia no logra hablar. Para Zosia las palabras son como un collar de cuentas de cristal alrededor de su cuello: si se rompe, todas las cuentas caerán al suelo y se desperdigarán, acabando con el silencio que las mantuvo vivas a su madre y a ella, abrazadas bajo el heno.

A la hora de la comida, Zosia se lleva la cuchara a la boca, pero sus labios no hacen ruido al abrirse, sus dientes no entrechocan al masticar y su garganta no hace ningún sonido al tragar. Ni una sola vez recoloca sonoramente las caderas sobre el duro banco del refectorio, ni sus mangas almidonadas susurran al rozar la servilleta que tiene en el regazo. Ahora tiene que esconderse allí, a plena vista; eso es lo único que sabe, aunque no sepa por qué. Hay mucho barullo en esa sala: las otras niñas charlan y sorben, las suelas de los zapatos de las monjas rechinan contra el suelo y se oye como recitan solemnemente una oración. Zosia no hace ni el más mínimo ruido y no aparta los ojos de la comida. En el plato hay más cantidad de la que está acostumbrada: una sopa, naranja por la zanahoria, y un montón de patatas para acompañar.

Come con ganas al principio, pero después se refrena, pensando en su madre: en todas las veces que ella no comió nada mientras fuera, con Krystyna, Zosia se llenaba el estómago de pan, mantequilla y huevos.

Por la tarde la hermana Alicja lleva a Zosia por un pasillo en el que cuelgan oscuros retratos de gente con halos dorados.

—Este es san Francisco de Asís y esta es santa Isabel de Hungría.

Al final encuentran una capilla. Todas las demás estancias del convento son espartanas, sombrías y huelen a lejía, como su pelo. Pero la capilla es preciosa, llena de arcos y decoraciones doradas. La luz del sol entra por las ventanas altas y en una mesa que hay en la parte de delante parpadean las llamas de unas velas, que impregnan el aire de olor a cera. Todo lo que la rodea irradia calma.

La hermana Alicja lleva a Zosia a una hilera de bancos detrás de las otras niñas y le hace un gesto para que haga lo mismo que ellas, que colocan unos cojines para arrodillarse y cogen los libros de himnos que tienen en los respaldos de los bancos. Zosia se deja llevar por la quietud silenciosa que reina en la capilla, pero el silencio allí es expectante, nada que ver con el opresivo del pajar. Se siente confundida y tiembla. Cuando se pone de rodillas en su reclinatorio, se escabulle bajo el banco, se hace un ovillo y llora en silencio.

Intenta tranquilizarse llenando su cabeza con la voz de su madre: el único sonido que la calma cuando hay peligro. Esa cadencia especial que tenía cuando le cantaba en susurros la nana de la gallina que le traía tazas de té a sus pollitos: «*Cucuricoo! Di mom iz nisht do*». Su madre le hablaba en varios idiomas: polaco, ruso, alemán, ucraniano... Pero siempre le cantaba en yidis, con ese tono lírico y evocador.

En la realidad, el repentino estallido de una canción interrumpe los recuerdos de Zosia. Se gira y al fondo de la iglesia encuentra a un grupo de monjas de pie, formando dos filas. Zosia no conoce el idioma de la canción, pero el corazón le da un vuelco ante la alegre unión de las voces, algunas profundas y retumbantes, otras agudas como campanas. Deja de llorar y se sienta. El sonido es milagroso, como un cielo abierto: ese cielo bajo el que se sentaban ella y su madre cuando iban a las montañas y al prado, antes de que ya no pudieran salir. Antes de que se vieran atrapadas bajo las vigas y el tejado. Antes de que su madre la mandara lejos.

24

Invierno de 1943

Róża decide dirigirse a lo más profundo del bosque, rezando para que el terrible frío haga que los soldados no quieran adentrarse en él y mantengan sus patrullas por el perímetro. Para distraerse y olvidar un poco el hambre, se inventa un cuento para recordar la ubicación del orfanato: trata de un valiente príncipe, que se llama Józef, que con treinta y tres años cruza un largo puente mientras mira los cielos. Cree que a Shira le gustaría ese cuento (porque contiene las pistas para descubrir la dirección: ul. Poniatowskiego 33, Celestyny), y que le haría preguntas sobre cómo era Józef de valiente, qué aspecto tenían los cielos y qué hizo su familia para celebrar su treinta y tres cumpleaños. La tarjeta de visita con la dirección, Róża se la ha cosido, sin que se note nada, a la cintura de los pantalones; resulta demasiado peligroso perderla. Mira las ramas de los árboles cristalizadas y piensa que ese es un lugar mágico y reluciente, a pesar de que todo en el mundo se ha ido al traste.

En ese vasto bosque primigenio, hay árboles que se inclinan en todas direcciones. Unos troncos desnudos se elevan sobre la espesa maleza; otros han acabado en el suelo y están cubiertos de nieve. Se ven ramas caídas por todas partes. Róża esquiva como puede las zarzas mientras arrastra ramas caídas hasta la boca de una cueva abierta en la roca. Se esconde en su interior e intenta fabricarse un arco utilizando un palo fino, pero recio, e hilos largos deshilachados del chubasquero de Henryk. Al principio el artefacto le recuerda al arco de un violín, el de Natan, hasta que le saca suficiente punta para matar a un animal pequeño.

Escucha los sonidos del bosque. Allí no hay silencio, ni mucho menos; las voces chillonas de los pájaros y las llamadas de alarma de las ardillas anuncian su presencia. Descubre patrones en el viento. Durante un largo rato observa los movimientos de un urogallo.

Se preocupa de que el fuego (que necesita desesperadamente para calentarse) revele su escondite, ya sea por el brillo de la llama o por el humo. Al principio enciende una pequeña hoguera dentro de la cacerola y la alimenta con las capas más secas de la corteza de los árboles, para reducir el humo al mínimo. Pero la idea de utilizar esa cacerola para preparar una sopa, aunque solo tenga agua caliente y alguna que otra raíz, y tener algo que le caliente las entrañas, la lleva a atreverse a hacer una pequeña fogata en el suelo. En una zona donde la vegetación es más espesa amontona unas cuantas ramas secas de pino, vuelca encima las ascuas ardientes que tenía en la cacerola y reza para que nadie vea su hoguera. Limpia la cacerola, la llena con agua, echa dos puñados de raíz de abedul y la pone al fuego.

Cuando se desplaza va girando los pies para ocultar sus huellas y dejar el mínimo rastro posible. Busca por el bosque, bajo la nieve, bellotas, setas o ajo silvestre, que no es fácil de encontrar, y rompe el hielo que cubre la ciénaga para llenar la cantimplora. Débil por el hambre, permanece escondida durante el día y solo sale por la noche, cuando ya ha oscurecido.

Róża utiliza un cordel para atar las suelas de las botas de Henryk, que han empezado a desprenderse. Sabe que sin ellas morirá allí, en ese bosque. Zurce los agujeros que le van saliendo a los mitones y se cala bien el sombrero de piel de Natan para cubrirse las orejas, azotadas constantemente por el viento, sin dejar de mirar al cielo para vigilar la luna. Cada noche, antes de salir, hace un nudo en un trozo de hilo para marcar que ha sobrevivido un día más.

En su tercer día en el bosque, casi al atardecer, se prepara una comida que consiste en corteza de abedul cocida. Como ya no tiene que reducir su ración para guardar comida para nadie, devora hasta el último trozo de corteza fibrosa. Cuando vuelve a esconderse para descansar durante el día, Róża se frota el cuerpo para calentarse y se niega a hacerse un ovillo, rendirse y morir. Escucha el pulso de la música en su interior: una melodía, amplia y espaciosa, que la saca de su angustia solitaria. Mientras otras personas comparten las estrellas (mirando el cielo nocturno al mismo tiempo), Shira y ella tienen eso: la música de los violines mezclada con la de los chelos. Y el vuelo de las notas, que es como un batir de alas, las transporta y las une más allá de los confines de una madriguera en un bosque o de las paredes de un convento.

El convento es un laberinto de pasillos serpenteantes que Zosia todavía no acaba de entender, así que sigue a las otras niñas, que tiemblan bajo sus finos vestidos almidonados, para ir a clase a hacer sus tareas y después a la capilla. Solo reducen el paso cuando cruzan ante las estufas de madera, donde se apiñan un momento para calentarse antes de continuar a toda prisa. En la zona donde viven las niñas solo hay dos estufas, una en la sala comunal y la otra en el pasillo al que da el dormitorio.

Ula y Adela son muy mandonas, como si ellas fueran monjas y las demás niñas sus pupilas. Una niña pálida y de voz aflautada, Kasia (la misma que le dijo «hola» a Zosia el primer día y la única que le habla ahora), se queja.

—¿Por qué tengo que lavarme las manos otra vez, solo porque lo diga Ula? Ya las tengo limpias.

Zosia no se atreve a decir nada. Se ha dado cuenta de que Ula se queda mirándole fijamente el pelo y Adela arruga la nariz y le examina los zapatos gastados.

Mientras sigue al grupo por los pasillos, bajo los cuadros de los santos con caras tristes, va curioseando el interior de las diferentes habitaciones al pasar.

En su quinto día en el convento, por la tarde, en una de ellas ve un pequeño violín y se para en seco. Se queda allí plantada, sola, sin aliento, ante la puerta abierta.

El violín, de color ámbar con leves vetas negras en la parte curva, está apoyado sobre una mesa en una clase en la que hay otros instrumentos: un acordeón, dos guitarras y diferentes tambores y triángulos. Todo está cubierto por una capa de polvo, parece que nadie lo usa. «¿Alguna vez habrán dado clases de música aquí? ¿Todavía lo harán?»

Parada en el umbral, Zosia no aparta la vista del violín, llena de asombro. El taller de su abuelo estaba lleno de esos instrumentos (de madera de color miel y con olor a abeto, a resina, a pegamento y a barniz) y también estaba el que tenía la estrella, que era el que tocaba su padre por las noches, con la cabeza ladeada y un brazo que parecía volar sobre las cuerdas, que le dejaba pulsar a ella mientras él movía el largo arco arriba y abajo.

Unos segundos más y por fin Zosia se aparta con dificultad de ese lugar para volver con las demás. Pero memoriza el camino hasta allí y durante varios días visita ese sitio y va entrando poco a poco en la habitación, hasta que por fin se planta ante el violín y siente que le hormiguean los dedos solo de pensar en tocar las tensas cuerdas y la suave curva de la voluta del mástil. Kasia (que lleva en el orfanato dos años, tras quedarse huérfana y después haber sido separada de su única hermana) sigue a Zosia y le pregunta por qué no para de ir a ver el violín. Zosia simplemente se encoge de hombros. No sabe si es un recuerdo o algo que se ha inventado, pero el violín le trae a la mente la imagen de su madre sosteniéndola en el aire y bailando con ella, sin parar de dar vueltas y vueltas, al ritmo de unas melodías que sonaban como zíngaras, rápidas y animadas.

Al día siguiente, durante el recreo, una monja, la hermana Nadzieja, le pide a Zosia que vaya con ella a la clase. Zosia tiene miedo, cree que se ha metido en un lío, pero la hermana Nadzieja la mira sonriendo con dulzura. Han guardado todos los instrumentos, excepto el violín, que está limpio y brilla.

—Pasé por aquí ayer y te vi admirando el violín. ¿Quieres intentar tocarlo?

Ahora hay un arco al lado del violín y Zosia ve que ambos son del tamaño adecuado para un niño. Para hacerle una demostración, la hermana Nadzieja se coloca el violín junto a la barbilla y con el brazo, cuyas articulaciones crujen, mueve el arco suavemente sobre las cuerdas. El sonido es redondo, fluido y alto. Zosia se aparta, asustada.

Para tocar el violín la postura es muy importante. Y también la forma de sujetar el arco.

Las palabras de la hermana Nadzieja resuenan como si vinieran de una caverna subterránea, y son profundas y tranquilizadoras. Sus ojos le recuerdan a las castañas que habían caído de un árbol, que su madre y ella encontraron en uno de los prados.

La hermana Nadzieja se arrodilla y le coloca los pies a Zosia para que queden a la anchura de sus hombros. Le pone la mano rodeando el arco, con el dedo meñique apoyado sobre el tornillo y el primer dedo apoyado en el cuero. Le coloca el violín inclinado hacia un lado, bajo el codo girado de Zosia, y la barbada bajo la barbilla. Y por último le sujeta la mano y va guiando el arco arriba y abajo sobre la cuerda de la nota re.

Con la mano firme de la hermana Nadzieja sobre la suya, va emitiendo un sonido que reverbera junto a su oído, fuerte y vigorizante. Pero Zosia se queda petrificada a medio movimiento, aterrorizada por lo que puede estar revelando. Un sonido como ese, rico e integral, pueden hacerlo otros, pero no ella. Empiezan a caerle lágrimas por las mejillas.

—¡Ha sido un primer intento estupendo!

Zosia era demasiado pequeña para sujetar por sí sola el violín de su padre, pero era algo que se imaginó muchas veces. Ahora desea con todas sus fuerzas pasar el arco sobre las cuerdas otra vez y oír esa nota reverberante.

—Venga, otra vez —la anima la hermana Nadzieja.

Zosia tiene los brazos muy delgados y eso hace que el violín, aunque es pequeño, se le caiga un poco y que el arco le tiemble en la mano, así que el sonido que consigue es etéreo e inseguro. Pero la hermana Nadzieja sigue a su lado, sujetándole los brazos, animándola a seguir. La hermana Nadzieja es amiga de la hermana Alicja y parece que a ella no le preocupa el peligro que puede encerrar ese sonido. Y lo que le está dando a Zosia (ahí, con los pies bien plantados, tiene la sensación de que sus sentimientos atrapados cuentan, y que lo hacen lo suficiente para resonar más allá) es más que lo que ha sentido ahí nunca. Poco a poco sus movimientos se van haciendo más largos y regulares.

Zosia pasa por la clase siempre que puede: antes de desayunar y después de sus tareas. Ensaya todo lo que la hermana Nadzieja le enseña. Escalas y arpegios. Melodías sencillas. Con la mejilla apretada contra el violín en un ángulo pronunciado, toca lo que oye en su cabeza. La hermana Nadzieja alaba su forma de tocar y Zosia se ruboriza de placer mientras continúa, buscando los sonidos que recuerda que le llegaban flotando desde el salón de su casa de Gracja.

Con el tiempo las notas de Zosia, redondas, largas y melodiosas o entrecortadas, breves y vacilantes, empiezan a parecerle algo seguro, más seguro incluso que el silencio. Se acumulan y se ordenan en su cabeza, como monólogos y diálogos. Como discusiones. Como súplicas. Como la más sencilla de las oraciones, en la que pide que aparezca su madre para llevársela con ella.

25

Mientras Róża avanza por el bosque, contempla los ritmos ondulados que las ráfagas de viento imprimen en la nieve caída y los prismas de luz coloreada que aparecen de improviso en el suelo blanco del bosque. Sigue adelante, frotando con el pulgar el mango de madera del desplantador (la herramienta más importante que tiene, la que la mantiene viva), que usa para cavar un refugio o para desenterrar raíces. Cuando hace fuego a veces, pocas, ve vetas de color índigo entre las llamas amarillo anaranjado. Pero cuando cierra los ojos, Róża solo ve oscuridad.

Pone trampas para animales, como le enseñó Henryk, pero cada vez que va a comprobarlas, débil pero llena de esperanza, las encuentra vacías. La amargura puede con ella, porque no consigue cazar y sabe que la poca vegetación que sobrevive bajo la nieve no es suficiente para subsistir. No para de temblar. Sería más seguro, y mejor en cuanto a la búsqueda de comida, ir trasladando su campamento, pero si mantiene el fuego en uno fijo puede conservar las cerillas (solo le quedan veintidós). Si muere allí, de hambre o de frío, Shira se quedará completamente sola.

Acurrucada en un agujero cubierto de finas ramas entrecruzadas, Róża pierde la noción del tiempo y el espacio. No tiene conciencia de dónde ha dormido o cuánto tiempo ha transcurrido desde la última vez que comió. Ya no sabe cuántos atardeceres han pasado, ni cuantos nudos tiene que hacer en su hilo.

Se sume en un delirio que le trae una tormenta de arena, que le azota la piel y le arranca la carne de los huesos. Está enterrada en una cacofonía de sonidos (el retumbar de los tambores, el torbellino del rasgueo de guitarras, el quejido de las gaitas), demasiado fuerte para que pueda soportarla, y se golpea la cabeza contra el suelo de tierra para intentar que pare.

Cierra los ojos para conjurar imágenes de Shira (acurrucada, escuchando su nana, con una mano ahuecada para su diminuto pájaro imaginario y con la otra aferrada a su mantita) y en sus sueños revive la forma en que hizo los puntos casi ocultos en el dobladillo de la manta. Róża no puede soñar con Shira sin su manta, pero sus sueños pasan a ser pesadillas cuando las letras bordadas (prueba de que su hija es judía, de su nombre verdadero) se convierten en gruesos sarmientos que envuelven y estrangulan a la niña. «¿Cómo he podido ser tan tonta?»

Róża se despierta empapada en sudor. Se acurruca más en su madriguera, sin poder creer que esté ahí sola, viviendo como un animal, y que todos los miembros de su familia, todos y cada uno, ya no están con ella. No consigue volver a sentir algo de calor; ahora, después del sudor, es imposible. El terreno bajo su cuerpo parece una lámina de hielo. El aire está lleno de humedad y le pica tanto la piel que está a punto de volverse loca. Si le llegara alguna noticia del exterior, se enteraría de que ese horror se está acabando y que ya puede ponerse en camino para ir a buscar a Shira. Pero sola en los bosques no tiene forma de saber lo que pasa en la guerra.

Róża se incorpora bruscamente y el aire tempestuoso le revuelve el pelo y le enfría la cabeza. Eligió ese lugar para descansar cuando todavía estaba oscuro, pero ahora se da cuenta de que es una zona de bosque con una franja de abedules plateados, demasiado estrecha y expuesta. Debería desplazarse más adentro, donde los robles y los pinos ofrecen mejor cobertura, pero está mareada por el hambre.

La debilidad hace que sienta la urgente necesidad de tumbarse de nuevo y dormir… pero no. Morirá si no encuentra algo de comer.

Un poco más allá, no muy lejos, ve un puntito de luz amarilla. Tal vez sea una granja donde robar algo. Puede que encuentre cebada, patatas o, no se atreve ni a imaginarlo…, ¡nabos!

Sale de su guarida al atardecer, con el cuerpo insensibilizado, y avanza luchando contra el viento, esquivando árboles envueltos en la niebla, en dirección a la linde del bosque. Sus pensamientos son erráticos, inconexos. Se pregunta si Krystyna y Henryk se pelearán ahora que ella se ha ido. Se acuerda de una de sus peores peleas con Natan. Lo oyó menospreciar a su padre mientras hablaba con otro amigo músico; se refirió a él diciendo que era como un «mecánico», no un artesano que creaba instrumentos (uno de ellos el que tocaba Natan). Él a veces se mostraba altivo y despectivo con sus padres, pero ellos siempre estaban ahí, apoyándolo, mimando a Shira y cuidándola para darles a ellos tiempo para su música. Los padres de Róża no tenían un trabajo de prestigio, como los padres de él, que eran farmacéuticos, pero Róża valoraba la forma en que ellos se implicaban y colaboraban en su vida familiar. Cuando se enfrentó a Natan (tal vez no solo los menospreciaba a ellos, sino a ella también), él lo negó y se puso furioso. Y ella aún más. Incluso ahora se altera solo de recordarlo. Aunque el dolor por haberlo perdido había hecho que, en ocasiones, su mundo se detuviera, revivir ese enfado la empuja a continuar, a seguir andando a pesar del hambre, la fatiga y la desesperación.

Recorre rápido el camino y ve la luz del farol cada vez más

cerca, hasta que el sonido de unos pasos hace que se detenga. Se agacha detrás de una piedra grande. Una figura se acerca. No puede distinguir sus facciones, solo ve un gorro con pelo y un abrigo largo.

Tal vez delira otra vez, porque la mente de Róża le dice que esa figura podría ser Henryk. O alguno de los vecinos desconfiados (Borys, que vuelve después de llevar a Piotr arrastrando al centro del pueblo tras denunciarlo, después de todo ese tiempo). Cuando el hombre se acerca, la respiración de Róża se vuelve irregular y entrecortada. Tiene los músculos de la cara muy tensos y la tripa revuelta. Está segura de que ese hombre verá sus huellas e irá tras ella, pero pasa de largo. Es un granjero joven que nunca había visto. Entonces Róża vuelve corriendo a esconderse en lo más profundo del bosque, descartada su misión de robar comida.

Mientras corre a ocultarse, Róża se reprende a sí misma: tiene que ser fuerte, no puede permitir que la derroten sus miedos, ni su imaginación castigadora. Se apoya en un árbol tupido y se obliga a inhalar el olor avainillado de su corteza, su belleza, mientras afila metódicamente la hoja del desplantador con una piedra y se prepara para sumergirse en lo más profundo del bosque. Tiene que seguir viva por Shira, para poder ir a buscarla como le prometió y volver a abrazarla. Con una resolución renovada, cava alrededor de varios troncos de árboles y encuentra suficientes setas para hacerse una sopa.

Una semana después, Róża ve a dos mujeres acurrucadas en un lugar donde ella había planeado ir a excavar en busca de raíces. Da un paso para alejarse, pero pisa una rama que cruje con fuerza. Las mujeres se giran y se quedan mirándola. Róża echa a correr.

—¡Espera, por favor!

Al oír las palabras en yidis, Róża se detiene.

Cuando las mujeres se acercan, a Róża el corazón le late tan fuerte que está a punto de salírsele del pecho. Mete la mano en el bolsillo y coge el objeto más afilado que tiene: las tijeras de podar. Pero pronto ve que sus expresiones son como la de ella: de terror, agotamiento y esperanza desesperada.

Parecen parientes (hermanas, cree Róża) y tienen el pelo y los ojos oscuros, aunque la cara de una es de líneas suaves, con mejillas redondas y ojos grandes, y la de la otra es más angulosa y severa.

—Te vimos buscando comida por aquí ayer —dice la de la cara más redonda.

Róża no responde. Todavía sujeta con fuerza las tijeras.

—¿Estás sola? —La misma mujer mete una mano en el bolsillo del abrigo y saca una ofrenda: un puñado de raíces recién desenterradas—. Toma.

—¡Miri! —la reprende la de la cara angulosa.

Róża se mete las raíces en la boca y traga, para seguir viva, aunque ahora la otra tenga ganas de acabar con ella.

Pero no van a matarla. Esas mujeres se están escondiendo, como ella. Son hermanas, como creyó Róża, y vivían en Varsovia antes de la guerra. La mujer que le dio las raíces (Miri) ve las botas destrozadas de Róża y arranca unas tiras de una camisa de trabajo hecha jirones que lleva para envolverle los pies helados. Y traen algo aún más milagroso: un trozo de papel, arrancado de un periódico, que le da algo de esperanza a Róża. Contiene noticias del avance del Ejército Rojo en el sitio de Leningrado. Pero no sabe cuánto tiempo ha pasado desde que se imprimió ese periódico.

Róża no puede contener su alivio al verse acompañada por otros seres humanos. Que además son mujeres. Y judías. Les pregunta si tienen noticias recientes de la guerra. No saben nada, pero la hermana de la cara angulosa, Chana, anuncia su intención, en cuanto tenga la más mínima oportunidad, de unirse a la resistencia y luchar.

—Les voy a hacer pagar por lo que les hicieron a nuestros padres, a nuestro hermano pequeño... —Parpadea con los ojos enrojecidos.

Miri, preocupada, le coge la mano a Chana.

—Al menos podemos darle gracias a Dios porque tú y yo estamos juntas.

—Lo siento, pero yo no puedo darle las gracias a un ser que no existe. —Chana se acerca a Róża con aire desafiante—. ¿No tendrá armas esta mujer?

—¡Chana!

Róża mira a una y después a la otra. Antes ella estaba muy involucrada en la religión y la política. Ahora solo le importa llegar a Celestyny cuando acabe la guerra para encontrar a Shira.

Cuando Miri sugiere que tal vez les iría mejor si se unieran a un campamento familiar, como el grupo grande que encontraron escondido más al oeste, Chana ríe sin humor.

—¿Es que se te ha olvidado, Miri? Nuestra familia está muerta... Nuestro hermano. Nuestra madre.

Las tres se quedan calladas.

Róża no les habla de Shira y eso es una liberación. Todavía tiene por delante las horas del sueño en las que la persigue su pérdida y ve sus ojos suplicantes y sus manos extendidas.

Cambian de tema mientras recogen leña. Para tranquilidad de Róża, las hermanas tienen yesca y pedernal y una lupa para hacer fuego (no va a tener que gastar sus cerillas, al menos por ahora). Miri le cuenta a Róża que ella ayudaba a su padre en el negocio de fabricación de jabón y que Chana, que tenía aspiraciones de ir a la universidad, acudía a protestas contra el gueto de los bancos, por segregar a los estudiantes judíos de los demás. Eso fue antes de que cerraran el negocio de su padre y la universidad. Antes de que se formaran auténticos guetos.

Desde que está en compañía de las hermanas, Róża se nota menos cansada, con algo más de energía. Quiere seguir con ellas, pero tiene dudas sobre compartir un campamento. Entonces Chana le cuenta lo del cadáver que encontraron la semana anterior: un hombre con un cinturón al cuello y los pantalones bajados, porque algún soldado le había hecho «la prueba del judío». Róża se queda impactada al pensar que, como no ha explorado la zona y además ha estado sumida en una neblina provocada por el hambre, no ha sido consciente de que allí, en el bosque, había otras personas (no solo judías, sino también alemanas). Ha tenido más suerte de lo que creía.

—¿Puedo acampar con vosotras? —pide Róża de repente.

—Oh, sí, Róża. ¿Por qué no eliges sitio tú primero? —ofrece Miri.

Chana hace un gesto amplio y dramático con la mano.

—Sí, por aquí, donde quieras.

Las tres se echan a reír y un momento después no pueden parar. Chana repite el gesto y todas vuelven a empezar una y otra vez. Róża levanta una mano para tocarse los labios curvados, las arrugas de los ojos. Se le había olvidado cómo era la risa.

Róża duerme profundamente por primera vez desde que huyó sola al bosque. Al despertarse se siente fortalecida por la compañía de las hermanas, sobre todo la de Miri; aun así no sabe si va a poder quedarse con ellas. El objetivo imperativo de Róża es dirigirse hacia el sur, hacia Celestyny, y esperar en la linde del bosque hasta que sea seguro salir e ir a buscar a Shira. Saca la vieja brújula de Natan. Al verla, Miri levanta la vista para ver dónde está el sol.

—Necesito dirigirme hacia el sur —explica Róża en voz baja.

No para de caminar arriba y abajo, aunque no avanza; es como si quisiera estar ya alejándose de allí. El hielo se resquebraja en los lugares donde es demasiado fino y las ramas heladas crujen bajo sus pies. Miri no quiere preguntarle por qué y Róża se siente aún más agradecida con ella por eso.

—¿No nos dijo Jerzy, del campamento grande, que había un grupo de judíos de la resistencia al sur de aquí? —pregunta Chana.

Miri parece alarmada.

—Puede ser.

—Bueno, pues entonces vayamos en esa dirección. De todas formas no podemos salir del bosque hasta que tengamos nuevas noticias.

Se dirigen al sur, pero cuando las temperaturas se vuelven heladoras, Chana se niega a trasladar el campamento.

—¡No tiene sentido, Róża! No podemos avanzar con este viento, ni tampoco pasarnos la vida excavando esta tierra helada. Vamos a quedarnos aquí, al menos hasta que el tiempo mejore un poco.

Róża cede. Pero el tiempo no mejora. El invierno es brutal y parece que no tiene fin. La leña para alimentar el exiguo fuego se convierte en algo más crucial que la comida.

Las pesadillas nocturnas de Róża vuelven con más fuerza que nunca, con imágenes de amenazas de asfixia, macetas hechas añicos y huesos como palillos amarillentos formando alas. Miri extiende el brazo para tocar a Róża y le acaricia la espalda. Chana pone agua a hervir y echa las raíces que han conseguido para hacer una infusión. Róża les va contando su historia entre sollozos: Shira, que está en un orfanato de monjas por seguridad; Róża, que está desesperada por estar lo más cerca posible del lugar para poder ir a buscarla cuando acabe la guerra; y todos los demás, perdidos: su madre, su padre y Natan.

Róża recuerda los primeros tiempos de su relación cuando, embarazada de Shira, compuso una nana para el chelo (que tocaba ella) y el violín (de Natan).

—¿Desde cuándo compones en seis por ocho? —preguntó Natan, mirando la partitura.

—Es lo mejor para la ocasión.

—El seis por ocho es para las nanas.

—Sí, Natan, lo sé.

—Para las na...

Y entonces se lanzó a cogerla en brazos, sin poder casi besarla porque no paraba de reír de placer. Fue él quien sugirió el nombre de Shira, que viene del hebreo y significa «canción».

Róża mira los árboles cubiertos de hielo y se estremece.

Al anochecer, mientras buscan leña y cualquier cosa comestible (frutos secos, tallos, la corteza interna de los pinos), Róża y Miri encuentran, amontonados y rotos, tres pares de gafas con montura de concha; uno es del tamaño adecuado para un niño pequeño. Después de eso Róża no consigue quitarse el frío, a pesar de la hoguera que hacen. Avanzada la noche, Chana le pone en la mano a Róża una diminuta cápsula gris. Cianuro.

—Las dos tenemos una y queremos que tengas tú también. Por si nos atrapan.

Róża mira a Miri y después a Chana, parpadeando; las hermanas la han acogido en su seno.

—Gracias —contesta.

Se guarda la pastilla en el bolsillo del pantalón, cerca de donde tiene cosida la tarjeta con la dirección del orfanato, el único fragmento de esperanza que le queda de poder encontrar a Shira sana y salva, de que ella esté creciendo, comiendo, jugando y todavía oyendo música en su cabeza.

26

En el convento, las raciones cada vez son más escasas. Las comidas se vuelven tristes según se va aguando la sopa y el pan está más duro. Por las noches Zosia se siente débil por el hambre, pero su pájaro no se queda tranquilo; sale de entre sus manos dando saltitos, porque no encuentra en ellas un nido cómodo. Su maravilloso trino de dieciocho notas ha cambiado. Ahora es un temblor frenético entre dos notas, un trémolo, con el que parece que quisiera borrar todas las distancias y traer a su lado a su madre, como si estuviera solo a un tono de distancia.

El sueño de Zosia se vuelve inquieto. La acosan sueños que la hacen despertarse sobresaltada, llena de pánico.

Su pájaro ya no es amarillo. Sus plumas son blancas, aunque las barbas inferiores son marrones y los niños lo señalan y se ríen. O es todo blanco y Zosia no lo ve en ese lugar lleno de encalado blanco, cortinas blancas, sábanas almidonadas y nieve. Cuando se echa a dormir a su lado, ella rueda sobre él y lo aplasta... ¡Ya no puede protegerlo de nada, ni siquiera de ella misma!

Zosia se despierta bruscamente y encuentra la muñeca de Kasia en su almohada, al lado de su remedo de manta. Parpadea para evitar que le caigan lágrimas de agradecimiento. En el silencio de esa habitación (donde hay más silencio incluso que en el pajar, porque aquí no se oye el murmullo del heno, de los conejos, de la nieve que cae o de su madre), escucha a las otras niñas, que respiran suavemente, dormidas. La diferencia entre ellas y Zosia, tan evidente, queda más allá de su comprensión. Es algo más que el hecho de que ellas conozcan todos los rituales y los regímenes del convento y puedan recitar todos los himnos de memoria, o de que ellas se congreguen con tanta facilidad mientras que Zosia prefiere mantenerse alejada, a solas con su pequeño violín. Sobre todo se trata de que ella tiene secretos enterrados dentro, secretos que le han ordenado que olvide y que ya está olvidando, aunque desearía desesperadamente recordarlos.

Zosia añade un nuevo secreto cuando la madre Agnieszka la lleva a un escondite: un armario en el pasillo que lleva a la capilla, lleno de elegantes túnicas blancas, acolchadas y bordadas con brillantes hilos de oro, y que tiene una partición dentro, un doble fondo. Detrás de él hay un espacio interior más pequeño. Cuando lo ve, Zosia se fija en que las paredes están hechas de tablas sin desbastar y las esquinas están fijadas con clavos medio clavados y medio doblados.

—Cuando vengan los soldados, tienes que meterte detrás de este fondo y permanecer escondida, ¿me entiendes? Y no debes salir hasta que la hermana Alicja, la hermana Nadzieja o yo vengamos a buscarte.

La madre Agnieszka mueve las perchas de un lado a otro, deslizándolas por la barra alta para hacer una demostración de cómo un soldado podría registrar el armario y no descubrir a Zosia oculta tras el doble fondo. Zosia inspira el olor del almidón de la toca de la madre Agnieszka y se pregunta si ella también habrá tenido problemas de sueño. Su cara pálida y apergaminada parece cansada.

Lo que más le gusta a Zosia de la madre Agnieszka es su voz cuando canta: ella es quien empieza cada mañana el oficio de laudes con una voz clara y preciosa. También algunas noches juega al ajedrez con las niñas y le llama la atención a Ula por ser tan mandona. Aun así, a Zosia no le gusta tener que llamarla «madre». Ella no es su madre, aunque le está pidiendo que se esconda, igual que hacía la suya.

—¿Me das tu palabra de que te quedarás aquí, quieta y callada?

Zosia asiente. Sabe cómo hacerse invisible.

Zosia también sabe (aunque no se lo dice a la madre Agnieszka) que los soldados registraron el convento la noche anterior. Mientras se estaba lavando en el baño de las niñas oyó el atronador estruendo de las pesadas botas (pasos de gigante) resonando por los pasillos. La hermana Alicja vino corriendo y la sacó por la puerta de atrás, que llevaba al alojamiento de las monjas, aunque después dio la vuelta, la encerró en un cubículo del baño y las dos esperaron en silencio. Se quedaron ahí un buen rato, hasta mucho después de que dejaran de oírse los pasos y los gritos de los soldados. La hermana Alicja le explicó en susurros a Zosia que normalmente los soldados solo venían a buscar lo que tenían en la despensa: café, azúcar o, tiempo atrás, chocolate. Pero esta vez se habían puesto a registrar más sitios.

A la noche siguiente, los soldados entran como una tromba en el convento otra vez.

En cuanto oye que se acercan las botas y ve que la hermana Alicja le hace un gesto con la cabeza, Zosia sale de la cama, antes de que se levanten las demás para formar la fila del recuento, y sale corriendo, con su mantita en la mano, por el largo pasillo donde están los retratos de los santos y la escultura de piedra de María. Se cuela en el armario del pasillo de la capilla, cierra la puerta tras ella y se mete en el doble fondo. El camisón se le engancha en un clavo, pero ella consigue soltarlo y se acomoda, mientras juguetea con el dedo con los hilos que se han soltado. Ese hueco es agobiante, ahí hace frío, huele a serrín y a hierro. Pero lo peor es que está completamente a oscuras.

Cuando a Zosia le enseñaron el hueco del armario había luz que entraba por la puerta abierta. Pero ahora está cerrado y oscuro como la boca del lobo y le parece que le falta aire. Zosia abre la boca todo lo que puede y boquea. Siente una presión en el pecho y se le pone la carne de gallina en la nuca. Piensa en el armario de Gracja, con los gruesos abrigos de sus abuelos rozándole los hombros, y en el agujero en el suelo del pajar, con la mano de su madre cogida a la suya con fuerza. No deja de acariciar con el dedo una y otra vez los puntos del bordado de su mantita.

Zosia oye que los soldados están cerca. Suena como si estuvieran volcando los bancos de la capilla y arrancando las cortinas de las paredes. ¿Alguien está abriendo la puerta del armario?

Se abraza las rodillas contra el pecho y esconde la cara. Oye que alguien mueve las túnicas de un lado a otro. Una percha repiquetea al caer al suelo. De repente la afilada punta de una bayoneta atraviesa el fondo y se queda solo a centímetros del hombro izquierdo de Zosia.

—*Nie!*

Zosia da un respingo involuntario. Se pega todo lo que puede contra la pared del fondo y se tapa la boca con la mano, rezando para que el atronar de las botas haya ahogado su grito. Desde el otro lado de la puerta se oye la voz llena de pánico de la hermana Alicja.

—¡Van a romper vestiduras sagradas! ¡Les suplico que paren!

—¿Y a mí que me importan sus vestiduras?

Los pasos de los soldados se alejan. A Zosia empiezan a caerle lágrimas que le humedecen la cara, pero no se atreve a moverse hasta que, poco después, la hermana Alicja va a buscarla.

—Por favor —suplica Zosia—, déjenme volver al pajar con mi madre. Prometo que no haré ruido…

Alicja le acaricia la mejilla a Zosia, con los ojos llenos de dolor. Tras comprobar que las otras niñas han vuelto a acostarse y que las luces están apagadas, acompaña cariñosamente a Zosia de vuelta a su cama.

Zosia se sienta sobre las manos para evitar dar golpecitos con los dedos. Es un día de fiesta especial y la misa, que dice un cura que ha venido de visita desde la parroquia de la Santísima Trinidad, está siendo más larga de lo habitual. Durante los últimos cuarenta minutos el estómago de Zosia no ha dejado de rugir y cada vez parece que le pesan más los párpados y casi no puede mantenerlos abiertos, así que le sorprende mucho que la homilía de la Epifanía del cura despierte su interés.

—Creo que no hay juego infantil más popular que el escondite. Todos sabemos cómo se juega: un niño cierra los ojos y cuenta mientras los demás se esconden.

En todas las filas de bancos las niñas se yerguen en sus asientos. Zosia saca las manos de debajo de las piernas y las junta en el regazo.

—Y tras decir: «¿Preparados? Voy», hay que encontrar a los niños escondidos, uno por uno. El primero al que se encuentra es el que, en el siguiente turno, tiene que contar y buscar a los demás, y así se inicia el juego de nuevo.

Las niñas asienten al oírlo, pero la cara del sacerdote permanece muy seria y tiene una arruga en la frente.

—Pero ¿alguna vez dejamos de jugar a este juego? Cuando nos hacemos mayores, nos pasamos una buena parte de nuestra vida escondiéndonos y buscando a otras personas. Incluso jugamos a eso con Dios. A veces creemos, ingenuamente, que podemos escondernos de Él. Y otras veces parece que es Él quien se esconde de nosotros.

Zosia se revuelve en su asiento.

—La Epifanía cuenta la historia de unos hombres que salieron de viaje en busca de Cristo. Incluso con la ayuda de una estrella, que estaba ahí para guiarlos, les costó encontrarlo, porque esperaban que estuviera en el palacio real de Jerusalén, pero realmente estaba en un establo en el cercano pueblo de Belén.

Jerusalén. Zosia conocía ese lugar; era donde Moisés llevó a los judíos tras años de esclavitud. «El año que viene en Jerusalén», decía su abuelo en la festividad de Pésaj, sentado en el mullido asiento que presidía la mesa.

—¿Estamos buscando a Jesús en los lugares equivocados? O peor, ¿estamos escondiendo nuestros pecados para evitar Su juicio?

»Los judíos han querido esconder sus crímenes: la muerte de Jesús, su costumbre de usar sangre cristiana para hacer *matzá*, su forma de beneficiarse de la miseria de los pobres de Europa. ¿Y los que los asisten y apoyan? Igual que los judíos no pueden ocultarle sus pecados a Dios, tampoco pueden hacerlo los que los ayudan. Los judíos odian a Cristo. Los que tienen un amor sin límites por Cristo no deben tener límites en su batalla contra los que Lo odian...

A Zosia le cuesta respirar. Ella ha estado escondida; ¿es de ella de quien está hablando el sacerdote: esa persona avariciosa, sucia y malvada? ¿Y las monjas están pecando por tenerla allí? ¿Por eso Maryla, y después la madre Agnieszka, la han hecho prometer que guardaría silencio? ¿Por eso está sola (las hermanas Alicja y Nadzieja no son sus hermanas de verdad, como ella imagina a veces) y estará sola hasta que su madre venga a buscarla?

Allí, bajo la luz cegadora del invierno y rodeada del rumor de las túnicas, Zosia se siente mareada y a punto de desmayarse. Intenta entender si ella ama a Cristo, si podría hacerlo; si algún día lo hará.

Le arden las mejillas; está segura de que tiene la cara muy

roja. Mira hacia atrás y ve que Ula y Adela la están mirando a ella, o más bien dentro de ella, como si supieran la verdad: que se está escondiendo.

Cuando termina la homilía, Zosia sale corriendo de la capilla. Para cuando salen las demás, ella ya ha llegado al seto del fondo y se ha escondido en un hueco entre una hilera de plantas y el muro de piedra. Cierra los ojos y recuerda una palabra que pintarrajearon con pintura negra en el escaparate de la panadería: «Judíos».

Cuando las otras niñas se van a comer, la hermana Alicja la encuentra.

—Zosia.

—¿Me puedo bautizar? —La voz de Zosia tiembla por la urgencia.

—¿Qué?

—Quiero bautizarme.

—No, Zosia. No creo que eso sea necesario. Pero puedes participar en la ceremonia de la comunión con las otras niñas en primavera.

—¿Y eso servirá?

Esa noche, la hermana Alicja vuelve a echarle lejía en el pelo a Zosia y reorganiza sus tareas para que al día siguiente le toque limpiar el suelo. Mientras Zosia está limpiando el suelo del dormitorio, Ula sube por las escaleras, olisquea el aire y entorna los ojos.

—¿Dónde estabas ayer, Zosia? Te perdiste la comida especial de Epifanía.

—Y tampoco te vimos a la hora de dormir la noche anterior. —Adela ha aparecido detrás de ella.

—Tengo que acabar de limpiar el suelo. —Zosia intenta darles la espalda, pero Ula le quita la fregona.

Zosia se aparta, por miedo a que intente pegarle con el palo, pero lo que hace Adela es inhalar muy exageradamente y arrugar su nariz respingona.

—Oh, este olor asqueroso me da ganas de escupir. —Sin dejar de arrugar la nariz, escupe. El escupitajo aterriza en el pelo de Zosia.

—Yo también. No lo puedo evitar. —El escupitajo de Ula cae en la mejilla de Zosia y después se desliza hasta su cuello.

Ula balancea la fregona cerca del suelo y al final la deja caer.

—Vámonos. Venga.

—No creo que Zosia pueda venir; esto todavía está bastante sucio. —Y nada más decirlo, Adela vuelca el cubo con el agua sucia sobre el suelo que Zosia acaba de limpiar. Antes de que les moje los pies, Ula y Adela salen corriendo hacia las escaleras.

Zosia llora mientras se limpia y vuelve a fregar el suelo. En los azulejos relucientes ve la cólera en su reflejo. Está furiosa con las otras niñas y consigo misma por no plantarles cara.

Las manos no dejan de temblarle, incluso después de enjuagar la fregona, vaciar el cubo y guardarlo todo en el armario de la limpieza. En cuanto acaba, se va directa a la clase de música.

27

Zosia coge el pequeño violín, ajusta el arco y afina las cuerdas como le ha enseñado a hacer la hermana Nadzieja. Todavía temblando, empieza a buscar las notas.

Ha estado toda su vida oyéndolas, aunque tenía que mantenerlas muy bajas, casi silenciadas. Hoy, oliendo a lejía, entre los pupitres que parecen pequeños en comparación con los muros de yeso blanco resquebrajado, se pone a perseguirlas. Sus dedos pulsan primero una cuerda y después otra, mientras el arco no deja de probar.

Una por una las notas se amontonan y la llevan al pasado, muy atrás. Está en el salón de Gracja, acurrucada en el regazo de su abuelo, y el sonido de la música de sus padres es como los golpes de unos pies que bailan frenéticos, levantando nubes de polvo. Melodías vibrantes. El punteo loco de las cuerdas.

Los sonidos de Zosia salen primero como arañazos, después algo etéreos, y aún no puede tocar así de rápido. Pero sigue intentándolo y poco a poco logra dominar el sonido, hacerlo más preciso, y encontrar un ritmo regular: el susurro del viento.

Se le hace un nudo en la garganta y se le acelera la respiración cuando consigue encontrar las notas de otras melodías, canciones que compuso en su cabeza en el pajar, que le recuerdan los tiempos en que toda su familia estaba junta: paseando junto al río, el agua agitada por una brisa racheada; conversando después de cenar, con los instrumentos a mano.

    Solo en esa música, nostálgica y rebelde, encuentra algo propio sin delatarse. Halla a su familia, su hogar. Ventanas cerradas. Estrellas amarillas. Notas como esas que unen en la noche compartida.

28

Primavera de 1943

En los bosques, la tierra helada empieza a descongelarse. Róża, Miri y Chana por fin abandonan su campamento de invierno e inician su viaje hacia el sur. Los témpanos que han colgado de los árboles todo el invierno gotean y poco a poco se derriten. Róża arranca uno largo y lo va chupando mientras se abre paso como puede entre la espesa capa de barro de la primavera.

Las botas de Róża aguantan, envueltas en un cordel ahora cubierto de barro. Como se le han desgastado los calcetines en la parte de los talones, y a la altura de los dedos están tiesos por la sangre seca, por dentro de las botas le hacen rozaduras y mantienen las heridas abiertas. Las grietas de sus manos nunca acaban de curarse y, cada vez que tiene que cavar una nueva madriguera, empiezan a sangrar de nuevo. Róża se envuelve como puede en su gastada chaqueta de lana, que hace mucho que ha perdido los botones.

Están manchadas de tierra, con el pelo sucio e infestado de piojos, las caras hundidas y demacradas y los labios hinchados y llenos de heridas. Como las tres están igual, no les queda consuelo que ofrecer. Pero se centran en avanzar y buscar comida. El deshielo hace que se llene la tierra de raíces y las plantas de nuevas yemas que pueden comer.

Sus botas dejan huellas en el barro, aunque hacen lo que pueden para evitarlo: Chana lleva un par de calcetines encima de las botas; Róża altera el paso, en un intento de confundir el patrón, y a veces incluso camina a cuatro patas; y como a Miri se le han desprendido las suelas de las botas, se las ata mirando hacia atrás para que sus huellas señalen en la dirección opuesta.

—Así los soldados tendrán que dividirse y buscar en ambas direcciones para encontrarnos.

Róża se siente muy agradecida por su compañía.

Creía que a esas alturas volvería a estar sola. Chana hablaba constantemente de buscar algún grupo de partisanos y unirse a ellos. Pero Miri estaba decidida a seguir con Róża. Al final, las dos hermanas acordaron acompañar a Róża hasta el límite más meridional del bosque, antes de ir en busca de una unidad rebelde. Tal vez el deseo de Miri de ayudar a Róża en su afán de reunirse con Shira tiene algo que ver con la madre de ellas y cómo intentó con todas sus fuerzas salvar a su hermano pequeño, a pesar de que los soldados la golpearon con sus porras. Fueran cuales fueran sus razones, Róża está muy agradecida de que se hayan quedado a su lado.

Mientras mira la fotografía de Shira, que Róża no suelta mientras están sentadas junto al fuego, Miri dice:

—Tienes que recuperarla.

—Sí —contesta Róża mientras contempla la cara de su hija, sus mejillas tersas y sus ojos oscuros.

Sin los inconvenientes del viento y el hielo, avanzan mayores distancias. Ahora la imaginación de Róża vuela. Ve el convento, con gruesas paredes de piedra y una puerta de hierro forjado. Se imagina llegando allí, incluso reflexiona sobre si al principio debería ocultarse, solo por un periodo muy breve, y espiar por las puertas para ver a Shira antes de sorprenderla. Podría dejarle en el muro del patio algún regalito, tal vez algo que haya tejido o bordado, justo cuando los niños salgan a jugar, y después abandonar su escondite cuando Shira lo encuentre y se ponga a chillar de alegría. Ojalá Natan pudiera estar ahí también. Le encantaba oír los gritistos de Shira y su risa de felicidad cuando tenía el estómago lleno. Esos ruidos que Shira tuvo que reprimir durante tanto tiempo y que Róża ya casi ni recuerda.

Las pesadillas de Róża desaparecen según se van acercando al sur, a Celestyny, donde se imagina a Shira a salvo... y pronto con ella. Guiadas por la vieja brújula de Natan, las tres mujeres caminan juntas. Pasan por una vía de tren a la que le han arrancado las partes de madera para hacer fuego. Miri tiene a Róża todo el tiempo cogida del brazo. Chana está hablando de comida otra vez. En esta ocasión el tema son los huevos.

—¿Sabes que me dediqué durante todo un año a hacer cada día un plato nuevo con huevos?

—¿Ah, sí? —Róża frunce los labios. Miri le da un apretón en el brazo. Piensa en esos chistes de patatas tan viejos que contaba siempre su amigo Marek: «¿Qué le dice una patata a una sartén? Me tienes frita. ¿Qué le dice una patata a una pera en la parada del autobús? ¿Hace mucho que espera?».

—Es verdad —insiste Chana—. Tuve que aprender mucho sobre cocina francesa. Probé todos los tipos de tortillas, natillas, suflés y merengues.

—Y todos estaban deliciosos, los trescientos sesenta y cinco —afirma Miri.

Róża sonríe y se dice que la cocina que tenían Chana y Miri debía ser maravillosa y estar muy bien equipada. La cocina de su familia estaba bien (y su madre era una buenísima pastelera), pero Róża nunca habría sido capaz de hacer esas exquisiteces, y mucho menos una nueva cada día del año. Mira de nuevo a una hermana y después a la otra y se da cuenta por primera vez de que eran ricas.

—Pero ¿eran «platos de huevo» o solo platos que contenían huevos? Quiero decir, ¿un crep contaría? —pregunta Róża.

—Sí, ¿por qué no?
—¿Y una tarta sencilla en la que se usan huevos?
—No.
—¿Ensalada con huevo?
—Sí.

Róża no recuerda la última vez que comió un huevo en cualquiera de sus formas de preparación. Pero sí se acuerda de cuando los comía Shira. A Róża se le hace la boca agua al recordarlo y tiene que tragar saliva. Entonces tenía siempre el mismo deseo: que Shira se guardara en el bolsillo algún huevo cuando estaba en el gallinero, antes de volver corriendo al pajar.

Aún con Miri del brazo, Róża siente que las botas se le hunden y hacen ruido de succión con cada paso.

—¿Y una *mousse*? —pregunta Miri.
—¡Claro!
—¿Y un *challah*?
—No creo que el *challah* cuente.
—Pero hacen falta muchos huevos para el *challah*...

Las tres se quedan en silencio un momento, recordando. Róża toca la boquilla metálica que lleva en el bolsillo.

—¿Huevos rellenos?
—¿Y *kluski*?

Siguen así durante varias horas. Róża y Miri se devanan los sesos para encontrar en sus mentes todos los platos con huevo que han oído alguna vez y le van preguntando si cuentan o no y si Chana llegó a prepararlos durante su año de recetas con huevos.

Después se centran en el concepto de «nuevo».

—¿Podrías hacer suflé de queso un día y suflé de champiñones al siguiente?

Nota que Miri le aprieta el brazo de nuevo y, cuando Róża mira a Chana, ve que tiene una expresión irritada en la cara. En algún punto de la conversación se prometen que van a robar huevos en cuanto tengan oportunidad para que Chana pueda hacer su magia, aunque tenga que ser sobre una fogata.

Cae la noche y el tiempo sigue siendo templado y el aire agradable. La potente luz de la luna se cuela entre las ramas y cubre el suelo del bosque con motitas de claridad, como los colgantes de una lámpara de araña. Róża mira a una hermana y después a la otra.

—¿Por qué no dormimos aquí, a cielo abierto? Solo esta vez, un capricho especial. Creo que nuestras manos necesitan un descanso de tanto cavar.

Aunque es un poco temerario, Róża necesita librarse, aunque sea durante poco tiempo, de la desolación que supone dormir en una tumba improvisada. En la madriguera, rodeada de tierra y oculta por las ramas, las dudas llenan su mente: tal vez nunca llegue al convento, ni vuelva a ver a Shira, ni a abrazarla.

Parece que Miri va a protestar, pero Chana accede y Miri no dice nada.

—¡Bien! —exclama Róża—. Hoy nuestra cama estará bajo los árboles.

La madre Agnieszka le dijo a Zosia que se escondiera en el armario siempre que vinieran los alemanes, pero esta noche llegan de repente y, un segundo después, ya están en las escaleras, de camino a la habitación de las niñas. Zosia ve el terror en la cara de la hermana Alicja cuando la coloca en la fila improvisada: la segunda fila para el recuento de ese día.

Un soldado alto y de cara muy seria se pasea por delante de las niñas. Zosia agarra con fuerza un trozo de la tela de su camisón para que dejen de temblarle las manos. Tiene la mirada baja, pero cuando el soldado entrechoca los tacones de las botas, se sobresalta. Entonces mira hacia delante, temerosa. Percibe los olores a almidón, a cedro y a sudor y se centra en los pelillos que le asoman de la nariz al soldado y la leve marca que ha dejado la plancha en el cuello de su camisa.

La hermana Olga pasa por detrás de las niñas a la vez que él pasa por delante. La hermana Olga sugirió en invierno que usaran los instrumentos musicales para hacer leña y ayer hizo que Janina se arrodillara sobre un montón de judías por reírse mientras hacía las tareas. Zosia desea poder salir de la fila, ir corriendo hasta su armario y acurrucarse en el doble fondo aislado, aunque esté oscuro y solitario.

En cierto momento el soldado se detiene porque se ha fijado en los tapetes bordados con punto de cruz que cubren los escritorios. Su expresión se suaviza cuando se acerca a mirarlos. Tras unos minutos le hace un gesto con la cabeza a la hermana Olga y ella lo lleva hasta las escaleras. Las niñas vuelven a sus camas.

Entonces Adela pregunta, con una voz bastante alta:

—¿Por qué la última vez tú no estabas en la fila, Zosia?

Zosia se queda petrificada, temiendo que el soldado todavía esté lo bastante cerca para haberla oído. ¿Se oyen pasos en el rellano? ¿Antes bajaban y ahora han dado la vuelta?

Mientras Zosia se queda allí, inmóvil, Adela coge su mantita, que está en una esquina de la cama, la lanza al aire y la vuelve a coger. Zosia echa a correr y la recupera. La guarda bien bajo las mantas, pensando en las letras de su nombre bordadas en el dobladillo.

De nuevo en la cama, Zosia cierra la mano un poco más de lo habitual, porque su pájaro tiene las bonitas plumas amarillas erizadas formando un vistoso halo. No tiene las plumas descoloridas como en su sueño; está sano y en posición de protegerla, con sus ojos penetrantes fijos en Adela. Pero su trino sigue teniendo solamente dos notas temblorosas.

Zosia hace un cloqueo muy suave para calmarlo. Y le habla mentalmente para reprenderlo: «Ya sé que quieres picarla, pero no debes hacerlo, y menos ahora que ya vuelve la hermana Olga. Nos meteríamos en un buen lío». Cuando está segura de que su pájaro se va a quedar donde está, Zosia mueve un dedo para acariciarle el pecho suave y mullido. Recuerda una vez en que Ula se despertó gritando y agarrándose el brazo, confusa. Zosia y su pájaro sabían lo que había pasado.

Zosia se coloca en una postura para no moverse en toda la noche (los hombros y la cabeza alineados, nunca ladeados para ninguno de los dos lados) y se queda dormida. En sus sueños no están Adela, ni Ula, ni la hermana Olga; lo que hay es una habitación de mucho tiempo atrás, iluminada por el sol, con olor a barniz y a pegamento para madera.

Hay violines por todas partes, desperdigados sobre las mesas de trabajo y rodeados por tablas de arce y abeto, botes de pegamento, pinceles, cinceles y formones. En el centro de la habitación, un hombre que Zosia conoció una vez, pero que ya no recuerda, está sentado en un taburete, inclinado sobre un violín, con los dedos manchados de color cereza. Tiene una barba larga y poblada, en la que podría anidar un pájaro, y arruga las comisuras de los ojos como si estuviera sonriendo, incluso mientras se queja de que, con tanta humedad, el barniz tarda mucho en secar.

—¿Cuánto tiempo llevas esperando? —pregunta Zosia, feliz de estar a su lado otra vez.

Él le guiña un ojo.

—¿Ves esta barba? No la tenía cuando le di la primera capa.

Zosia le pide al hombre que le toque algo. Él coge un violín colgado en un soporte de la pared y toca un fragmento de música zíngara. Después sigue trabajando con las maderas. Le dice que Jesús quería ser fabricante de violines, para tener el placer de crear algo, no solo con la mente y el corazón, sino también con las manos.

Poco después llega el momento de que ella se vaya. El hombre le da un beso a Zosia en ambas mejillas y une las palmas de las manos con las suyas. Pero justo cuando empieza a flexionar sus largos dedos para envolver los de ella, más cortos, Zosia ve el brillo de las bayonetas, que se cuela entre sus manos entrelazadas.

—*Nie...*

Se despierta cubierta de sudor. Varias niñas la miran medio dormidas, demasiado acostumbradas a las pesadillas. Kasia le ofrece su muñeca una vez más. Zosia la coge y traga con dificultad, incapaz de borrar el eco de su grito.

29

Le dicen a Zosia que vaya al despacho de la madre Agnieszka. Allí encuentra de pie, al lado de la hermana Nadzieja, a un hombre casi tan viejo como su abuelo. Su grueso bigote y las patillas pobladas le dan un aire severo, pero sus ojos son amables y alegres y lleva una funda negra de violín bajo el brazo.

—Zosia —dice la hermana Nadzieja—, este es *Pan* (señor) Skrzypczak. Es un profesor de violín de verdad y...

La madre Agnieszka se revuelve incómoda e interrumpe.

—Como ya le he dicho, *Pan* Skrzypczak, seguramente haya sido un error pedirle que venga hasta aquí. Usted es un profesor de renombre y nosotras no tenemos con qué pagarle.

—He pensado que podrías tocar para él —insiste la hermana Nadzieja, antes de que *Pan* Skrzypczak pueda responderle a la madre Agnieszka—. ¿Qué te parece si empiezas por los arpegios?

Le da a Zosia el violín y el arco de la clase y Zosia lo comprende todo: ha sido ella quien ha orquestado esa reunión.

Pan Skrzypczak le hace un gesto con la cabeza a Zosia para que toque. Zosia se lleva el violín a la barbilla y toca los arpegios. En cuanto termina, la madre Agnieszka habla de nuevo.

—Muy bien, Zosia. Bueno, hermana Nadzieja, ¿puede llevarse a Zosia de vuelta a...?

—Espere, por favor. —*Pan* Skrzypczak mira a la madre

Agnieszka, con expresión de disculpa. Después se vuelve a Zosia y dice—: ¿Sabes alguna canción que me puedas tocar?

—Se sabe el principio de la mazurca *Obertas* —interviene la hermana Nadzieja.

¡A Zosia le encanta ese inicio tan dramático! Mientras toca, con cada divertida pulsación de las cuerdas, se imagina bailarines disfrazados dando vueltas, con los brazos entrelazados y los ojos brillantes. Zosia mueve el arco arriba y abajo, en toda su amplitud. Cuando la música baja el ritmo, brevemente lánguida, ella se imagina un abrazo; después, cuando acelera, en su mente ve el movimiento rápido de los pies, los brazos levantados y las faldas que no paran de girar; y al llegar una nota extendida, larga y gorjeante, es como si su pájaro aleteara sobre la gente que baila, emocionado y feliz.

—Eso ha estado muy bien —dice *Pan* Skrzypczak cuando termina a la mitad de la pieza—. Vamos a ver si puedes imitar lo que hago yo.

Pan Skrzypczak saca su violín y toca unas cuantas notas, sencillas al principio y después cada vez más difíciles, con variaciones sutiles de tempo y volumen. Zosia lo imita con exactitud todas las veces. Durante mucho rato van tocando los dos, primero uno y después el otro.

—*Pan* Skrzypczak, tengo que disculparme por hacerle perder tanto tiempo…

—Asombroso.

Zosia se ruboriza.

—Pero no podemos permitirnos…

—No hace falta que me paguen. —Mira a Zosia y le sonríe—. Dos veces a la semana.

—¿Qué? —La cara de la madre Agnieszka está llena de sorpresa.

—Me gustaría darle clase dos veces a la semana. Necesita un arco mejor. Yo puedo conseguirle uno. Y tiene que ensayar todos los días.

—Tendrá que darle las clases aquí, Pan Skrzypczak. Zosia no puede salir del orfanato.

Pan Skrzypczak se vuelve para mirar a la madre Agnieszka, sin dejar de sonreír.

—Un profesor vive para encontrar alumnos como ella.

De vuelta en su habitación, Zosia se sienta en el borde de la cama. Su mente está hecha un lío. ¡Un profesor de verdad! Una vez, en un fragmento de un cuento sobre un jardín encantado que recuerda, una niñita componía una pastoral para que su pájaro la cantara y alertara a una madre cierva de la presencia de un gigante. «¡Ahora puedo aprender a tocarla yo!», piensa Zosia.

30

Verano de 1943

Las niñas se apiñan formando un círculo en el patio, cada una con una margarita en la mano, y hacen turnos para jugar a «Me quiere; no me quiere». Todas se ruborizan y sueltan risitas cuando el grupo les pregunta: «¿Quién? Hay que dar el nombre del chico antes de empezar, o no va a salir de verdad». Ula y Adela llevan margaritas engarzadas en la cabeza, como si fueran coronas.

Zosia está pasando lo más rápido que puede por la galería exterior, rezando para que no se fijen en ella, pero Adela la ve y la llama.

—Zosia, ¿por qué no vienes a jugar con nosotras? Oh, es que no es posible. Haría falta que existiera un chico que pudiera quererte a ti.

El pájaro de Zosia, escondido en su manga, agita las alas, deseando lanzarse en picado sobre Adela y arrancarle la corona de la cabeza. Quiere lanzar los pétalos de las flores por el aire, como si fueran plumas o jirones de pañuelos. Pero entonces aparece la hermana Nadzieja.

—Niñas, deberíais centraros más en el amor de Dios que en el de los niños. Es la hora de las tareas. Vamos, rápido, antes de que la hermana Olga se dé cuenta de que no hay nadie en el refectorio.

Zosia mete un dedo en la manga para acariciar al pájaro, pero él le da un picotazo y ella se traga una exclamación. La hermana Nadzieja la mira con ojos amables.

Zosia se pregunta si a la hermana Nadzieja también le da miedo la hermana Olga.

Si quisiera, podría jugar al juego de las niñas.

Pero tendría que haber alguien más, aparte de Dios, cuyo amor deseara.

Róża y Miri salen a buscar setas. Se desplazan con mucho cuidado por el bosque, dando un paso y arrastrando después el pie, como le enseñó Henryk a Róża, y serpenteando entre la vegetación, siguiendo rutas que no parecen tener un sentido. Descubren unas cuantas moras de los pantanos y añaden, encantadas, unos cuantos puñados a su cosecha. Cuando vuelven junto al fuego, encuentran a Chana revolviendo la sopa. Le muestran lo que han encontrado y ella mira las setas decepcionada.

—¿Solo *kurki*?

Róża y Miri se miran.

—Me saldría una sopa mucho mejor con alguna otra variedad. ¿No habéis visto boletus por allí, cerca del tronco del árbol caído?

—Chana, la sopa con esas setas estará bien. Es muy peligroso volver por allí.

—Pero tendría mejor sabor…

—Seguro que estará deliciosa con lo que tenemos.

—Nada de lo que comemos está delicioso.

—Estará bien. Gracias por prepararla.

La obsesión de Chana con la comida es omnipresente. Recuerda lo que comía, las recetas y sus ingredientes favoritos (no solo habla de huevos). Incluso cuando la conversación no tiene nada que ver con la comida, consigue encontrar cualquier cosa para mencionarla, como si no fuera doloroso (aparte de irritante) pensar en manjares cuando están muriéndose de hambre. Por ejemplo, en respuesta a una mirada distraída puede preguntar: «¿Qué? ¿Estás pensando en peladillas azules de almendra?». Y durante las horas siguientes las tres acababan soñando con almendras (de cualquier color), con su crujido y su sabor salado.

Una mañana, que amanece clara y luminosa, sus pasos las llevan a un arroyo. Beben con ganas y se lavan la cara. Han estado durmiendo en el exterior, disfrutando del espacio abierto, del aire y de la renovada sensación de humanidad que tienen desde que han podido dejar de guarecerse bajo tierra, como los topos.

—¿Por qué no lo lavamos todo? —propone Chana—. Tengo los pantalones tan tiesos que ya casi no puedo caminar con ellos.

—Y yo tengo el pelo muy sucio. ¡Haría cualquier cosa por librarme de este picor, aunque solo fuera unos minutos! —dice Miri.

El alivio que le proporciona el agua fría a los pies llenos de heridas y ampollas de Róża se va extendiendo por todo su cuerpo mientras da los primeros pasos vacilantes en el arroyo. Se agacha para sumergir las manos, coge un poco de agua y se la echa en la nuca.

Hacen turnos para bañarse y lavarse la ropa. Se mojan la cabeza y se quitan los piojos una a otra. Después se ponen la ropa seca que llevan: Chana tiene los pantalones que le quitó al hombre al que le hicieron la prueba para ver si era judío y después mataron. Miri y Róża se ponen unas faldas que robaron de una cuerda de tender durante una incursión en busca de comida junto a la linde del bosque. Las tres llevan las camisetas mojadas, frescas sobre la piel.

Róża cuelga sus pantalones en la rama de un árbol y vuelve adonde han acampado. Antes de lavarlos en el arroyo, porque estaban cubiertos de barro e infestados de piojos, sacó la tarjeta con la dirección del convento y la guardó en el interior de la bota izquierda (está segura de haberlo hecho). Pero de repente no la encuentra, ni dentro de ninguna de las dos botas, ni por allí cerca. No está en la manga de la chaqueta, ni tampoco debajo de la cacerola, y aunque se sabe la dirección de memoria (se inventó aquel cuento para memorizarla y no ha olvidado nada, ni uno solo de sus detalles), perder la tarjeta es para ella como perder a la propia Shira, otra vez. Corre arriba y abajo por la orilla del arroyo, frenética, sin dejar de observar el agua por si la tarjeta está ahí flotando.

Chana la observa, nada conmovida, mientras murmura algo sobre que perder el anillo de compromiso no significa que la pareja no se haya comprometido.

—Pero ¿qué quieres decir?

—Solo digo que no necesitas la tarjeta si te sabes la dirección. De hecho. es más seguro que no la tengas.

Lo que Chana intenta es tranquilizar a Róża, pero en vez de eso, solo consigue alarmarla más. Si ella no tiene la tarjeta, eso es que está en el bosque. Allí podrían encontrarla los soldados, ¡y eso podría llevarles directos a Shira!

Róża vuelve a revisar su ropa y después revuelve todo lo que hay alrededor de la cacerola. No le importa el ruido que está haciendo. El pelo, ahora mojado por las lágrimas y tieso, se le pega a las mejillas.

—¡Róża, aquí!

Róża levanta la vista y ve que Miri tiene en la mano la tarjeta, empapada y llena de barro. Todo ese tiempo Miri ha estado reconstruyendo los pasos de Róża, y buscando bajo las ramas y las pilas de hojas.

—¡Oh! —Róża va corriendo hacia ella y le coge la tarjeta—. Nunca en mi vida te lo voy a poder agradecer bastante.

Algo en la expresión de Miri le recuerda a su padre. Se acuerda de aquella vez, mucho tiempo atrás, en que fue a buscarlo, llena de miedo y culpa, después de haber roto accidentalmente el cuenco favorito de su madre. Entonces su padre la tranquilizó con la firmeza que lo caracterizaba: «No pasa nada, Różyczka. Vamos a recoger los trozos y a arreglarlo». Como si para él la vida en sí misma solo consistiera en unir añicos.

Róża se despierta antes del amanecer al oír el estruendo de unos tanques y el lejano y pesado retumbar de botas sobre la tierra. En un instante está de pie, con el corazón acelerado.

—¡Miri! ¡Chana! ¡Despertad!

Las reverberaciones llegan desde todas las direcciones. Róża está segura de que los soldados están rodeando el lugar. «¿Por qué se me ocurriría sugerir que durmiéramos a la intemperie? Y lo que es peor, ¿cómo hemos permitido que eso se convirtiera en una costumbre?»

Mientras la tierra no deja de temblar, examina el lugar en busca de refugio. El grueso tronco de un árbol caído. Ramas desperdigadas. Si pueden excavar un agujero junto al árbol, las tres podrán ocultarse en él.

Róża cava lo más rápido que puede. Las hermanas se ponen manos a la obra también y cavan a su lado. Sus brazos trabajan como locos, empujados por el pánico, y su respiración se vuelve cada vez más rápida. Nunca antes, en el tiempo que han pasado en el bosque, han cavado con más energía y velocidad. El agujero crece, pero no lo bastante rápido. Parece lo suficientemente grande para que quepan dos cuerpos, pero no tres. Oyen que los soldados se acercan.

—Tendrá que servir —dice Miri—. Meteos mientras yo voy a por algo para cubrirlo.

Róża y Chana se meten dentro y Miri coge un montón de ramas de pino. Las arrastra hasta el agujero y las extiende sobre él, tapando a Róża y a Chana.

—¿Qué haces, Miri? Métete aquí —susurra Chana.

Pero solo ven las manos de Miri, que introduce para darle un apretón al brazo de Chana.

Y después sale corriendo entre los árboles. Al principio los ojos de Chana están llenos de confusión y después de horror. Niega con la cabeza una y otra vez. «¡No!» Róża le coge las manos a Chana y se esfuerza por oír lo que está pasando por encima del atronar de botas y del temblor de la tierra.

Un solo disparo.

Chana aparta las ramas e intenta salir del escondite, pero Róża tira de ella hacia dentro y vuelve a cubrirlas a ambas. Envuelve a Chana con un brazo y la aprieta contra su torso para inmovilizarla y amortiguar sus alaridos. Ahora tienen que esperar. Aunque Miri haya alejado a los soldados en la dirección opuesta, es probable que vuelvan, buscando aumentar su botín.

Róża nota en la boca un sabor metálico y salado y necesita varios instantes para entender lo que ocurre: se ha hecho una herida al morderse el interior de la mejilla y le están entrando lágrimas en la boca abierta. Ahora Chana está inerte entre sus brazos.

Apretada contra la tierra removida, Róża siente una humedad que se va extendiendo, primero por sus nalgas y después por sus muslos. Las tijeras de podar que lleva en el bolsillo se le están clavando en el hueso de la cadera. Sus labios no paran de moverse, recitando en hebreo las oraciones que su madre le enseñó tan concienzudamente.

Intenta ver algo a través de las ramas, escuchar atentamente para detectar el sonido de botas, de perros. Está desesperada por saber qué ocurre, pero no se atreve a moverse. El tiempo se detiene. Solo oye el fuerte latido de su corazón.

¿Era posible que los soldados hubieran abandonado la zona, satisfechos? Róża sigue escuchando, pero no oye nada. Piensa en Miri, en que necesitan encontrarla. Si hay alguna posibilidad...

Róża libera su brazo y saca la mano para apartar un poco las ramas, lo suficiente para ver algo. Consigue salir y tira de

Chana para intentar sacarla del agujero. Pero Chana es un peso muerto, hecha un ovillo y desmadejada.

—Tenemos que encontrarla. Te voy a tapar otra vez y voy yo a buscarla.

Róża camina rápido en la dirección en que le pareció oír el disparo. Mientras cruza el bosque, mirando en todas direcciones, nota un nudo en el estómago por el terror. El aire está lleno de humedad y de la neblina. La tierra le succiona las botas y borbotea bajo su peso. Aparte de eso, no se oye nada.

Encuentra a Miri boca abajo en el barro, con un hilo de sangre saliéndole por un lado de la cabeza. Róża se deja caer de rodillas. Tira de Miri para ponerla boca arriba y encuentra el desplantador que ella estaba usando para cavar el agujero.

Róża le coge una mano helada a Miri y recita el *kaddish* con la voz temblorosa.

> *Yitgadal v'yitkadash sh'mei raba.*
> *B'alma di v'ra chirutei,*
> *v'yamlich malchutei,*
> *b'chayeichon uv'yomeichon*
> *uv'chayei d'chol beit Yisrael...**

Se queda sentada un buen rato antes de levantarse para buscar un lugar en el terreno donde poder cavar. No puede ni pensar en cargar con Miri por el bosque y enterrarla en aquel agujero, ese en el que no pudo esconderse. Empieza a cavar otro para ahorrarle a Chana la preparación de la tumba.

Llora mientras cava, pensando en que nunca tendrá la oportunidad de enterrar a sus padres, ni a Natan. Y quién sabe qué es de Shira y cómo le estará yendo en el orfanato.

---

*Oración de duelo que Róża recita para Miri (del hebreo): «Que Su gran nombre sea exaltado y santificado / en el mundo que Él creó según Su voluntad. / Que Él reine en toda Su gloria / en tu vida y durante todos tus días, / y en las vidas de toda la Familia de Israel...».

Clava la herramienta en la tierra y va apartando montones. Esta sí cede, a diferencia de la tierra helada de la noche en que intentó enterrar el conejo, con su sangre mezclada con la de ella y la de esa vida, interrumpida, que había empezado a crecer en su interior.

Cuando oye el ruido de succión del barro, se gira y ve que Chana se acerca, con la cara crispada y las piernas a punto de fallarle. Róża se pone de pie y va corriendo hacia ella, pero Chana pasa a su lado, se lanza sobre Miri y apoya la cabeza contra su pecho.

Róża tira del cuello de su camisa hasta que se rasga. Chana se levanta y también se rasga la camisa por la parte izquierda del cuello hasta el corazón.

Cuando llega el momento de meter a Miri en su tumba, Chana coge a su hermana por debajo de los hombros y Róża por las piernas. En vez de dejarla caer en el agujero, van bajando juntas, andando de lado, sin soltarla, y después se arrodillan para posarla sobre el fondo. Cogen puñados de tierra con las manos y los tiran sobre ella. Le van cubriendo las piernas y el torso. Róża gira suavemente la cara de Miri hacia un lado antes de echarle tierra sobre el cuello, la mejilla, la oreja.

Van tapando a Miri despacio, puñado tras puñado de tierra suelta. Ninguna de las dos puede soportar oír el ruido seco que haría un montón de tierra al caer sobre ella. Los pies y las pantorrillas de Róża se van quedando enterrados también. Después se queda ahí plantada durante varios minutos, en cuclillas al lado de Miri, antes de sacar despacio un pie y después el otro y salir del agujero.

31

Otoño de 1943

Las clases que *Pan* Skrzypczak le da a Zosia en las habitaciones privadas de la madre Agnieszka son lo mejor de la semana para ella. Cuenta primero los días y después las horas que faltan para que llegue el momento de sus clases y ensaya durante todo el tiempo libre que tiene. Escalas, estudios, trinos y todos los ejercicios de transiciones y de arco que su profesor le manda. Cuando toca los arpegios, se centra en la precisión de las notas, en vez de en la repetición infinita, y hace todo lo que puede para lograr una mayor riqueza en el tono con cada movimiento.

A veces, *Pan* Skrzypczak toca con Zosia a dúo y a ella le encantan las armonías que crean juntos. Otras veces mantiene el violín bajo el brazo y solo da golpecitos con el pie o sacude la cabeza, lo que provoca que sus patillas se despeinen y se hinchen. Y en ocasiones coloca los dedos sobre los de Zosia para guiarle el arco. A Zosia le gusta cómo huele, a colofonia y a tabaco de pipa, cómo escucha con la cabeza un poco ladeada a la izquierda y cómo le enseña piezas de Bartók, Bloch y también de Sarasate, música que le recuerda a su familia en Gracja.

Durante una clase, *Pan* Skrzypczak le pregunta a Zosia si se ha hecho algo diferente en el pelo. La hermana Alicja le había teñido de nuevo el pelo y las cejas la noche anterior. Sin saber muy bien qué decir, Zosia murmura:

—Creo que no.

Y entonces le cuenta a su maestro la historia que le relató su madre sobre los amigos de Joachim y la música que escribieron para él.

—Sí, la devoción absoluta por la música era primordial para Joachim.

Zosia piensa en las otras historias que le contó su madre: las aventuras de la niñita en el jardín encantado, la cadeneta invisible de margaritas, la promesa de que iría a buscarla. Ninguna de ellas es cierta.

Parece que *Pan* Skrzypczak le lee los pensamientos.

—El lema de Joachim era: «Libre aunque solitario», pero yo creo que los regalos musicales de sus amigos le hicieron sentirse menos solo. ¿Por qué no te enseño la pieza que le hizo Brahms?

—Yo ya... —Está a punto de decirle que su madre le tarareó el *Scherzo* de Brahms en el pajar y que incluso le escribió los primeros compases. Pero se frena. Ha prometido no decir nada sobre el pasado. Por también esta vez parece que él lo intuye todo.

—¿Tal vez lo conoces ya? —En las arrugas provocadas por su sonrisa Zosia ve lo orgulloso que está de ella. Le devuelve tímidamente la sonrisa y asiente—. Bien. Así lo aprenderás más rápido.

Al inicio de la siguiente lección, *Pan* Skrzypczak saca unas monedas de su bolsillo y le da a Zosia una que brilla mucho. En un lado hay un águila coronada rodeada por las palabras: «Rzeczpospolita Polska 1938»; en el otro se puede leer «1 grosz», decorado con volutas florales. La última vez que Zosia vio monedas, su madre estaba cosiéndoselas en el forro de la chaqueta. Recuerda que le sorprendió que no tintinearan. No sabe dónde estará esa chaqueta ahora.

—¿Sabes lo que yo hago para tocar lo mejor que puedo en los ensayos?

Zosia espera a que se lo diga.

—Pongo cinco monedas en un lado de la mesa, así, y toco el fragmento en el que estoy trabajando. Si lo toco todo sin errores a la primera, paso la moneda de arriba al otro lado. Cuando lo toco una segunda vez sin errores, paso la segunda moneda. Pero si cometo algún error, ¡devuelvo las dos monedas a su lugar original! Así todo el tiempo. Cuando he conseguido que haya cuatro monedas al otro lado la presión es enorme, porque la siguiente vez que lo toque, o lo hago perfecto, o todas las monedas regresan al primer montón y tengo que volver a empezar.

Zosia está deseando imitar la estrategia de su maestro.

—Puedes quedarte estas monedas para tus ensayos. Te recordarán lo importante que es para mí que sigas tocando.

Mientras atiende a la lección, esforzándose por hacerlo lo mejor posible, Zosia no aparta los ojos de la cosa más curiosa que hay en ese austero espacio: un tapete blanco de croché sobre el escritorio de la madre Agnieszka; ¿tal vez le recuerda a su madre? Y no le pregunta a su profesor lo que quiere saber: ¿tiene hijas, familia? A pesar de que le salen callos en los dedos y empieza a dolerle el hombro, Zosia sigue tocando. Quiere ser buena, ser genial. No lo dice en voz alta, pero desea poder algún día tocar en auditorios de todo el mundo y hacer grabaciones para la radio, como las que escuchaba su abuelo mientras trabajaba, para que cualquiera que sintonice esa emisora la oiga tocar.

Pan Skrzypczak le exige mucho a Zosia, pero al final de las clases muestra su lado más desenfadado. Una tarde le pregunta:

—¿Has oído alguna vez el *concerto* que se titula *La ratonera*?

—No.

—Oh, pues escucha con atención.

Del violín de *Pan* Skrzypczak solo salen dos sonidos cortos (¡chirrido y golpe!): el chirrido lo hace deslizando el arco sobre las cuerdas, por detrás del puente, y el golpe lo da con la mano en la tapa del violín. Es un «concerto» muy breve (¡pobre ratoncito!). Zosia se echa a reír a carcajadas. Después de eso su profesor le enseña a hacer todo tipo de ruidos de animales con el violín: el mugido de la vaca, el balido de la oveja, el cloqueo de los pollos y el rebuzno del burro.

Otra tarde le cuenta la historia de un recital que preparó cuando era estudiante.

—Estaba muy nervioso, porque iba a tocar una composición de mi profesor, que era muy complicada. El recital se hacía en una mansión y antes había un banquete, pero yo no tenía hambre. ¡Lo único que quería era ir a calentar y ensayar con el violín! En cuanto pude abandonar la mesa, fui a la sala de ensayo. Tuve que recorrer un laberinto de pasillos serpenteantes, no muy diferentes de los de este convento. Cuando por fin llegué y empecé a ensayar, me di cuenta de que no me acordaba de cómo empezaba la pieza. Me sabía todas las notas después del primer compás, pero el primero... ¡tenía la mente totalmente en blanco! Así que recorrí otra vez el laberinto de pasillos hasta la sala del banquete. Mi profesor seguía sentado a la mesa, charlando con sus amigos y colegas y bebiendo. Me acerqué y le conté al oído mi problema. «Vuelve y sigue ensayando. Ya te acordarás», dijo, y me despidió con un gesto de la mano.

»Así que volví a hacer todo el recorrido hasta la sala de ensayo, cogí el violín para empezar... Y de nuevo no podía recordar las primeras notas. Volví a buscar a mi profesor una segunda vez.

»"Por favor... ¡tengo que dar el recital en menos de una hora!", supliqué.

»"Está bien", refunfuñó, y se levantó de la mesa para acompañarme por todos los pasillos hasta la sala de ensayo.

»Cuando cogió el violín, tocó algo que no me sonaba de nada; a mí me pareció una improvisación que se acababa de sacar de la manga. Fue entonces cuando me di cuenta: "él", mi importante profesor y famoso compositor, ¡tampoco se acordaba del principio!

Zosia se muestra horrorizada.

—¿Y qué hizo usted? ¿Qué tocó en el recital?

—¡Improvisé el primer compás por mi cuenta! Lo uní al resto de la pieza lo mejor que pude y continué como si nada.

Hoy *Pan* Skrzypczak está muy callado. Después de la clase saca una hoja de papel de su maletín.

—He escrito una canción folclórica que tal vez conozcas.

Le da a Zosia una hoja de papel pautado llena de notas que ha escrito con un lápiz muy fino. Cuando ella lee la partitura, esa música le recuerda al baile de los rayos de luz sobre su colcha roja y blanca y al olor a azúcar y a canela del *mandelbrot* que llegaba desde la cocina de su infancia.

—Oh —exclama—, mi abuela siempre tarareaba esto mientras hacía pasteles el viernes.

En cuando las palabras salen de su boca, Zosia levanta la vista, asustada. En la expresión de su profesor no ve más que pura bondad, pero ella está llena de miedo.

Es peligroso revelar detalles de su pasado, aunque sea a *Pan* Skrzypczak, que la apoya en lo que ama.

—Perdón —balbucea, y después añade apresuradamente—: Gracias.

Y, con el papel en la mano, se va corriendo al armario en que se esconde y se hace un ovillo en el compartimento de delante, entre las casullas. Después de unos minutos, con la mano todavía temblorosa pero la respiración tranquila, mira la hoja.

En esas notas oye la voz de su abuela y la música intercalada del chelo de su madre y el violín de su *tata*.

Con los ojos llenos de lágrimas, Zosia piensa que sin título, como aparece en la hoja, no es más que una partitura en la que hay escrita una pieza sin nada de especial. Nadie diría que encierra ningún peligro.

Zosia se promete a sí misma que en la siguiente clase le va a expresar su más sincera gratitud a su profesor.

32

Los soldados llegan al convento en medio de la noche para registrar la habitación de las niñas. Zosia no sabe adónde ir: ¿al armario a esconderse? ¿O ponerse en la fila con las otras niñas? Entonces entra la hermana Alicja y la hace ir corriendo al baño. Allí, bajo la iluminación de la única bombilla, Zosia ve en el cristal de la ventana el reflejo de su pelo: raíces oscuras, casi blanco en las puntas.

Se oye a la hermana Olga, recorriendo la fila arriba y abajo y haciendo callar a las niñas. Zosia está aterrada: ¿y si a Adela se le ocurre preguntar otra vez por qué ella no está en la fila? Le llegan los ruidos secos de abrir y cerrar los cajones de los escritorios y de volcar los baúles para sacar todas las pertenencias que tienen dentro. Después un silencio lleno de miedo (un momento en el que Zosia recuerda otro en el que ella esperaba a que su madre le envolviera los dedos con los suyos), seguido de la voz de la madre Agnieszka, con toda su alarma bien enterrada bajo una profunda firmeza, que le dice a la hermana Olga que se vaya a su habitación y le pide al soldado que salga al pasillo, lejos de la fila de niñas y más cerca del baño. La hermana Alicja se pone tensa al oír al soldado justo al otro lado de la puerta, hablando sobre una discrepancia en las cartillas de racionamiento. Zosia no deja de pensar en Adela; tal vez a esas alturas ya no tenga posibilidad de decir nada.

—¿Por qué hay una cama de más?

—¿Cómo? —pregunta la madre Agnieszka.

—He contado dieciocho camas y solo hay diecisiete niñas.

La hermana Alicja se queda pálida. Zosia siente crecer su pánico. Cuando por fin contesta, la voz de la madre Agnieszka suena un poco más aguda.

—Una de nuestras niñas tiene tifus, pobrecilla. Puedo llevarle a la enfermería a verla, si quiere.

—No... Eso no será necesario.

—Muy bien. *Herr Kommandant*, se lo suplico; estas redadas nocturnas asustan a las niñas... —Las súplicas de la madre Agnieszka quedan ahogadas por el ruido de botas en la escalera principal.

La hermana Alicja coge a Zosia y las dos salen corriendo por la puerta de atrás del baño (la entrada de las monjas, que está prohibida para las niñas), antes de que los soldados tengan tiempo de irrumpir por la principal. Al final del pasillo de la zona de las monjas, la hermana Alicja entra en una habitación auxiliar llena de máquinas de coser. Abre un armario, cubre a Zosia con un trozo de la tiesa tela marrón de la que están hechos sus hábitos y la encierra allí. Un rato después, tras ofrecerles a los soldados un café aguado, aunque café al fin y al cabo, y esperar a que por fin se vayan, la hermana Alicja vuelve para llevar a Zosia, otra vez cruzando las dos puertas del baño, de regreso a la habitación oscura y silenciosa donde están las demás niñas.

A Zosia le late el corazón acelerado en el pecho, y se mantendrá así durante horas, mientras reza para que se acaben esas filas de recuento extraordinario.

Después de esa visita nocturna, durante varias semanas hay menos comida para todas. Las niñas pasan hambre y se quejan, y las hermanas (excepto la hermana Alicja, que también se lamenta y entonces la obligan a ayunar) predican diciendo que la piedad se encuentra en el sufrimiento. Hasta que una bomba explota cerca del orfanato; eso logra que todas se olviden de sus estómagos. Zosia oye que las monjas comentan que el Ejército Rojo está avanzando por Ucrania (noticias fragmentadas que oyen gracias a la radio inalámbrica de la madre Agnieszka). Pero allí, en Celestyny, no parece que eso importe nada. Las sirenas aúllan sin cesar. Las niñas hacen continuamente simulacros: se ponen en fila, van corriendo a las habitaciones del sótano y se apiñan para pasar por las puertas. Y se meten bajo las camas cuando los bombardeos hacen que el suelo se estremezca.

Una vez Adela se mete bajo la cama de Zosia. Zosia se retuerce y se desplaza para colocarse en el extremo opuesto, pero Adela dice: «Te veo. Yo lo veo todo».

Zosia mira hacia otro lado, temblando. A la hora de la merienda, Adela le exige a Zosia que le dé su trozo de pan y Zosia se lo da, ese día y todos los demás de entonces en adelante.

Las clases con *Pan* Skrzypczak suponen para Zosia un refugio del tormento al que la somete Adela. También su amistad con Kasia es un alivio. Una vez, cuando Zosia llegaba tarde a sus tareas en la lavandería (se suponía que tenía que estar doblando sábanas, no tocando el violín, y estaba muy nerviosa por si la castigaban), vio que Kasia había hecho todo el trabajo sin ella y, para cubrirla, le había dicho a la hermana Olga que estaba haciendo otra tarea con la hermana Nadzieja.

El día que Kasia rasgó un mantel del altar, Zosia lo reparó, esforzándose por replicar los puntos bien cerrados, todos iguales y casi invisibles que le había visto hacer a su madre. Kasia le dio las gracias rescatando un par de calcetines de lana del cubo de la basura y enseñándole a «patinar» con ellos sobre los suelos recién pulidos, que estaban muy resbaladizos. Un día, cuando pasaban junto al muro bajo de la galería, Kasia vio dos gatos callejeros acurrucados dentro del convento, junto al muro exterior. Se paró en seco y Zosia estuvo a punto de chocar con ella. Kasia se quedó observando a los gatos unos instantes mientras recuperaba el aliento.

—¿A quién crees que se parecen?

—¿Qué?

—Yo creo que el más pequeño se parece a la hermana Nadzieja. Y el más grande (mira cómo mueve las patitas, como si estuviera amasando) es como la hermana Halina.

Zosia se rió al imaginarse los gatos, con hábitos oscuros y tocas sobre las orejas, explicando las lecciones o haciendo pan.

Después de eso, van a ver los gatos todos los días. Y, cuando van de camino a las oraciones vespertinas, comentan las formas que ven en las nubes: un ángel con alas cubiertas de plumas, la cabeza de un dragón, un montón de puré de patata, una cucharada de nata. Susurran (y, en el caso de que se parezcan a algo comestible, gimen) y, si una de las dos se ríe, la otra le aprieta la mano y las dos se muerden la lengua y agachan la cabeza, a la vez que se apresuran a seguir por el pasillo.

Entre las dos se van cubriendo si una se queda dormida por la mañana, se entretiene demasiado fuera o tiene que lavar la ropa rápido para eliminar una mancha fruto de un descuido. Pero nadie puede cubrir a Zosia el día que la hermana Olga decide hacer una inspección en la habitación de las niñas. El estómago se le hace un nudo por el terror cuando la monja se pone a abrir bruscamente los baúles y levanta los colchones para sacar a la luz lo que hay escondido debajo: en su caso dos patatas crudas envueltas en una servilleta.

—Zosia, ven aquí ahora mismo. Explícame esto...

—Es comida que he guardado —dice atropelladamente Zosia. Quiere volver a ponerlas donde las había guardado, pero la hermana Olga las sostiene en alto, donde no puede alcanzarlas.

—Ya veo que se trata de comida. Pero ¿cómo te atreves a guardar comida para ti sola, cuando todas estamos pasando hambre?

—No es para mí. Es para mi madre, por si... —Intenta cogerlas.

—¿Para tu madre? Pero ¡qué mentira más fea!

—¡No es una mentira! Si viene a buscarme...

—Tienes que recibir un castigo por esto. Y te lo voy a dar yo misma.

La hermana Olga coge a Zosia del brazo y la empuja hacia la cama.

Zosia empieza a llorar. Nota los ojos de las otras niñas fijos en ella.

—Deja de llorar. Eres una niña mala y te lo mereces.

En una esquina de la habitación hay una regla de madera, que utilizan para medir la altura de las niñas. La hermana Olga la coge y con ella golpea con fuerza las manos estiradas de Zosia: una, dos, tres veces. Un dolor que le escuece y le quema empieza a crecer y le duele aún más cuando piensa que van a pasar varios días antes de que pueda volver a tocar el violín.

Zosia se deja caer sobre la cama. Kasia va corriendo a su lado, pero se aparta cuando entra la hermana Alicja.

—Zosia, ¿qué ha pasado?

—He escondido comida bajo mi cama. Pero ¡no era para mí!

—Oh, Zosia...

—La quería para mi madre, para cuando venga a buscarme. La hermana Olga se la ha llevado. Y me ha castigado —cuenta con la cara crispada.

—Ya está, no te preocupes. Podemos darte más comida. Eres una niña muy buena, Zosia. —La hermana Alicja le acaricia el pelo y se lo aparta de la cara.

—No, no lo soy. Soy mala, como dice la hermana Olga.

Desde la homilía del sacerdote en Epifanía se ha sentido impura. Pero lo que más vergüenza le da es recordar lo que hizo en el pajar: dar golpecitos con los pies, soltar un trino cuando tenía que estar callada y engullir las cosas ricas que le daba Krystyna mientras su madre se moría de hambre. Ahora no puede comer ni un bocado sin pensar en ello. Lo único que la ayuda a sentirse mejor es ir guardando un poquito de su comida, como cortezas de pan o patatas.

—Vamos a echarle un vistazo a esas manos.

Zosia nota un temblor en la voz de la hermana Alicja cuando le ve los dedos, hinchados y ya amoratados.

—Quédate tranquila, ¿me oyes? Voy a buscar a la hermana Nadzieja y entre las dos te curaremos.

Zosia se acaricia la cara con su resto de manta y mira las nubes que pasan por la alta ventana rectangular. Kasia se acerca y la coge del brazo.

Róża camina con las piernas muy rectas para minimizar el ruido de sus movimientos en el bosque. Las hojas, que una semana antes estaban en lo más alto de las ramas y llenas de color, se han caído de los árboles. El viento ha desnudado las ramas y ha dejado caer los restos del otoño al suelo del bosque, secos y apergaminados, formando una gruesa alfombra que no deja de susurrar para anunciar todos sus pasos. Chana, ajena a todo por puro agotamiento, simplemente se deja llevar de acá para allá.

Róża recuerda que, en el viaje que hicieron tras salir de Gracja, Shira estaba todo el tiempo tarareando, dando golpecitos con los pies, haciendo infinidad de preguntas e insistiendo en querer saber dónde estaba su *tata*. Para bien o para mal, Chana no hace ni el más mínimo ruido. Róża teme que esté a punto de morir de hambre, por lo huesuda y letárgica que está. Incluso cuando consiguen encontrar comida (como cuando Róża encontró unos rebozuelos que podían hervir para hacer sopa), Chana apenas come.

Agobiada por la responsabilidad de mantenerlas vivas a las dos, Róża siente una gran frustración y después arrepentimiento. Sabe que Chana está haciendo una lista mental de todos sus errores: cómo había ahogado el dolor de Miri con su furia; cómo había dejado que sus sueños de convertirse en partisana las empujaran a las dos a la periferia del bosque. Esas acciones, que en su momento pensó que eran para protegerlas a ambas, realmente eran para protegerse a sí misma.

Róża está muy familiarizada con esa forma de tortura.

Una fría lluvia cae del cielo blanquecino. Zosia tiembla delante de la ventana abierta de la clase. Apoya sus manos magulladas y temblorosas en el alféizar. Su pájaro se le posa en el dedo índice.

—Te voy a echar mucho de menos, pero tienes que ir volando hasta el pajar lo más rápido que puedas para decirle a mamá que la necesito. Ella vendrá contigo, estoy segura. Ten cuidado con los soldados y también con el resto de la gente. ¡Encuentra la ruta más segura y tráela hasta aquí, por favor!

El pájaro va dando saltitos desde el dedo de Zosia hasta el marco de la ventana abierta y sale volando. Zosia se queda mirándolo hasta que la manchita amarilla desaparece entre el fondo blanco.

Entonces se preocupa por si su madre no reconoce ese trino tembloroso de dos notas que canta ahora el pájaro. Tiene que rezar para que recupere su bonito trino de dieciocho notas por el camino. Va hasta la capilla y se deja caer en un banco, con las manos doloridas apoyadas en el regazo.

33

*P*an Skrzypczak llega para dar la siguiente clase a Zosia, pero ella se niega a sacar las manos de los bolsillos.

—Empieza ahora mismo a afinar. Debes estar preparada cuando yo llegue. Es lo que espero de ti.

Ella hunde aún más las manos y sujeta la tela del vestido.

Pan Skrzypczak deja de afinar y mira a Zosia más de cerca.

—¿Qué ocurre? Nunca te he visto así, sin ganas de tocar.

Zosia parpadea para evitar las lágrimas. ¿Cómo puede ser que él, su adorado profesor, no lo entienda?

—Sí tengo ganas de tocar. Siempre quiero tocar...

—¿Qué pasa entonces?

Ella saca despacio las manos para que él pueda verlas: tiene los dedos cubiertos de manchas púrpura y los nudillos hinchados.

—Oh...

Zosia teme que le pregunte qué ha pasado, pero él no lo hace. Solo inspira hondo y después exhala el aire lentamente.

—¿Qué te parece si hoy yo toco para ti? Te vendrá bien oír *Baal Shem* completa.

Zosia asiente, llena de alivio.

—Siéntate en esa silla. No creo que a la madre Agnieszka le importe. Pero antes... ¿te he contado alguna vez que, cuando era niño, casi me rompí un dedo jugando a la pelota? Y fue justo antes de un recital...

34

Invierno de 1944

Chana parece que tiene los ojos vidriosos, pero sus piernas todavía se mueven. Róża nunca antes ha experimentado tanto frío, y además está todo completamente vacío, no se ven ni pájaros. Le duele por el frío cada centímetro de piel que tiene al descubierto: la punta de la nariz, la zona alrededor de los ojos, la parte de arriba de la muñeca derecha, donde hay un hueco entre el guante y la manga del chubasquero. No hay nieve nueva. Sin una nueva capa que las vaya cubriendo, sus botas dejan huellas. Róża se centra en variar sus pasos mientras lleva a Chana al centro del bosque, esperando encontrar algo para comer.

Cuando sale de detrás de un árbol un hombre con una escopeta en la mano, Róża da un salto hacia atrás y está a punto de resbalar. Mete la mano en el bolsillo, buscando la píldora de cianuro, pero justo en ese momento se da cuenta de que el hombre no es alemán. Queda claro por su abrigo raído y sus botas destrozadas.

—Esperad —ordena el hombre, y se acerca, mirando a Chana.

Róża la coloca detrás de ella, en un vano esfuerzo por protegerla.

Pero Chana también mira al hombre con la frente arrugada, entornando los ojos, como si le costara enfocar un punto concreto.

—¿Hershel? —dice con un susurro casi inaudible y la voz áspera.

Róża gira bruscamente la cabeza.

El hombre la mira aún más detenidamente, todavía incapaz de identificarla.

—Soy yo, Chana. De Varsovia. —La voz cascada de Chana parece llegar desde otra vida. Por primera vez en semanas sus ojos están claros y su cuerpo se estremece, como si acabara de notar el frío.

Róża mira alternativamente a uno y otro.

Ve reconocimiento en los ojos del hombre.

—Chana. No lo puedo creer —dice.

Se refiere a la improbabilidad de ese encuentro, pero seguramente también a la apariencia tan radicalmente distinta de Chana, o eso cree Róża.

—La última vez que te vi te estabas preparando para un torneo de ajedrez —comenta Chana.

—Y ahora estoy de guardia.

—¿Guardia? —inquiere Róża. «¿Será parte de una unidad del ejército?», se pregunta.

—Nuestro campamento está ahí. —Señala con la escopeta y entonces ven varias estructuras de troncos.

Las dos se quedan mirando la escena que las rodea, perplejas, mientras Hershel las acompaña hasta la hoguera para que se calienten un poco. En un extremo hay refugios excavados en la tierra, tapados con barro prensado y ramas. Dentro hay literas de madera cubiertas de paja. Detrás de los refugios hay una hilera de cobertizos. En uno hay un sastre; en otro un zapatero. Más allá una guarnicionería, con sillas de montar, robadas a los habitantes del pueblo, apiladas en un rincón. Y también una metalistería. Róża lo mira todo con la boca abierta. La gente va de acá para allá con armas colgadas a la espalda. El campamento está protegido e incluso tienen noticias: el encargado de información utiliza una radio manipulada para escuchar todo lo que tiene que ver con los bombardeos de los aliados y después difunde las noticias.

A Róża le costó mucho apartar a Chana de la tumba de Miri y durante los últimos meses, con Chana a punto de rendirse bajo el peso del dolor, ella ha sido quien se ha ocupado en solitario de todas las tareas necesarias para su supervivencia: recoger leña, encontrar raíces y cavar hoyos. Pero ahora tiene ante sus ojos ese «pueblo» en miniatura, lleno de casitas y que tiene incluso una panadería y una clínica. Un lugar donde, juntos, todos comparten la responsabilidad de la supervivencia.

En ese campamento, en parte partisano y en parte familiar, hombres y mujeres débiles se mueven entre soldados jóvenes y fuertes. Hay una vida allí que hace años que Róża no veía, así que inspira hondo para empaparse de ella, prácticamente la absorbe a bocanadas. Le aprieta la mano a Chana. ¿No había oído Miri hablar de ese sitio? Ella sugirió que fueran allí el mismo día que las tres se conocieron.

Chana, también reanimada, le ha explicado a Róża que Hershel iba a su mismo colegio, un curso por delante de ella, y que era campeón de ajedrez.

Hershel, que se había ido, vuelve con dos trozos de pan y una sonrisa tímida en la cara.

—Tengo que volver a mi puesto. Os he traído esto para comer. No os lo comáis muy rápido o no podréis mantenerlo en el estómago. —No aparta los ojos de Chana—. Te buscaré cuando acabe el turno.

Un ruido de martillazos atrae su atención; viene de la metalistería. El aire huele mucho a azufre. Hay piezas de armas y balas desperdigadas por todas partes: suministros para los soldados de la resistencia. Róża se gira para ver si Chana se ha fijado en el montón de armas, pero otra cosa, cierta actividad al otro lado de la plaza, hace que se quede parada en seco.

Niños. Salen todos de la escuela, con los brazos tendidos, y se lanzan a las faldas de sus madres. Ellas, que los esperan en un corrillo, se arrodillan y reciben a sus hijos e hijas con mimos o levantándolos en el aire, aunque algunas tienen otros niños más pequeños en los brazos.

Róża pierde el equilibrio.

—¿Róża?

Siente que Chana tira de su brazo y la oye decir su nombre. Pero no puede apartar la vista.

Ahí, en ese bosque, en pleno invierno, hay madres que no se han separado de sus hijos. Los han mantenido con ellas y han sobrevivido juntos. Era posible…

El sol desaparece muy rápido y entonces grupos numerosos de personas se congregan alrededor de la hoguera. Mire donde mire, Róża solo ve niñas pequeñas. Con la piel del color de los albaricoques y las manos pegajosas por la savia de los pinos. Una grita: «¡Mamá!».

Chana está hablando con alguien, que le señala dónde están las literas y la cocina. Róża interrumpe.

—No quiero quedarme aquí. Chana, no puedo…

—Róża, por favor.

Por primera vez desde que murió Miri vuelve a haber vida en los ojos de Chana.

Róża se hace un ovillo y se echa a llorar.

Chana se entera de que hay una tina en la que tienen agua calentada, jabón de verdad y varios peines, incluso alguno con las púas muy juntas para quitar piojos. Lleva allí a Róża. Ella se abandona en el agua caliente, que le lava el cuerpo agotado y maltrecho, y después se sienta, obediente, para que Chana le peine el pelo, mechón por mechón, pasándole las púas desde el cuero cabelludo hasta el nacimiento de la nuca y después más abajo, junto a la espalda.

—Este peine es probablemente la posesión más valiosa del campamento.

Róża lo mira y siente un enorme arrepentimiento cuando piensa en los piojos que llegaron a infestar el pelo de Shira, a pesar de las trenzas que no dejaba de hacerle, y en la fiebre tan alta que estuvo a punto de costarle la vida. Róża no fue capaz de mantenerla a salvo, ni junto a ella.

—Vamos a secarte y a acostarte en la cama.

Róża se deja caer en la litera del refugio subterráneo que le señalan y duerme. Durante los dos días siguientes no sale del refugio. Chana, a la que le han asignado la tarea de ayudante del cocinero, le lleva comida e intenta animarla para que salga.

—Por favor, aquí no tenemos que vivir escondidas.

Hay un brillo en la cara de Chana, visible incluso en la penumbra que produce un pequeño fuego alimentado con tiras de corteza de pino. Róża cierra los ojos. Está segura de haber visto una niña de la edad de Shira en el campamento, corriendo y jugando al pillapilla. El dolor por su pérdida la atraviesa, igual que cuando salió del pajar.

Cuando Róża se despierta de nuevo, horas después, no sabe si es de día o de noche. Ese espacio subterráneo húmedo ahora le resulta asfixiante y agobiante. Se levanta y camina entre las sombras, palpando con las manos las paredes de tierra y dando pasos cortos y vacilantes, hasta que encuentra el pasamanos de la escalera. Aparta las ramas que cubren la entrada y sale de la oscuridad.

Se estremece al notar el aire gélido. Es de noche, pero el cielo se ve más claro que la oscuridad que reina bajo tierra, por eso tiene que parpadear varias veces para que se le acostumbren los ojos. Las hogueras del campamento están en pleno apogeo. Flotando en el aire de la noche le llega una música, enérgica y conmovedora: el sonido de violines, flautas y un dulcémele. A Róża le recuerda la música que tocaban Natan y ella, y también le trae a la mente a Shira, entrando descalza en el salón, con el pelo todavía mojado tras el baño y encaramándose en el regazo de su abuelo para escucharlos.

Se acerca por el camino, resbaladizo en algunas zonas. Cuando llega adonde está el grupo, ve que los que están alrededor del fuego son todos adultos. Los niños están acostados, gracias a Dios.

Los hombres y las mujeres están reunidos en grupos y hablan en voz baja. Las parejas jóvenes se acurrucan, sin hablar. Cuatro partisanos soviéticos comparten una botella con unos soldados mientras están reunidos para hablar de la siguiente misión. Después los partisanos se van a su campamento, al oeste de allí.

Róża no quiere permanecer en el campamento con esas familias. Quiere calentarse junto al fuego y encontrar a Chana para hablar con ella de irse; su objetivo no ha cambiado. Todavía quiere llegar al límite del bosque, lo más cerca posible de Celestyny, con la intención de estar preparada para ir a buscar a Shira en cuanto sea seguro.

Chana no está al lado del fuego. Róża piensa en ir a buscarla al puesto de Hershel o volver a su litera hasta que sea de día, cuando las dos puedan empezar de nuevo. Pero un hombre que vio antes en la metalistería se acerca a ella. Sus ojos de color ámbar llaman la atención bajo mechones de un pelo enmarañado y descuidado. Es casi una cabeza más alto que ella.

—Dime cómo te llamas.

Esa forma de abordarla, tan directa, la sorprende. Se envuelve un poco más en su chaqueta.

—Róża.

—¡Różyczka!

Al oír pronunciar ese diminutivo (el que todos utilizaban en su infancia), Róża levanta la vista y una sonrisa aparece en su cara antes de que ningún otro pensamiento pueda reprimirla.

—¿Y tú?

—Aron.

Aron le cuenta a Róża que estudió ingeniería mecánica. Cuando estalló la guerra se fue al bosque para luchar. Ahora repara armas entre misiones.

—¿Misiones para qué?

A pesar de su deseo de alejarse de todo, le atrae la luz de su alegría, que ni el desaliño ni la suciedad pueden oscurecer. Piensa en su imagen actual. Antes de la guerra la consideraban una belleza, con sus ojos azul oscuro, el pelo rizado, las facciones finas y la figura esbelta. Ahora está pálida y demacrada y vestida con harapos, aunque por fin está limpia. Si Aron se fija en su blusa, de luto, no lo menciona.

—Para nuestra supervivencia. Buscamos comida… y suministros para la guerra —responde.

Una mujer encargada de la organización del campamento se acerca e interrumpe.

—Necesito saber de qué trabajo te vas a ocupar aquí.

—Róża, te presento a Sonia —dice Aron—. Sonia, esta es Róża.

—No sé si nos vamos a quedar.

—¿Que no te vas a quedar? —pregunta Aron.

—Aquí todo el mundo trabaja —insiste Sonia.

—Está bien. Yo antes ayudaba en la panadería de mi madre, pero…

—¿Sabes coser?

—Sí.

—Excelente. Ve a ver a Shmuel, el sastre, a primera hora de la mañana. Él se ocupa de eso.

Aron asiente, como si todo estuviera decidido. Róża piensa en cuando conoció a Natan, el día que él fue al taller de su padre para que le reparara el violín. Asomó la cabeza por la puerta del salón, donde ella estaba tocando el chelo, y le preguntó, casi con reverencia, si a ella le gustaría ensayar algún dúo con él.

—Debería volver a mi litera —dice Róża.

Por la mañana, Róża encuentra a Shmuel inclinado sobre una máquina de coser de pedal. Ese campamento está lleno de los objetos más inesperados. Tres sierras. Herramientas de herrero. Una estufa de madera. Todo robado, supone Róża, y después llevado hasta el campamento. El pedal de la máquina necesita que lo engrasen; despide olor a pelo quemado cada vez que lo pisa.

—Hola, soy Róża. Sonia me ha enviado para que lo ayude a coser esta mañana.

—Bien, me vendrá bien la ayuda. Habrá una misión dentro de pocos días y los soldados necesitan que sus cartucheras sostengan las balas.

Róża se acomoda junto a una mesita y se pone a trabajar, reforzando los puntos de las cartucheras, todos los que puede, y prestando mucha atención a la tarea para que no se pierda ni una bala. Tras un rato, Róża se sumerge en el ritmo del trabajo (el pedal de Shmuel, la puntada que atraviesa la tela, el tirón del hilo) y su mente vuelve a las prendas de croché que le hizo al pájaro imaginario de Shira y las letras, muy reales, que le bordó en el dobladillo de su mantita.

Cuando Shmuel levanta la vista de su tarea, frunce el ceño al ver que Róża se estremece.

—Tengo otra chaqueta en ese bidón de ahí si tienes frío.

—No es por eso. Pero gracias.

Al otro lado de la plaza, Róża ve a una madre recolocarse a su hija sobre la cadera y sujetarla con fuerza contra su cuerpo.

ϒ

A la hora de comer, Róża hace una larga cola para la sopa. La gente a su alrededor refunfuña porque es de remolacha y patatas otra vez. Róża la prueba antes de dejar la cola. Es cremosa y espesa; no puede creer lo buena que está.

—¿Qué lleva? —pregunta Róża. La textura hace que se estremezca de placer.

—Leche. —La mujer joven que sirve la sopa parece orgullosa.

—¡Leche!

Róża no se acuerda de la última vez que tomó leche. No puede pensar en otra cosa que en las raíces quemadas y las setas que Chana y ella llevan varios meses comiendo.

—Itzhak volvió del campo con un cubo de leche hace dos días —continúa la mujer—. Es oro líquido. La conservamos en hielo y nosotras nos ocupamos de custodiarla.

También hay patatas. Y sal.

Róża mira a su alrededor y se pregunta si la siguiente misión será para ir a buscar comida o suministros de guerra. Un hombre que se llama Alter recorre el perímetro del campamento con un arma de madera en la mano (una talla de madera, no un arma de verdad, que indicaría que es uno de los soldados) y hablando solo. Róża ve a Chana sentada al lado de Hershel, charlando mientras comen. Ella se sienta sola en una piedra. Come despacio, con ganas, y de espaldas a las familias.

Horas después, Aron entra en la sastrería y se planta delante de Róża.

—¡Te he estado buscando! ¿Quieres dar un paseo? Shmuel, ¿puedes quedarte sin ella un ratito? —Antes de que ninguno de los dos pueda responder, él continúa—. Bien, nos vamos dentro de unos minutos. Ahora vengo a buscarte.

Shmuel le sonríe a Róża y vuelve a su tarea.

—Ese es muy listo. Inventó una silla mecánica para su padre cuando los pies y las piernas se le llenaron de úlceras. Aparentemente funcionaba incluso por los adoquines del gueto de Białystok, hasta que un día los soldados alemanes decidieron divertirse utilizándola de diana de tiro al blanco.

Róża piensa que Aron es tan avasallador como inteligente. Aunque ella preferiría mantenerse ocupada con un trabajo útil en vez de pasear con él, sinceramente.

Pero Aron vuelve con un par de botas de su talla con suelas de goma. Al sentir un acolchado suave en la base de los talones y alrededor de los dedos (nada de aplastamiento, ni ampollas en la parte superior que duelen todo el tiempo), Róża cree por un momento que se va a echar a llorar.

—¿Vienes?

Aron la va guiando por una zona de abedules y cuesta abajo por una colina. No se molesta en ocultar sus huellas. De cerca, él huele a balas y a carne ahumada. Tras unos minutos llegan a un arroyo. Aron señala un grueso árbol caído, un banco improvisado para sentarse a ver el agua abrirse camino entre la nieve: una escena de una belleza tranquila y sanadora. Cuando Róża se sienta, Aron mete la mano en su bolsa y saca una pera.

—¡Oh! ¿Dónde la has conseguido?

Aron solo sonríe y se la da. Ella le da un mordisco: arenosa, dulce y llena de luz.

—Es lo mejor que he comido.

Los dos se quedan sentados en el tronco del árbol y se van pasando la pera; Aron va dando bocados cada vez más pequeños para asegurarse de que Róża pueda comerse el último trozo.

Cuando vuelven al campamento, Róża nota la agitación en el aire.

—¿Qué pasa?

—Pronto será *sabbat*.

Sabbat. Hace mucho que Róża perdió la noción de qué día de la semana era. Al principio marcaba el paso del tiempo con las muescas en la viga del pajar y después haciendo nudos en un hilo. La última vez que Róża cumplió con el *sabbat*, sus padres y Natan estaban vivos y Shira estuvo mirando, con los ojos muy abiertos, cómo su abuela atraía las llamas con los ojos cerrados.

Róża no se lo cuenta a Aron. No puede hablar de lo que hubo antes.

—Gracias por el paseo. Me lo he pasado bien.

—Yo también, Różyczka.

Al atardecer aparece una hogaza de *challah* y también un par de velas en unos candelabros manchados. Unas niñas pasan con cestas llenas de rebanadas de pan que se pueden comer de un bocado. Mientras recita las oraciones, Róża extraña a su familia, tenerlos a todos a su lado. «Ellos están en un lugar mejor. No están sufriendo. El dolor pasará.» Pronuncia las antiguas palabras sagradas y se repite una y otra vez esas cosas, intentando creérselas.

Los preparativos para la misión van tomando forma; siete hombres y mujeres se disponen a salir Aron está entre ellos. Comprueban las municiones, guardan comida en sacos y rellenan cantimploras con agua. Róża y Shmuel inspeccionan las cartucheras recién cosidas una última vez antes de entregarlas.

—¿Cuánto tiempo van a estar fuera? —pregunta Róża.

—Lo que haga falta.

Cuando Aron entra en la sastrería, lleva dos de las cartucheras cruzadas sobre los hombros. Detrás de él va un niño que se llama Paweł, al que le caen unos rizos oscuros por la espalda, que no deja de suplicarle que le deje participar en la misión. Aron se arrodilla y le pone suavemente una mano en el hombro.

—Esta vez no, Pawełek, pero vendrás pronto.

Se pone de pie otra vez y mira a Shmuel y después a Róża.

—Te veré lo antes que pueda, Różyczka —asegura, y sale apresuradamente de allí.

Para cuando Róża llega a la plaza principal, ya no se ve a Aron por ninguna parte.

Durante los dos días siguientes Róża oye a Chana quejarse de que tiene que quedarse en la cocina por órdenes de Sonia, a pesar de sus súplicas para que le permitiera unirse a la misión.

—No lo entiendo. Lucharía con valor.

—Seguro que sí.

Róża no menciona la total falta de conocimientos de Chana sobre cómo se usa un arma.

—Y estoy en mejor forma que las dos hermanas Fregel juntas.

—Pero ¿quién nos iba a hacer la sopa, Chana? ¿Nos ibas a dejar aquí, subsistiendo con los mejunjes que cocinaran ellas?

Secretamente, o no tanto, Róża está agradecida de que a Chana no le hayan permitido ir. También se siente agradecida por tener una litera protegida para dormir y por la comida que le dan allí. A la hora de comer se sienta a una mesa en la que hay varias mujeres.

Después de que las otras se dispersen, una madre joven le pide a Róża que le sujete a su bebé, Issi, mientras ella come su cuenco de sopa. Róża protesta, pero ella ya se lo ha puesto en los brazos. Cuando el niño se retuerce contra ella, siente una contracción en el útero y un cosquilleo en los pechos. Vuelve al momento en que era una madre reciente y sostenía cerca de su cuerpo el hatillo caliente que era su bebé, y recuerda esa sensación mezcla de calma y de pura felicidad. Nota que está a punto de salirle de los labios el cloqueo de una gallina. «No.»

El peso de ese bebé, su olor a leche, su chillido de urgente necesidad... es demasiado para Róża. Lo devuelve bruscamente a los brazos de su madre.

—Perdón, pero no puedo ayudarte.

—Pero, por favor...

—He dicho que no puedo.

Róża se aleja, con todo el cuerpo latiéndole de dolor y de tristeza. ¿Cómo se lo podría explicar a una madre que tiene a su hijo sano y salvo a su lado? Lo que está completo no puede comprender a lo que está desgarrado hasta que no esté, también, hecho jirones.

Casi al atardecer del tercer día de la misión, Róża va hasta el puesto de guardia donde encontraron a Hershel por primera vez. El pequeño Paweł está allí con él, montando guardia.

—¿Se sabe algo?

—No —dice Hershel.

—No —repite Paweł.

Unos leves copos de nieve flotan en el aire. Al caer cerca de la fogata brillan como luciérnagas.

A pesar de lo que se ha estado diciendo a sí misma sobre Aron (que lo acaba de conocer, que ahora no podría establecer un vínculo con otra persona que puede perder, que necesita seguir centrada en su misión de encontrar a Shira), Róża ha estado esperando su vuelta.

A la noche siguiente llegan tambaleándose cinco de los siete soldados, agotados y empapados (Aron no es uno de ellos). Róża se fija en quién está entre ellos y quién no. No espera a saber qué ha pasado, no pregunta por la historia, los detalles; corre agachada hasta el refugio subterráneo, otra tumba, y se hace un ovillo en su litera, con las rodillas apretadas contra el pecho y la mejilla mojada pegada a la fría y húmeda pared de tierra. Bloquea el alboroto que llega desde la multitud que está alrededor del fuego enterrándose bajo la paja y cubriéndose los ojos y las orejas con los brazos, con los que se tapa también la cara.

Cuando siente una mano en su hombro, se zafa de ella y se niega a abrir los ojos.

—¡Chana, no! Déjame...

La mano encuentra su mejilla. Huele a metal y a humo.

Antes de que Róża pueda incorporarse, las manos de Aron le están rodeando la cara. Instintivamente Róża lo envuelve con sus brazos y la áspera paja queda entre ambos.

—¿Por qué no has vuelto con los demás? Creí que...

—Itzhak se hizo daño en el tobillo. Lo he ayudado a volver y hemos tenido que caminar despacio.

Aron se inclina para besarla y Róża siente en las entrañas una tensión y un revoloteo, hasta que se cuelan en su mente unos pensamientos inesperados: semilla de zanahoria silvestre, sangre en la nieve.

Él debe de sentir su estremecimiento, porque se sienta a su lado y entierra la cara en su pelo.

—No pasa nada, Różyczka. Podemos abrazarnos un rato y ya está.

A Róża se le escapa un sollozo de la garganta. Aleja esos pensamientos y acerca a Aron contra su cuerpo.

35

Antes de vísperas, Zosia va al despacho de la madre Agnieszka. A pesar del terrible frío que hace fuera, tira de la ventana para abrir una rendija; espera que su pájaro la oiga y venga a traerle noticias de su madre. Ya con las manos curadas, coge el violín y lo apoya en el brazo para afinarlo. Su respiración acelerada se va calmando con cada nota.

Ensaya *Nigun*, de Bloch; *Pan* Skrzypczak le ha enseñado que es la segunda parte de las tres que tiene *Baal Shem*, una pieza compuesta en memoria de la madre de Bloch. Ella piensa en su madre y desea poder mantener la esperanza, pero cada nota de esa música le sale envuelta en una melancolía desconsolada.

Zosia todavía recuerda su casa, su familia: ese momento de las noches de los viernes, antes de que todo el mundo se sentara a la mesa para cenar, con las velas encendidas reflejándose en sus ojos. Se callaban y se sentaban todos y después cada uno contaba cosas de cómo había ido su semana: en la panadería, en la universidad, en el taller. Cuando la guerra empezó a acercarse, las historias cambiaron, se volvieron más lúgubres: había preguntas que no llegaban a salir de sus labios y preocupación en las arrugas de sus caras. Aun así, después tocaban melodías (canciones folclóricas, bailes zíngaros, la insistencia de la esperanza) que iban subiendo de intensidad hasta el frenesí y después acababan en meditación.

A Zosia le parece oír esas mismas canciones dentro de *Nigun*... hasta que esta evoluciona hacia la discordancia y la oscuridad. El gemido de las cuerdas, el arco rozando dos al mismo tiempo y después el sonido que va mermando hasta quedarse en una sola nota cuando la música va más lenta y se desliza hasta desembocar en unos ecos que culminan con el último grito final: un quejido solitario, repetitivo, más agudo y más suave, que se va desvaneciendo hasta que ya no se oye.

Zosia se queda ahí, con el arco sobre la cuerda, incluso después de que el sonido cese. Motas de colofonia blanca flotan por el aire que la rodea. Tiene que estar en la capilla dentro de poco. Aun así alarga el ritual de recogerlo todo: aflojar el arco y volver a guardar la esponja y la almohadilla; colocar el violín en la caja; bajar la tapa y cerrarla. Se queda muy quieta un segundo más y solo escucha. En medio de un silencio atronador, cierra la ventana y sale del despacho al pasillo, hacia la noche oscura.

Pero Zosia no llega a la capilla. Un soldado alemán que estaba deambulando por los terrenos del convento ha seguido el sonido de su música y la detiene cuando va por la galería exterior.

—Eras tú quien tocaba el violín, ¿sí?

Los ojos claros del soldado parecen amarillos a la luz del farol. Zosia asiente, demasiado aterrada para hablar.

—Bien. Vas a hacer un recital. Coge el violín.

«¿Ahora?», quiere preguntar Zosia, pero un disparo cercano la asusta y le hace guardar silencio. Si pudiera pedir ayuda..., pero todas las hermanas están en vísperas y el soldado está bloqueando el camino que lleva a la capilla.

Le tiemblan las piernas cuando va a coger el violín del despacho de la madre Agnieszka, con el soldado pisándole los talones. Los dos se quedan esperando en la puerta de la capilla. La hermana Nadzieja los ve por una de las ventanas y se lo dice en susurros a la madre Agnieszka, que sale a su encuentro.

—Buenas noches, *Herr* Mueller. ¿Le puedo preguntar qué ocurre?

—Un recital. Mi *Oberleutnant* va a llegar en cualquier momento. Le gusta la música y quiero darle una bienvenida especial.

La madre Agnieszka mira fijamente a Zosia mientras habla.

—Muy bien. Nos reuniremos en el calefactorio.

Zosia no sabe si vísperas había terminado ya o lo han interrumpido; lo único que sabe es que el calefactorio se transforma, casi instantáneamente, en un auditorio donde reservan para los soldados unos sillones, que una vez estuvieron en buenas condiciones, aunque ahora se ven un poco gastados.

Las monjas, con las caras tan blancas como la toca almidonada que les roza las mejillas, van corriendo de acá para allá, procurando que las niñas se pongan en fila. Ellas se revuelven y no paran quietas, nerviosas por el giro inesperado de los acontecimientos. Zosia tiene un nudo en el estómago por los nervios. Sus manos no parecen suyas (le tiemblan violentamente) y no sabe qué tocar. Sin duda *Nigun* no, aunque lo acaba de ensayar. Tampoco el *Scherzo* de Brahms, porque podría echarse a llorar a media pieza. La hermana Alicja viene corriendo a atarle a Zosia un pañuelo en la cabeza («Para que no te caiga el pelo a la cara», dice), antes de que se enciendan más faroles en la habitación.

El soldado trae a sus camaradas: uno muy alto y con expresión imperturbable, con una insignia muy llamativa en el cuello y un brazalete; el otro, bajo, fornido y que no para de reírse, con una chaqueta de uniforme marrón muy sencilla y la mano apoyada en la pistola que lleva en la funda. Cuando entran, la sala se queda en silencio.

Zosia mira suplicante a la madre Agnieszka, que inclina

varias veces la cabeza en un gesto rítmico tranquilizador. A Zosia le cuesta respirar.

Se le ocurre tocar la parte rapsódica central de *Zigeunerweisen* de Sarasate. La ha ensayado hace poco con la hermana Nadzieja. Afina el violín rápidamente, se gira un poco, en un ángulo casi imperceptible, para evitar quedar justo frente a los soldados y las niñas, que se han sentado detrás. Coloca el arco sobre las cuerdas para empezar (el brazo firme, a pesar de lo nerviosa que se siente por dentro) y toca siguiendo el ritmo fácil de una marcha romaní, suave a introspectiva. En su mente su pájaro solitario, inquieto, busca un lugar de descanso en las ramas heladas de un árbol. Sus notas gorjeantes reverberan en el cielo nocturno, como una llamada y una respuesta: «¿Estás ahí? Sí, estoy. ¿Dónde? Justo aquí. Tranquilízate. Tranquila».

La parte central termina con una nota larga y ascendente, casi inaudible; un punto un poco sombrío para un final. Por eso Zosia se arriesga y continúa, tocando el movimiento final, más animado y vehemente, para lucirse. Sin olvidarse de vigilar el intrincado movimiento de los dedos y el arco, ahora realmente está actuando y se inclina hacia delante, hacia el público, consciente del eco del sonido en esa habitación, que aumenta y se vuelve frenético, excitante. Los últimos compases empujan a Zosia y ella se enfrenta al reto con pasadas muy rápidas y pulsaciones locas. Se siente más expresiva que nunca, con las piernas bien asentadas en el suelo, el arco y el brazo volando y los dedos bailando sobre las cuerdas. Cierra los ojos. La música se eleva más allá de su propia sensibilidad para llegar al público que la escucha. Entonces termina con un movimiento del arco fuerte y dramático.

Le sigue un silencio incómodo. Todos los ojos están puestos en el *Oberleutnant*. Su expresión severa de antes se ha suavizado. Cuando habla, es como si acabara de recuperar la voz perdida.

—Impresionante —dice en alemán.

Kasia empieza a aplaudir. Las monjas se unen y las niñas ríen y aplauden también con un júbilo desconocido dentro de los confines del convento. Los soldados hacen lo mismo. Zosia siente que su cuerpo se llena de alivio. Las únicas que se quedan sentadas sin moverse son Ula y Adela.

Antes de esa noche, Zosia solo quería que la oyeran su pájaro y su madre. Pero ahora, por aterrador que fuera, se había dado cuenta de que le encantaba tocar ante un público.

Cuando los hombres se levantan de sus sillones, se muestran muy corteses. Se van sin llevarse nada de la cocina y sin obligarlas a formar filas para el recuento.

A la mañana siguiente, Zosia se lleva su mantita a la cara e inspira su olor antes de hacer la cama e ir a enjuagarse el pelo al lavabo del baño. La hermana Alicja vino en medio de la noche para echarle más lejía y Zosia espera que un poco más de agua la libre de parte del olor. Con la cabeza en el lavabo, intenta coger una toalla, pero Ula y Adela entran y le bloquean el acceso a la estantería. Zosia aparta el brazo y se escurre el pelo con la mano. Se vuelve rápido para irse, pero Ula se le pone delante.

—Tu pelo parece paja.

Adela acerca la mano para tocarlo.

—¿Por qué está tan tieso y áspero?

Ula también le coge un mechón.

—¿Y qué color es este?

Las dos niñas le dan un tirón, fuerte, antes de soltarle los mechones.

Ula y Adela salen del baño, de camino al refectorio. Con el pelo goteando y los pies cubiertos solo con medias, Zosia las sigue y ve como se cuelan en la despensa. Espera unos segundos y abre la puerta bruscamente para pillarlas: están robando unos bollos del cajón del pan.

—Voy a hacer que os castiguen por esto. —La voz de Zosia tiembla, pero echa la barbilla hacia delante porque no está dispuesta a acobardarse.

—No lo harás —dice Adela.

—Si me causáis más problemas, se lo diré a la hermana Alicja. Y ya veréis como cree mi palabra antes que la vuestra.

Ula y Adela se la quedan mirando, sorprendidas. Zosia da un pequeño paso hacia ellas; solo se atreve a hacerlo por todo lo que hay en juego.

Pasan unos momentos. Ula deja el bollo en la caja y se sacude la harina de los dedos manchados. Adela le da un mordisco al suyo y después se lo mete en el bolsillo. Pasa al lado de Zosia y sale del refectorio, mientras Ula se apresura a seguirla.

36

Aron busca a Róża por las noches, aunque solo para hablar y abrazarla mientras duerme. Tumbados en la litera de ella, muy cerca el uno del otro, él pregunta:

—¿Qué le ocurrió a tu familia?

Ella le cuenta que los soldados irrumpieron en la casa de sus padres en Gracja.

—Al principio se limitaron a saquear el taller de lutier de mi padre. Rompieron los bancos de trabajo y le robaron las herramientas. Derramaron los barnices por todas partes e incluso destrozaron uno de los violines. Pero unas semanas después vinieron a por nosotros.

Le contó que sus padres la obligaron a esconderse en el armario y que estuvo tocando la boquilla que había en el bolsillo del abrigo de su madre todo el tiempo, mientras intentaba bloquear el ruido de los horribles golpes y los pasos trastabillantes de sus padres bajando las escaleras.

Pero no pudo contarle que perdió a Natan, al que dispararon ante una zanja que le habían obligado a cavar, y que Shira estaba con ella en ese armario, agazapada entre *blazers* de lana y abrigos de pelo de camello, pero que ya no está a su lado.

Las palabras que Róża se traga mientras está despierta son el guion de sus sueños mientras duerme.

Está haciendo diminutas bufandas de croché para el pájaro, pensando en el próximo invierno. Sus dedos trabajan rápido con el hilo: tres puntos bajos perfectos y uno alto, una y otra vez. Pero no es hilo lo que cose, sino cuerda de tripa de gato recubierta de cobre, que sale del bolsillo de una funda de violín abierta. Y con cada tirón, sin darse cuenta está apretando un poco más ese alambre, que envuelve al pequeño pájaro amarillo, que se ha enredado con él. Tres bajos y uno alto; tres bajos y uno alto. Róża sigue tejiendo hasta que oye un aleteo frenético y un trino estrangulado.

—*Nie!*

—Has tenido otra pesadilla. —Aron se inclina sobre ella, preocupado.

Róża intenta quitarse de encima esa sensación. Le laten las manos y tiene manchas rojas en la piel, como si le hubieran dado picotazos. ¿Se ha hecho heridas mientras dormía? Róża se gira hacia la pared de tierra y mete las manos bajo los muslos para que Aron no lo vea.

Durante semanas duermen abrazados, con la cabeza de Róża apretada contra el hombro de Aron y el brazo de él envolviéndole la cadera. Hasta una noche en la que el tiempo se detiene y late y Róża se libera y se abre a sentir y recordar; entonces todo lo que ha estado enterrado vuelve a la superficie. Recuerda su primera noche con Natan, sus labios suaves sobre los de ella y su cuerpo abriéndose a la dulce y penetrante plenitud que le trajo un placer desconocido y una esperanza inimaginable. Y también una noche tras otra con Henryk: sus ojos, su cuerpo pesado sobre el de ella y cómo rezaba para que Shira estuviera dormida. Después ve la noche en que se llevaron a Shira. Lejos. La sensación de sus pequeñas manos y la suavidad de su vientre, el olor de su pelo y sus ojos curiosos muy abiertos. Cuando Aron entra suavemente en su interior, Róża entierra la cabeza en su pecho. Él la envuelve con fuerza con el brazo.

ϒ

Mientras Róża crea un vínculo con Aron, Chana lo hace también con Hershel. Hershel cocina con Chana en sus turnos y Chana acompaña a Hershel en su paseo diario hasta su puesto de guardia.

A Róża le sorprende encontrar a Chana una mañana con un arma en la mano.

—Sí, estoy aprendiendo a disparar. Hershel me está enseñando. No me mires así.

Una tarde, a última hora, Róża está reparando agujeros en unas chaquetas cuando Hershel entra corriendo y gritando:

—¡Soldados alemanes! ¡Vienen hacia aquí!

En cuestión de segundos todo el mundo corre, algunos al refugio, otros a la zona más intrincada del bosque. Se oyen preguntas que llegan desde todas direcciones.

—¿Están cerca?

—¿Cuántos son?

—¿Adónde vamos?

Aron viene a buscar a Róża.

—Cruza el arroyo y ve al otro lado del paso más empinado con los demás. Los alemanes no os seguirán hasta allí; no conocen el terreno. Ve lo más rápido que puedas y espera. Iré cuando…

—Aron, por favor, ven conmigo ahora. No puedo…

—Tengo que quedarme y luchar. Iré después, te lo prometo.

Chana pasa corriendo con dos escopetas. Róża la coge del brazo.

—Chana, ¿adónde vas? Tenemos que huir, ahora mismo.

—Yo voy a luchar.

—¡No! ¡No puedes!

Pero no hay tiempo para discutir. Las dos oyen el ruido de

los disparos. Chana va a la metalistería en busca de balas. Róża corre hacia el arroyo, como le ha dicho Aron.

Sonia está en la orilla, azuzando a la gente para que lo cruce. Todos dudan antes de entrar en el agua helada.

—¡Vamos! —grita ella.

Róża lo vadea, hundiendo las botas que le regaló Aron, que se empapan en segundos. Ella instintivamente da un paso atrás, casi sin aliento, pero sigue adelante aunque el agua fría le sube por los pantalones y le congela las pantorrillas y los muslos. Es muy difícil avanzar; el arroyo es profundo y las rocas resbalan. Pero por fin llega al otro lado y sigue a la fila de personas que cruzan el paso, empapadas y temblando.

Algunos de los que han cruzado antes llevaban sus sierras y otras herramientas; ya han hecho un fuego y están trabajando en construir refugios temporales. Otros se llevaron sacos de patatas y cacerolas de sopa. Está claro que han huido del campamento antes. Róża se acerca al fuego, desesperada por secarse y calentarse, y después se pone a preparar la sopa. Cada pocos minutos mira hacia la parte más alta del paso, esperando ver a Aron o a Chana.

«¿Por qué no han venido ya?» El fuego no le ha secado todavía la ropa del todo y sus botas siguen empapadas. Con cada eco de disparos, Róża siente que su desesperación crece.

Al atardecer, Hershel cruza el paso tambaleándose.

—Eran ocho y los hemos derrotado —dice jadeando. Algunos le ayudan a quitarse el abrigo empapado; otra persona le trae uno seco. Muchos le gritan nombres para que él les diga qué ha pasado con ellos—. Están bien; vienen de camino hacia aquí —responde.

Róża se queda de pie, en silencio.

Hershel sigue boqueando para conseguir un poco de aire. Todavía tiene la mente en la refriega.

—No nos seguirán hasta aquí. No conocen la parte más profunda del bosque como nosotros.

—De todas formas —interrumpe Sonia—, necesitamos organizar patrullas nuevas inmediatamente.

Surge un debate sobre cuáles son los mejores puntos de observación.

Hershel dice que un campesino, al que le robaron comida y herramientas, vio el campamento y se lo dijo a los alemanes.

—Los llevó hasta nosotros. Yo lo vi.

Róża cree que se va a volver loca. Ya casi ha oscurecido y no hay señal de que los demás estén de camino.

—Hershel, dinos, por favor —suplica por fin—. ¿Dónde están los otros? ¿Quién no ha sobrevivido?

Hershel mira a Róża. Los demás se quedan en silencio.

—Ilan y Mayer descansan en paz.

El dolor se mezcla con el alivio y Róża le da gracias a Dios porque Aron y Chana están vivos.

—También hemos perdido al pequeño Paweł —dice, y se le quiebra la voz—. Lo están enterrando ahora. Ruthie no pudo sujetarlo a tiempo y le dieron.

Paweł, ese partisano en miniatura, el hermano mayor de Issi, que le preguntaba a Aron cada día, por lo menos una vez, cuándo tendría edad suficiente para ir a su primera misión. En el campamento Róża mantenía las distancias con todos los niños excepto con él.

Mira a su alrededor, a las otras madres que abrazan a sus hijos. Ruthie (la mujer a la que se negó a ayudar sujetando a Issi) se agacha y entierra las manos en el suelo.

Algo se libera en el interior de Róża y cae rodando por las escaleras de su corazón. Sus dedos tocan las puntadas de la cintura de sus pantalones, el lugar donde ha vuelto a ocultar la tarjeta con la dirección. No puede esperar más; tiene que ir a por Shira ya.

Prepara la situación en su mente: sabe sobrevivir en los bosques sola. Y cuando tenga a Shira con ella podrá decidir adónde irán después, si volver allí o buscar otro lugar donde esconderse. Desea poder ver con sus propios ojos a Aron y a Chana volver sanos y salvos tras el ataque, pero no los espera. Con la ropa y las botas razonablemente secas, se aparta del fuego, se llena los bolsillos de patatas y echa a andar, alejándose del campamento que se acaba de montar, en busca de Celestyny y el convento que ha estado manteniendo a Shira a salvo.

37

Primavera de 1944

El *Oberleutnant* vuelve al convento y exige otro recital. Ya es de noche. La madre Agnieszka intercepta a Zosia, que lleva toallas limpias desde la lavandería, y le pide que vaya a por su violín, rápido. Cuando Zosia vuelve al calefactorio, agobiada, lo que teme es que Adela esté entre el público. «¿Qué puede hacer o decir?»

Pero el *Oberleutnant* está allí solo. Repantingado en el sillón, le habla con mucha amabilidad a Zosia, y le dice que no tenga prisa a la hora de afinar y calentar. La madre Agnieszka está de pie en un rincón, con las manos cruzadas con fuerza por delante de su hábito.

Zosia inspira hondo para prepararse, una inhalación profunda y silenciosa y después una exhalación. *Pan* Skrzypczak le enseñó a hacer eso, aunque ella ya había aprendido esa respiración controlada cuando estaba en el pajar con su madre. Toca la segunda parte de *Concierto n.º 1 para violín* de Bruch, lírico y lánguido. Aunque está nerviosa, toca sin contratiempos. *Pan* Skrzypczak le dijo a Zosia que Joachim le dio algunos consejos a Bruch para esa obra y que, a cambio, no solo recibió su dedicatoria, sino que fue el primer solista que la tocó. A Zosia le gusta recordar eso: otra pieza musical que apartó a Joachim de la soledad.

El movimiento va creciendo en pasión y sentimiento y después decae hasta un cierre muy sereno. Cuando Zosia deja descansar el violín bajo el brazo, el *Oberleutnant*, con las mejillas enrojecidas, aplaude con energía.

—¿Max Bruch?

—Sí.

—¿Sabes que su mujer hizo grabar en su tumba: «La música es el lenguaje de Dios»?

Zosia no lo sabía. Pero no se atreve a contestar.

El *Oberleutnant* se pone de pie. Del bolsillo del abrigo saca una bolsa encerada con un bollo relleno de mermelada, que le da a Zosia.

Ella lo mira, perpleja. Huele como si acabaran de sacarlo del horno y tiene azúcar glas por encima. Ha habido tan poca comida a la hora de comer, que el estómago le da un vuelco que casi le llega a la boca. Necesita un momento para encontrar su voz.

—Gracias.

—No, gracias a ti —responde el *Oberleutnant*—. Volveré.

Y le hace un gesto con la cabeza a la madre Agnieszka antes de irse.

Zosia mira a la madre Agnieszka para pedirle permiso para comerse el bollo.

Sabe como una nube, etéreo y dulce, con el leve punto de acidez de la mermelada de ciruela; es tan perfecto como mezclar la tierra con el cielo. Está a punto de meterse el último trozo en la boca cuando decide contenerse y guardar un poco para Kasia y algo para su madre.

La madre Agnieszka interrumpe la siguiente clase de violín de Kasia para hablar con *Pan* Skrzypczak. ¿Cuánta música sabe Zosia? ¿A qué velocidad puede aprender más, si el *Oberleutnant* sigue queriendo escucharla? La cara de la madre Agnieszka está llena de angustia, pero Zosia está encantada porque *Pan* Skrzypczak accede a darle una clase más cada semana.

La hermana Alicja lleva a Zosia a una capilla lateral para darle una clase sobre cómo recibir la comunión.

—Porque ya tienes siete años —dice.

Zosia piensa en sus últimas fiestas de cumpleaños, el suyo y el de su madre, con música, una tarta decorada y una búsqueda del tesoro por el río. Los cumpleaños en el orfanato solo se celebran con una fina rebanada de pan especiado después de comer.

La capilla es cavernosa y sombría y sus vigas oscuras destacan contra las paredes blancas. Apenas entra luz por las pequeñas ventanas con vidrieras que hay repartidas por las paredes, bajo el techo abovedado.

Entran otras niñas en grupo y Zosia oye que una de ellas susurra:

—Vamos a tomar el cuerpo y la sangre de Cristo.

—¿Qué?

—Es verdad. —Señala el cáliz con el vino y el cuenco con las hostias que hay en el altar—. El vino y la hostia son sangre y hueso.

Zosia se marea y teme vomitar. Pero la hermana Alicja se arrodilla a su lado y le pone un dedo en la mejilla a Zosia, muy suave, como un aleteo.

—No te preocupes, Zosia. Es un sacramento sagrado. Y lo acompañamos con un cántico muy bonito. Te lo voy a enseñar ahora.

La hermana Alicja lo canta y en la mente de Zosia su voz se une casi al instante con unas notas, menores, que se vuelven más profundas y majestuosas. Zosia ya está más tranquila y tiene menos miedo de la comunión; ahora solo tiene ganas de que acabe para coger su violín y tocar lo que oye en su interior.

Horas después, Zosia y las otras niñas se prueban muy emocionadas unos vestidos con encajes y unos zapatos blancos brillantes, que se guardan en el armario de la capilla y se sacan cada primavera. Kasia se ofrece a trenzarle el pelo a Zosia («Estarías muy guapa así para la comunión»), pero Zosia le dice que no. Kasia está intentando animarla, Zosia lo sabe, como cuando la invitó a unirse a la travesura de poner pieles de patata en las bocas de los retratos. Pero Zosia está preocupada. Los suministros escasean y la hermana Alicja ha tenido que espaciar las sesiones en las que le echa lejía en el pelo. No quiere que Kasia se fije en las raíces oscuras. ¿Y si se ofrece a hacerle una corona de margaritas?

Zosia ha cogido la costumbre de llevar un pañuelo blanco en la cabeza todos los días, atado con un nudo muy pequeño en la parte de atrás. Estudia mucho para la comunión. «Comunión» es una palabra que no entiende, pero cree que puede significar «conexión» y siente que debería querer tener una conexión con Jesús, que las monjas dicen que es el mayor maestro de todos. Ella encuentra su devoción hacia Él en las parábolas, las oraciones y los himnos (donde no hay cabida para la chispa del odio de los demás hacia ella, ni para el peligro de perder todo lo que ha llegado a amar).

Cuando dicen su nombre (Zosia Nowakówna), no surge otro nombre en su interior, ni siquiera cuando el olor a hierba que hay en el aire le recuerda al heno y a las noches que pasaba bajo él, abrazada a su madre. Camina muy solemne hasta el altar, se arrodilla y abre la boca para recibir el sacramento, seco y apergaminado. Después canta y reza. Las niñas más pequeñas creen que ella quiere ser monja.

38

*Ró*ża estaba envalentonada cuando dejó el campamento, pero ahora, en el bosque, sin compañía ni protección, sabiendo que puede haber alemanes cerca, le cuesta mantener a raya las dudas. «¿Y si me cogen? ¿Qué pasará con Shira entonces?» Varias veces está a punto de volver sobre sus pasos, pero se obliga a seguir adelante: tiene que saber si Shira está bien.

Llueve a mares durante días. Se le vuelven a empapar las botas. Duerme en agujeros llenos de barro pegajoso y agujas de pino húmedas. Cuando camina, altera sus pasos y busca siempre la cobertura de las hojas, en vez del terreno embarrado donde quedan profundas huellas porque le succiona las suelas. Reza para que la brújula de Natan la esté dirigiendo hacia el sur correctamente.

Su última comida sustanciosa fue la sopa que hizo en el nuevo campamento. Desde entonces ha ido racionando las cinco patatas que se metió en los bolsillos antes de irse (muy pocas, pero más de las que debería haber cogido).

Solo le queda una.

Zosia está doblando servilletas de tela sobre la larga mesa del refectorio (aunque ya casi no hay comida, solo sopa de cardo y un pan de cereales duro y gris), cuando entra corriendo la hermana Nadzieja. Lleva ropa de viaje y tiene en la mano el abrigo y el sombrero de Zosia.

—Vamos, Zosia. Tienes que subir al coche ahora mismo.

—¿Adónde vamos?

Zosia estaba en su mundo musical privado, con la cabeza llena de composiciones caóticas de pura nostalgia, muy diferentes de la música ordenada de la iglesia, y por eso no se ha dado cuenta hasta ahora de lo que ocurre a su alrededor: gente corriendo por la calle, sirenas aullando más cerca que nunca, un olor a quemado.

—Tenemos que salir de la ciudad. Lo están bombardeando todo.

—No. ¡No puedo! —Su pájaro amarillo tiene que llevar a su madre hasta allí. Si Zosia se va, su madre no podrá encontrarla.

La hermana Nadzieja lucha con Zosia para ponerle el abrigo, pero ella se zafa, sacudiendo los brazos.

—Tienes que venir, tenemos que irnos todas. Te mantendré a salvo, te lo prometo. Nadie te verá en el coche.

—Pero ¡ella vendrá a buscarme aquí!

—Zosia, te llevaré en brazos si hace falta. Ya he guardado tu mantita y tu violín. Y aquí están tus zapatos de calle. Vamos, póntelos rápido.

—No lo entiende. Mi mamá...

Zosia llora amargamente cuando la suben al coche. Las niñas de la habitación de las pequeñas ocupan prácticamente todos los asientos. «¡Por favor, no quiero irme!» Cuando el coche dobla la esquina y el Siostry Felicjanki desaparece, siente que una cadeneta imaginaria se rompe en su interior.

Las calles están abarrotadas de gente que huye de la ciudad. Zosia mira a los niños, subidos a los hombros de sus padres, en los brazos de sus madres, a caballito en su espalda o caminando al lado como pueden mientras los arrastran. Por todas partes se ve gente aterrorizada que pasa corriendo, cubierta con capas extra de ropa, vencida bajo el peso de maletas, bolsas y bultos. Una señora, con los brazos totalmente extendidos para sujetar un cuadro, tropieza en la acera rota. Zosia tose, gimotea y después se queda callada.

El aire está lleno de humo y polvo. Hay edificios bombardeados por toda la ciudad; cuando pasan por delante de una panadería, el potente olor del azufre se mezcla con los de la levadura echada a perder y el centeno; ante la carnicería reventada, con el de la carne quemada y podrida; y cuando dejan atrás la curtiduría en ruinas, con el del cuero quemado y del aceite de cedro. Zosia respira lo más levemente posible y con la boca cerrada hasta que, cuando toman el camino del campo, los olores del musgo fresco y el pino le indican que el aire está limpio.

Les lleva horas llegar hasta el nuevo convento: un extraño, oscuro y frío complejo de edificios, conectado por un laberinto confuso de pasillos, muy lejos de ul. Poniatowskiego 33. Zosia ni siquiera se anima al ver el enorme órgano de tubos de la capilla, ni la espaciosa habitación de las niñas, una sala común que han transformado en dormitorio. Está desesperada por encontrar a Kasia. Cada pocos minutos rompe a llorar.

—¿Dónde está Kasia? ¿Por qué no ha llegado aún? —quiere saber.

La hermana Nadzieja le asegura que está de camino.

—¿Y la hermana Alicja y la madre Agnieszka?

—También llegarán dentro de poco.

Aparecen en el siguiente coche (la hermana Alicja le da un cariñoso abrazo y Kasia se coge de su brazo y no la suelta), pero Zosia sigue angustiada. Por la noche les llega la noticia de que seis niños y dos monjas, que se estaban encargando de evacuarlos a todos, se vieron atrapados por los bombardeos y otros sollozos se unen a los suyos. Una de esas dos hermanas, la panadera residente, Halina, era muy querida por las niñas, porque siempre quería jugar al pillapilla con ellas por las noches. Pero a Zosia le caía bien por razones diferentes: porque uno de los gatos se parecía a ella y porque olía a pan, como la abuela de Zosia.

Entre los lamentos y el caos, algunas de las niñas se van a explorar por los pasillos, pero Zosia no quiere ver nada de ese sitio. Huele a humedad y por todas partes hay estatuas de piedra que tienen unos ojos vacíos aterradores.

La hermana Nadzieja va a ver a Zosia, que está en cuclillas en un rincón oscuro, balanceándose con los párpados apretados.

—Zosia...

—¿Va a venir *Pan* Skrzypczak?

—No lo sé.

Zosia oye el abatimiento en la voz de la hermana Nadzieja.

—Me iba a enseñar música nueva...

Zosia tiene fiebre. La colocan en una cama en un pasillo, lejos de las otras niñas. Tiene las mejillas enrojecidas y tirita todo el tiempo. El pelo se le ha vuelto pegajoso y sus párpados se agitan, abriéndose y cerrándose sin ton ni son. Ese lugar, que no le es familiar, la desorienta aún más.

A veces reconoce a la gente que la atiende: la hermana Alicja, que le pone compresas frías en la frente; la madre Agnieszka, que le lleva otra manta a su cama. Otras veces no sabe quién es esa gente con hábito. Siguen llamándola Zosia, pero esa no es ella: ¡ella es Shira! Vive en el pajar con su madre y antes en la casa de sus abuelos. Su *tata* también estaba allí, con su voz líquida y la barba que le hacía cosquillas.

Quiere su mantita, la que tiene bultos en el dobladillo. Intenta apartar las mantas que la tapan, pero pesan y están tensas. Patalea y agita los brazos, tira la almohada. Sueña.

Está con su madre en el pajar, pero ha perdido su pájaro; no lo encuentra por ninguna parte. Busca desesperada por el heno. «Mamá, por favor, ¿puedes ir a buscarlo?» Ve, satisfecha, que su madre va hacia la granja. Pero su pájaro está allí, posado en las vigas. Va vestido todo de negro, como una monja. Sus ojos húmedos y oscuros, normalmente tan brillantes en su cara amarilla, ahora parecen planos y apagados. En el pico lleva unos pétalos blancos aplastados.

—¡Mamá! —grita Zosia, y extiende los brazos hacia los lados para sujetarse. Tiene que agarrarse a las barras de la cama para no caerse.

—Tranquila, solo estamos moviendo la cama otra vez. La fiebre hace que llames a gente a gritos.

—¿Gente? ¿Dónde estoy?

La cama de Zosia está ahora en el pasillo de las monjas. La hermana Alicja está a su lado, con el rosario en el regazo y una mano sobre la frente de Zosia.

La siguiente vez que se despierta, Zosia tiene una música de hace mucho tiempo en la cabeza: una nana, el cloqueo de una gallina, la voz suave de su madre.

—¿Mamá? —pregunta.

Pero no es su madre quien le toca la mejilla, quien le coge la mano, quien la cuida para que recupere la salud.

En su sueño estaba con sus padres.

La hermana Alicja le ha contado que, cuando estaba enferma, llamaba a gente.

¿A su madre? ¿A su padre?

Maryla le enseñó unos nombres nuevos inventados, pero hasta entonces ella solo los había conocido como *mamá* y *tata*.

¿Habría gritado su nombre verdadero? Siente aún más vergüenza, porque su nombre nuevo ya ha arraigado profundamente en ella. Lleva mucho tiempo pensando en sí misma no como Shira, sino como Zosia. Incluso tomó la comunión con ese nombre.

Zosia se preocupa por lo que ha podido decir y por lo que ha quedado atrás y olvidado. Mantiene la boca cerrada el máximo posible y el violín se convierte en su único elemento de comunicación, porque las palabras le salen a medio pronunciar y en ráfagas vacilantes.

39

*R*óża llega a las afueras de Celestyny tras semanas de cruzar prados llenos de matorrales, con cardos que le pinchaban los tobillos y la cantimplora vacía colgada sobre el pecho. Tiene la piel cubierta de barro seco y vuelve a picarle la cabeza por los piojos. Al ver un charco, se agacha sobre él y se lleva la mano llena de agua marrón a los labios. Sabe a ceniza.

Se ve humo por todas partes. Hay edificios destrozados por las bombas por toda la ciudad, algunos siguen ardiendo. Pero no hay señales de soldados, ni coches alemanes.

Cruza corriendo una calle desierta, con la cabeza gacha, fijándose todo el tiempo en dónde están las alcantarillas (se puede meter en una si hace falta). Incluso aunque ahora mismo no pueda recuperar a Shira, está decidida a encontrar el convento. Y si, como parece, el ejército alemán se ha retirado, tal vez sea lo bastante seguro (tal vez no tenga que esperar mucho) para poder ver a la niña.

Róża se esconde en un callejón, tras una hilera de enormes cubos de basura, hasta que caiga la noche. Quiere rebuscar en los cubos (en busca de comida o periódicos), pero no se atreve. Se queda agazapada y sola en medio de las sombras, que se van fundiendo con la oscuridad. Cuando está totalmente oscuro, Róża recorre las largas manzanas de la ciudad, un pie lleno de sangre y de ampollas delante del otro. Esquiva montones de ladrillos caídos y trozos de tejas. No se cruza con nadie, ni un alma.

«¿Tiene toque de queda la ciudad? ¿Y si alguien la está vigilando desde una ventana en ese momento?»

Aunque los alemanes se hayan ido, ella podría ser un objetivo para algunos polacos también.

Se mantiene entre las sombras, avanzando rápido, buscando los nombres de las calles. En su cabeza recita una y otra vez el cuento que inventó con la dirección del convento: Józef, de treinta y tres años, cruza el largo puente hacia los cielos. Hay agujas de iglesias por todas partes y Róża teme estar dando vueltas mientras va resbalando primero en una dirección y luego en otra, utilizándolas como referencia. Pero entonces ve una señal que indica el camino al Siostry Felicjanki.

Se detiene. ¡Lo ha conseguido!

Una melodía, animada y exultante, resuena en su cabeza y le recuerda a Shira. Memoriza la melodía y la repite mentalmente.

Antes de girar la esquina de la calle, Róża se permite imaginar, como no se ha atrevido hasta ese momento, que Shira y ella están juntas otra vez. A salvo. En una casita escondida en alguna parte, comiendo sopa con *kreplach* y *lokshen kugel* dulce. Shira hablando sin parar, con las manos ahuecadas para acoger a su pájaro imaginario, que seguirá vivo y trinará con fuerza sus melodiosas dieciocho notas. Estarán las dos bañadas, con el pelo limpio y trenzado, tal vez adornado con margaritas y con una bonita tarta decorada con glaseado para postre.

El humo se eleva como una cinta tras el cartel con el nombre de la calle, que ilumina la luz de la luna. Róża levanta las manos para tocarse las mejillas, manchadas de barro, y los pómulos sobresalientes. Se pregunta si Shira la reconocerá. Tras mirar la señal durante un minuto más, Róża inspira hondo y entra en ul. Poniatowskiego#33.

Donde durante cada minuto de cada día ella se ha imaginado una puerta alta, una entrada con un arco y una maciza iglesia de piedra que estarían dando cobijo a su hija, Róża solo encuentra una montaña de ladrillos y escombros. Lo único reconocible que queda es un farol. Lo coge entre las manos, el estómago se le hace un nudo y le fallan las rodillas.

«¿Cómo puede ser?»

Róża tiene la abrumadora necesidad de tumbarse en el suelo; su cuerpo se ha convertido en una encrucijada desierta. Ha sobrevivido (incluso ha encontrado amistad y amor) mientras Shira estaba ahí, en medio de una zona bombardeada. ¿Por qué no pensó en venir a por ella antes, en cuanto vio que podían vivir niños en el campamento? ¿Por qué había esperado?

La melodía exultante se convierte en una monstruosa acusación atonal, que enfatiza su vergüenza. Una mareante serie de *crescendos* (el silbido de los proyectiles, el derrumbe de edificios) termina con un acorde descendente que busca, desesperadamente, la música que sirva para completarlo. Pero no la encuentra.

Róża mete la mano en su bolsillo para coger la píldora de cianuro.

A la hora de dormir, Zosia no encuentra su mantita. Busca bajo el colchón, en su cómoda, incluso en el cajón secreto que la hermana Alicja le ha asignado hace poco para guardar comida para su madre. «¿Cómo puede haber desaparecido así?» Vuelve a mirar bajo la almohada y entre las sábanas, al pie de la cama, y empieza a sentir pánico. «¿Se habrán atrevido Ula o Adela a cogerla?» No le han causado problemas desde antes del traslado, cuando las pilló atracando la despensa, pero… Al final Zosia se da cuenta de que las sábanas están recién puestas. ¿Tal vez se llevaron su mantita por error con la colada de la tarde?

Corre por los pasillos, donde las estatuas y los oscuros retratos todavía le resultan extraños. Se detiene poco antes de llegar a la lavandería, un sitio húmedo, resbaladizo y lleno de jabón, y entonces ve a la hermana Olga y a la madre Agnieszka.

Ninguna de las dos aprobaría que anduviera por ahí por la noche, así que se esconde detrás de la puerta abierta de la lavandería y se esfuerza por escuchar: la madre Agnieszka le está encargando a la hermana Olga varios preparativos para la misa del domingo siguiente. Un organista va a venir para celebrar la festividad, está diciendo. La mente de Zosia se pone a repasar los textos de la liturgia, hasta que el tono más agudo de la voz de la madre Agnieszka le recuerda a Zosia por qué está allí y hace que vuelva a prestar atención a los fragmentos de conversación.

—¿Qué tiene en las manos? Hermana Olga, ¿es la mantita de Zosia?

—Sí, quiero enseñarle algo... Algo raro en el dobladillo. Hay unas puntadas...

—No se preocupe por eso... He venido para hablarle... del domingo.

—Pero...

Los dedos de Zosia se dirigen a su nuca, al nudo del pañuelo que lleva en la cabeza, y recuerda: su madre cosiendo al mismo ritmo que trenzaba. Largas puntadas seguidas de un suave tirón.

—Hermana Olga, lo entiendo... Es mejor no lavar las pertenencias personales de las niñas... Si se ha colado una de sus mantitas entre las sábanas... No pasa nada, ha sido un error. Yo me la llevaré.

—Pero ¿y si... es un código? —Zosia nota algo que la sorprende en la voz de la hermana Olga: un toque de miedo—. ¿Cree... que deberíamos enseñárselo al *Kommandant*?

—¡Por supuesto que no! Insisto... vuelva a su tarea de doblar la colada. La luz aquí abajo es... y su imaginación... están algo exageradas esta noche.

En la ceremonia de comunión de Zosia, la hermana Olga murmuró algo sobre una partida de bautismo extraña. Zosia se detuvo a punto de dar un paso (¿qué partida de bautismo?), pero la madre Agnieszka le hizo un gesto con la cabeza para que siguiera adelante y ella continuó por el pasillo con su bonito vestido blanco.

Zosia vuelve corriendo por el pasillo y se mete en la cama, con la respiración acelerada. Ahora llegan las lágrimas, no solo porque la hermana Olga puede haber descubierto lo que su madre se esforzó tanto por ocultar, sino también porque ya no puede recordar la cara de su madre, no importa cuánto lo intente. Ve rasgos inconexos y cambiantes, como si estuvieran al otro lado de un caleidoscopio cuya imagen no para de cambiar (sus ojos de expresión dulce y preocupada del color de la medianoche; el hueco profundo justo debajo de la clavícula; el pequeño lunar que marcaba el borde de la mejilla), pero Zosia no puede unir las piezas en su mente, no recuerda a su madre.

Sí recuerda, muy claramente, el tiempo que pasaron escondidas, enterradas bajo el heno. Apretando los labios con fuerza e inspirando por la nariz, sin hacer ruido. Suprimiendo la necesidad de tragar saliva o conteniendo un estornudo. Ignorando un picor o un calambre. Conteniendo los intestinos. Sin poder mirar a una distancia media o larga, solo centradas en el heno y las tablas que estaban a centímetros de sus ojos. Lo que recuerda con todo detalle es que su madre le dijo que necesitaba que desapareciera, se lo suplicó.

Zosia adopta una postura en la cama que le permita quedarse quieta toda la noche. La posición inicial es la que marca la diferencia: los hombros y la cabeza en línea recta, nunca ladeados, nunca rodeados por el brazo.

Se despierta sobresaltada cuando la luz del amanecer se cuela por la ventana alta. Su mantita vuelve a estar en su almohada. Piensa en guardarla bajo el colchón o en su cómoda, bajo las blusas. Pero entonces recuerda cómo la hermana Olga registró la habitación de las niñas.

Se acuerda de que, cuando los soldados llegaron a Gracja por primera vez, su abuela enterró en el jardín los candelabros de plata y las fotografías importantes, guardadas en latas de café. Zosia sale de la cama y, haciendo el menor ruido posible, va hasta el cobertizo que hace las veces de almacén. Coge una pala pequeña, se va a un extremo del patio, bajo una alheña, y cava un agujero. Antes de meter la mantita en él, inspira el olor que todavía tiene bajo el del jabón y recorre el dobladillo con un dedo, acariciándolo una y otra vez, palpando los bultos inconfundibles que cuentan su historia: las puntadas de su madre, el braille de su infancia. El aire es húmedo y frío. Zosia cubre la mantita con tierra y pone encima una roca plana y una sola margarita. El olor a tierra mojada se le queda impregnado en los dedos durante el resto del día.

40

—¡*L*evántate, rápido! Te has desmayado. —La voz urgente de una mujer, poco más que un susurro.

Róża mira con los ojos entornados la luz de la mañana y le llega el olor acre de su vómito.

Siente unas manos ásperas que la sujetan y alguien que intenta sacarla arrastrando de entre los escombros. Le duele todo el cuerpo. Gira despacio el cuello. Una mujer con el pelo blanco y los ojos como el mar sujeta a Róża por los hombros y tira de ella; después la rodea para cogerla de los tobillos. Róża parece de plomo.

—¡Te van a matar! —La mujer que tira de ella es mayor, robusta y fuerte.

—Déjame.

—Aún hay soldados por ahí, te lo aseguro. Si te ve alguien…

Los ojos de Róża examinan los escombros a la luz naranja del ardiente amanecer. ¿Por qué está intentando ayudarla esa mujer? No quiere levantarse. Solo quiere cerrar los ojos.

—*Pani* Byczek será la primera en llamarlos. Siempre está buscando infractores. ¡Tienes que venir conmigo!

Róża está demasiado agotada para pelear con esa buena samaritana, sea cual sea su motivación. Se levanta con dificultad y deja que tire de ella. No para de tropezar con ladrillos y piedras mientras la mujer la guía hasta el final de la manzana y después doblan la esquina.

—Aquí.

La mujer la empuja al interior de lo que parece una cerrajería, un lugar fresco y en penumbra que huele a virutas de metal. Detrás del largo mostrador, cubierto con moldes de llaves, calibradores y pernos, una sola bombilla ilumina una mesa con su círculo de luz. La mujer le señala una silla y Róża se deja caer en ella. Le duelen los pies heridos y magullados.

La mujer desaparece y vuelve con un cuenco de sopa. Róża está a punto de derramársela por la barbilla por la ansiedad con que la engulle. Sabe como un jardín, a una tierra llena de raíces.

—¿Cuándo bombardearon la ciudad? —A Róża le tiembla tanto la voz como la cuchara que tiene en la mano.

—Hace unas dos semanas.

—¿Es posible que sobreviviera alguien del orfanato? —La píldora de cianuro sigue esperando en su bolsillo.

—No lo sé.

Siente una furia repentina y fugaz: Maryla no debería haberla llevado a Shira allí. Las monjas no deberían haberla acogido. ¡No era seguro! ¿Cómo accedieron a esconderla allí cuando no era seguro?

La vergüenza crece en su interior. Es culpa suya. No debería haber dejado que se llevaran a Shira en su momento. Le cuesta respirar.

—¿De dónde eres?

Róża no contesta.

—¿Te das cuenta de que aquí hay gente que le pegaría un tiro a un judío nada más verlo?

«Lo sabe. ¿Por qué no la dejó morir entonces sobre las piedras destrozadas?» Róża no dice nada.

La mujer suspira y sujeta el brazo tembloroso de Róża.

—No puedes salir durante el día, de eso no hay duda. ¿Por qué no te tumbas un rato?

Lleva a Róża a un colchón que tiene en un rincón, cubierto de mantas.

En cuanto Róża se tumba, se duerme casi al instante. Pero minutos después se despierta, boqueando en busca de aire y parpadeando para apartar la imagen de unas plumas alborotadas y unas manos ahuecadas.

La mujer está sentada en una silla desvencijada allí cerca.

—Te voy a preparar agua caliente mientras descansas.

Pero Róża ya no descansa. Se queda mirándose las manos, que están cubiertas del polvo blanco de los escombros del convento.

TERCERA PARTE

La madre también oye música en su cabeza. La melodía es discordante y acusatoria. Cuando se tapa las orejas con las manos, lo que se impone es una música diferente, una nana, más dolorosa aún por su lirismo dulce y rítmico.

La nana habla de una gallina que va a buscar una taza de té para llevársela a sus polluelos, que la esperan en casa. Es la favorita de la niñita y va acompañada de la cadencia de una promesa cumplida:

La gallina vuelve.

41

Verano de 1944

*L*a samaritana se llama Lidia y forma parte de una pequeña red de mujeres de Celestyny que, al abrigo de la oscuridad, traslada a Róża a varios sótanos y buhardillas seguros, y también a algún que otro edificio abandonado con los cerrojos rotos o que se pueden abrir fácilmente con una ganzúa. Todas le dan pan a Róża y le cuentan las últimas noticias: han liberado Minsk; los soviéticos han tomado Vilna. Pero ninguna sabe si algún huérfano sobrevivió al bombardeo del ul. Poniatowskiego 33. En ese momento todo el mundo estaba encerrado en los refugios, en medio de la lluvia de yeso y de montones de trozos de techos, y cuando emergieron encontraron toda la ciudad destruida.

Róża se despierta cada mañana destruida. Lidia la recoge, la obliga a tomar un cuenco de caldo aguado y la mantiene ocupada con diferentes tareas en la cerrajería hasta que pasa el día.

Se siente en parte agradecida. No tiene interés en hacerse amiga de Lidia, que es una mujer generosa, aunque también rara y a veces impertinente, pero su constante vigilancia y organización de tareas impiden que Róża siga su impulso de salir de la cerrajería y vagar por las calles hasta que alguien le pegue un tiro.

Copian llaves para las casas francas de la zona. El único contacto externo que Lidia tiene con la organización es un hombre con la cara regordeta que se llama Aleksy, que trae cajas con piezas de repuesto para las cerraduras, con llaves escondidas en dobles fondos, y viene a recogerlas días después, cuando ya han duplicado y escondido de nuevo todas las llaves.

Róża aprende rápido. Ya domina el cortado de las llaves y trabaja con unas gruesas limas para crear las copias. El polvo de metal flota en el aire. Tiene los dedos manchados de gris oscuro y nota el sabor del hierro en los labios día y noche.

Así pasan varias semanas. Lidia va a buscar a Róża antes de que amanezca y la acompaña de vuelta en medio de la oscuridad de la noche. Es mejor que no permanezca mucho tiempo en un mismo sitio.

Con el trabajo rutinario aparece en su vida algo parecido a un propósito: un ritmo en las manos cuando Lidia y ella cortan y liman metódicamente las llaves y después las guardan; un vuelco en el pecho cuando Aleksy sale de la tienda con otra caja bajo el brazo. Una tarde Róża señala una pila de mantas de sobra que hay en un rincón y dice:

—Si duermo aquí, podemos trabajar también por las noches.

Lidia asiente y sus ojos claros brillan.

Sus esfuerzos por ayudar a la resistencia (y el hierro caliente que Lidia utiliza ocasionalmente para alisar trozos sobresalientes de metal) hacen que Róża se acuerde de Chana. Chana le contó que una vez utilizó la plancha de la ropa de su madre para darle el toque final a su *crème brûlée* (que resultó ser el más delicioso de sus platos con huevo), lo que desató la furia de su madre y de Miri (que tenía una cita con Ari Bauer esa noche y quería planchar su mejor falda de tablas para poder lucirla). Chana insistió en que el azúcar se acabaría quemando del todo y cayendo y la plancha quedaría como nueva, pero no fue así y quedó destrozada, dedicada únicamente a futuros proyectos de caramelización.

Cuando recuerda eso, le sube un nudo desde la boca del estómago hasta la garganta porque la imagen de Miri, tirada en el bosque, cuestiona su testaruda negativa a aceptar la muerte de Shira.

Como no ha visto el cadáver de su hija entre los escombros, ¿no puede aferrarse a la posibilidad de que Shira siga viva?

A finales de verano los tanques rusos entran en Celestyny y así se produce la liberación de la ciudad. Lidia quita un trozo del recubrimiento negro del escaparate de la tienda para ver las calles llenas de gente, gritando y abrazándose, besándose y llorando. Las campanas de todas las iglesias de la ciudad repican una y otra vez, sin parar.

Róża se aventura a salir con cierta aprensión, y su apariencia semítica queda expuesta a plena luz del día. No sabe muy bien qué hacer en medio de ese caos y de tanta ruina, del ir y venir de gente que se la queda mirando y se aparta todo lo que puede de su camino cuando pasa. Todo su cuerpo tiembla mientras camina y va haciendo todas las preguntas que le van surgiendo. Está decidida a descubrir lo que pueda de los huérfanos del Siostry Felicjanki.

Algunos llaman «*kike*» a Róża y se ponen muy tiesos y parecen molestos al ver a Lidia, mientras le dan la espalda con desprecio. Pero una mujer amable que se negó a evacuar su piso cerca de ul. Poniatowskiego#33 le habla a Róża de unos coches que estuvieron dando vueltas por delante de las puertas del convento horas antes de los bombardeos. Otra persona le habla de una monja que iba guiando una fila de niñas que cruzaban por los adoquines. Róża saca las fotos de su bolsillo, rotas y dañadas por el agua.

—Por favor, ¿recuerda haber visto a esta niña entre ellas? —Y señala con mano temblorosa la fotografía muy desvaída de Shira.

—No sé, lo siento.

ϒ

Róża va de ministerio en ministerio, preguntando por la posibilidad de que hubiera una niña judía escondida en el orfanato Felicjanki. Solo encuentra miradas de lástima y negativas desconcertadas, pero ninguna información útil. Al final vuelve a las ruinas del convento, donde a la luz del atardecer se ven vetas rosadas en medio de las montañas de escombros.

Sobre todo espera encontrar a alguien que le diga que evacuaron el convento antes de los bombardeos y que se llevaron a los huérfanos a un lugar seguro. En vez de eso se topa con una mujer que vio a dos monjas y unos niños atrapados en la destrucción.

—Lo vi con mis propios ojos. Esos pobres niños. Y las monjas también. Que Dios los tenga en su gloria.

La mujer se persigna. Róża cierra los ojos con fuerza.

—¿Está segura?

—Sí.

—¿Cree que es posible que alguno sobreviviera?

La mujer le describe lo que vio. El cuerpo de un niño pequeño tirado entre los escombros. Una toca de monja sacudiéndose entre el polvo. Róża no puede aceptarlo. Había unos coches dando vueltas y niñas en la calle cerca de ul. Poniatowskiego#33. Tal vez Shira esté herida, pero no muerta. Róża va al hospital local (pasillos llenos de gente coja o encorvada, que parpadea sin parar bajo las luces vacilantes), pero tampoco la encuentra allí.

Abren un Registro de supervivientes judíos en Celestyny. Róża revisa listas y sublistas. Lidia la acompaña a pesar de la creciente presión de los vecinos (muchos de los cuales se han apropiado de apartamentos, muebles y objetos de valor que quedaron atrás cuando se llevaron a la gente) para que deje de ayudar a «la judía».

No hay una sola compilación de nombres, así que tienen que buscar en todas las listas por separado. Y hay montones de ellas. Se sientan en una mesita cubierta por altas torres de papeles. Todos los nombres que se parecen (nombres de pila como Shipra, Shir, Shiraz, Shirel, Shirli; apellidos como Choda, Chodorkow, Chodorowski) hacen que Róża caiga en la desesperación; nunca están emparejados como deberían y las edades no coinciden ni de lejos, así que se pregunta: ¿sabrían las hermanas del convento el verdadero nombre de Shira?

—No tiene sentido. Nunca la encontraremos así.

—¿Estás segura de que no sabes el nombre que le pusieron? —pregunta Lidia.

—No. —Saca la tarjeta doblada y manchada de barro del bolsillo—. Se suponía que con esto sería suficiente.

Róża siente que se le enrojece la cara. Se aferra a la mesa para calmarse. ¿Cómo pudo ser tan descuidada, tan tonta, de no preguntar el nombre cristiano que le habían puesto a Shira antes de dejarla ir? Róża se cubre la cara con las manos.

Al volver a la cerrajería, se encuentra las ventanas rotas y el suelo cubierto de cristales.

Róża se apresura a recoger los trozos.

—Tienes que irte. Ya no estás segura aquí conmigo.

Y con la cabeza gacha, Lidia va a buscar una escoba.

Cuando los soldados rusos entran en el convento, la madre Agnieszka encierra a las niñas en la cocina. Adela, muy descarada, mete un dedo en un cubo de harina y se lo chupa, frunciendo los labios. La madre Agnieszka no la regaña. Parece que no les está prestando atención a las niñas. Mira por la alta ventana con la cabeza ladeada y la cara temblorosa, mientras oye a las hermanas que corren por los pasillos y se encierran en sus habitaciones.

Zosia oye el atronar de botas por el pasillo de atrás cuando los soldados recorren la parte del convento donde están las habitaciones de las monjas; se oye abrir una puerta bruscamente y el grito agudo de una hermana. Zosia se acerca a la madre Agnieszka, pero ella sigue en su trance tembloroso, con los dedos pasando una a una las cuentas del rosario y murmurando oraciones en silencio.

Al final llega la hermana Alicja. Zosia nunca la ha visto tan pálida; lleva el hábito mal puesto y el pelo (que nunca le había visto y que es del color de la miel) saliéndosele descuidadamente de la toca. Se acerca para hablar con la madre Agnieszka, que contempla el claustro con la mirada perdida.

Zosia recuerda a su madre, tumbada en el centro del altillo, mirando sin ver las vigas y las crucetas. Y a Henryk bajando la escalera y saliendo del pajar. Su pájaro escondiéndose en sus manos ahuecadas. Está llena de confusión. Por los fragmentos de las conversaciones susurradas de las monjas que ha oído durante los últimos meses, Zosia creía que la llegada de los soldados rusos significaría el fin de la guerra. La posibilidad de encontrar a su madre.

—¿Se ha acabado la guerra? —pregunta.

Ninguna de las dos monjas contesta, así que Zosia insiste.

—¿Podemos volver a nuestro convento? ¿Es seguro ahora, hermana Alicja? —Si pudieran volver a su convento, podría reunirse con su madre y con *Pan* Skrzypczak.

La hermana Alicja se vuelve para mirar a Zosia con la expresión sombría.

—No, Zosia. Me temo que no es nada seguro.

42

Róża ocupa un apartamento abandonado enfrente de donde antes estaba el Siostry Felicjanki. Lidia cree que lo más seguro es que se vaya de Celestyny, pero ella se siente encadenada a ese lugar.

El crepúsculo inunda la acera. Una curruca revolotea sobre el polvo. Róża mira fijamente los escombros y deja que vague su imaginación: Shira solo está escondida en esos montones de piedra y ladrillo. No está enterrada bajo ellos, sino sentada encima, con una túnica de color claro, engañando a todo el mundo con su quietud y su silencio de estatua.

Con el ventoso día siguiente llega una nueva fantasía: Shira está dando saltitos por ahí, con su mantita ondeando en la mano. La lluvia rompe el hechizo completamente, porque hace que los escombros se vuelvan grises y pierdan su capa de polvo. Róża no quiere imaginar que la piel de Shira sea ahora del mismo color de esa piedra. Interrumpe su vigilia y sale a las calles.

La Celestyny liberada es anárquica y caótica y todavía peligrosa para los judíos. Róża avanza por las calles rápido, sin mirar a nadie. Lidia insiste en comprarle comida en la tienda. Pero Róża rebusca en los callejones llenos de basura para encontrar «cosas para Shira»: lápices sin punta, una pluma, papeles sueltos, un libro para niños, empapado y con todas las páginas arrugadas. Sujetar incluso un trozo de cuerda deshilachada le da fuerzas cuando vuelve a comprobar el registro de supervivientes, esperando, rezando, porque alguien del convento haya enviado la información de Shira con su nombre verdadero.

Les echa un vistazo a las caras de los niños en las calles. Ve un bebé en su carrito y un niño que acaba de aprender a andar agarrado a la falda de su madre, dirigiéndose vacilante a un banco del parque. Los parecidos con Shira que encuentra transcienden cualquier lógica (este verano, Shira cumpliría ocho años), pero Róża continúa buscándolos porque se acumulan en su mente y al final, como un *collage*, Shira surge ante ella. Sus ojos almendrados, la cara con forma de corazón, la gruesa trenza marrón. Es por eso por lo que sigue caminando, manzana tras manzana. El corazón se le acelera, una felicidad loca crece. Hasta que, sin previo aviso, sus esperanzas estallan como un globo con demasiado aire.

Róża se vuelve a encerrar en su piso ocupado. Se dice que es mejor tumbarse, respirar profundamente e intentar relajarse. Pero en vez de relajarse, otra visión la acosa; un recuerdo de su primera noche en el bosque.

Está en la madriguera del bosque, sintiendo tanto la falta de Shira como el alivio de estar sin ella. Y sí que sintió alivio. Después de tanto refrenar, calmar, susurrar y mandar callar. Había estado sometida a un estrés constante, provocado por cada crujido, estornudo o forma de tragar saliva de Shira. Y por esos trinos.

Estar sola, aunque fuera huyendo y en grave peligro (pero sin un lastre extra con todas sus necesidades, otro cuerpo además del suyo) era liberador. Y oh... comer. Comer cualquier cosa, todo lo que encontrara, sin tener que escatimar, contenerse, guardar o ceder.

Un día Miri, Chana y ella robaron carne del ahumador de un aldeano, situado en el borde del bosque. Róża comió hasta que tuvo el estómago lleno sin pensar en nada (ni en la familia del aldeano, ni en las leyes del *kashruth*, porque seguro que era cerdo lo que comió). Solo después pensó en que seguro que se habían reducido drásticamente las raciones en el convento y que su hija podría estar a punto de morir de hambre mientras ella no había pensando en guardar ni un poquito de la carne ahumada.

Róża camina arriba y abajo por el piso, inquieta, con una música resonando en su cabeza. Coge la pluma y el papel que ha encontrado. Lo pone en horizontal y dibuja pentagramas y claves de sol y de fa. Se pone a escribir notas (enteras, mitades, cuartos y octavos). Infinitamente divisibles, como todo en su vida.

Escribe melodías para chelo y violín, entrelazadas como dos cuerpos fluidos que forman una sola maraña silenciosa en el heno, cada nota una estrella en la constelación que refleja el sufrimiento de su vida. Busca la cara de Shira en ese despliegue.

Las nubes sumen la habitación en la semioscuridad y todos los colores quedan una octava más bajos. Róża se pone de pie. Cuando lo hace, tira su vaso de hojalata con agua y las gotas hacen que se corra la tinta: las notas negras se van escurriendo por sus piernas, dejándole vetas en las pantorrillas y manchas en los dedos de los pies. Más agitada que nunca, vuelve a las calles.

Desde que los soldados rusos llegaron y se fueron, hace dos días, las monjas permanecen escondidas o reunidas hablando en susurros, haciéndoles poco caso a las niñas.

La madre Agnieszka no para de temblar. La hermana Alicja se pasa la mayor parte del tiempo en su habitación. La hermana Nadzieja está enfrascada en un grupo con las otras monjas y se olvida de las sesiones de ensayo de Zosia. Ni siquiera la hermana Olga va a comprobar si las niñas han hecho sus tareas.

Cuando las hermanas no preparan la comida del día, como suelen, Ula se erige en líder y todas las niñas se ponen a trabajar juntas para preparar un plato de sándwiches sencillos. Adela coge uno que hay encima del montón y se lo come. Zosia le lleva otro a la hermana Alicja y se alegra al ver que ella le da un mordisco. Al verla masticar, despacio y con los ojos vidriosos, Zosia recuerda que, en el pajar, cuando Henryk le traía patatas a su madre, ella guardaba la mayor parte y se dedicaba a chupar briznas de heno, a pesar del rugido de su estómago y de que cada vez le sobresalían más los huesos.

Zosia sale de la habitación de la hermana Alicja para ayudar a las niñas en la lavandería. Y encuentra que ha aparecido una novicia, la hermana Irena, para dirigir la tarea. Juntas trabajan con una diligencia silenciosa, frotando para quitar manchas rojas de la tiesa ropa interior de las monjas.

Eso no es lo que ella pensó que significaría el fin de la guerra.

Una mañana temprano, a través de la niebla, a Róża le parecer ver a Aron de pie en medio de las ruinas del convento. Aunque sea un fantasma, no puede evitar ir corriendo hasta él.

—¿Aron?

—¡Różyczka! —La envuelve con unos brazos muy reales.

—¿Cómo me has encontrado?

—Chana recordaba el cuento que le contaste con la dirección del convento.

Róża entierra la cabeza en el pecho de Aron, aspirando su olor y a la vez escondiéndose de él. Qué pensará de ella, que nunca le dijo una palabra sobre Shira y después se fue en su busca sin despedirse. Siente que la inunda la culpa.

—¿Dónde está Chana?

—Está con Hershel y con algunos de los otros en Białystok. Habían planeado alojarse en la casa donde se crió Sonia, pero ahora están durmiendo en el prado, porque la gente que vive dentro se niega a irse. Están bien, a salvo. Y ahora por fin te he encontrado. —Le coge la cara entre las manos—. Róża...

Róża ve que Aron mira los escombros, pero ella se aferra a otras imágenes: alguien vio coches cerca del convento y una fila de niñas cruzando los adoquines.

—Tengo que seguir buscándola.

43

Otoño de 1945

Zosia mira al otro lado de las puertas del convento, a las mujeres que pasan por delante. Una figura tiene el cuerpo esbelto y el pelo oscuro de su madre, incluso su mismo modo de andar. Otra, que está más lejos, parece que lleva un vestido como los que solía llevar ella. Zosia detecta una sonrisa (¿podría ser de reconocimiento?) en la cara de una tercera. Hasta que se acerca y Zosia lo ve: solo son extrañas.

Decepcionada, Zosia roza con el dorso de la mano los pinchos de hierro forjado. Recorre todo el patio acariciándolos con las manos hasta que se le quedan magulladas y doloridas; un dolor que siente con más fuerza después, cuando levanta el violín y se dedica a enviar notas llenas de melancolía al aire que reverbera.

Zosia sigue tocando cada día; últimamente hace las dos partes, la suya y la de *Pan* Skrzypczak, de *Rutén Kolomejka*, de los *44 dúos* de Bartók, deseando que él venga y vuelva a ser su profesor.

La hermana Nadzieja le ha explicado, una y otra vez, que él no puede hacer el viaje para cubrir la distancia que lo separa del nuevo convento. En vez de eso, tras recibir una carta de la hermana Nadzieja sobre un gramófono donado, le envió varias grabaciones valiosísimas con una nota: «Mi querida Zosia: escúchalas bien y te enseñarán todo lo que necesitas saber».

Después de ensayar, Zosia pone las grabaciones y escucha (las *Sonatas* y las *Partitas* de Bach o los *24 Caprichos* de Paganini) mientras hojea los cuadernos de ejercicios y las partituras. Casi todas las páginas tienen dibujadas a lápiz las marcas de *Pan* Skrzypczak, en las que señala los cambios de tempo o de dinámica, o enfatiza los silencios. Una página que le gusta particularmente tiene una diminuta mancha de mermelada, del día que le trajo una galleta especial, por Navidad. Otra parece tener unas diminutas marcas de dientes en el borde, como si hubiera un ratón viviendo en su armario. Las páginas que le trajo justo antes de la mudanza todavía tenían los olores de pino y cuero del maletín de *Pan* Skrzypczak; por eso se las acerca a la nariz y así lo llena todo con su presencia.

Con la letra minuciosa y llena de filigranas que le han enseñado a hacer las monjas, Zosia le escribe una carta para que la hermana Nadzieja se la envíe:

Querido *Pan* Skrzypczak:
Me parece que el lema «Libre aunque solitario» no sirve.
Escucho sus grabaciones todos los días y toco lo mejor que puedo, pero sin usted no mejoro. Echo muchísimo de menos sus clases. ¿Puede venir a enseñarme, por favor?
Su alumna que le adora,

ZOSIA

Espera ansiosa una respuesta.

Una tarde, mientras Zosia está haciendo unas fundas de cojín con punto de cruz con las otras niñas, llega una pareja y pregunta por la madre superiora. El hombre lleva un abrigo negro y un sombrero del mismo color y unos flecos blancos sobresalen bajo su camisa. Zosia reconoce la mirada atormentada de sus ojos grises.

—¿Tiene a algún niño judío aquí?

—No, rabino. —La rápida respuesta de la madre Agnieszka suena áspera.

—¿Podría ver a los niños del orfanato de todas formas?

La madre Agnieszka duda, pero el hombre se acerca adonde están las niñas. Se coloca delante de ellas y, cuando se quedan calladas, canta.

Oyfn veg shteyt a boym,
ale feygl funem boym,
zaynen zikh tsefloygn.*

En su voz Zosia oye el sonido de la de su madre, una melodía que penetra hasta sus huesos.

Tal vez suelta una exclamación, porque en cuanto termina, el rabino se enfrasca en una conversación con la madre Agnieszka, durante la que no deja de señalar a Zosia.

Zosia se pone de pie.

—¿Conoce usted a mi madre? —pregunta. Pero antes de que pueda contestar él, Zosia se vuelve para mirar a la madre Agnieszka—. ¿La conoce?

La madre Agnieszka arruga la cara. Abraza a Zosia y después la suelta y se aleja bruscamente. El rabino le coge la mano a Zosia. Ella no se aparta; tiene la piel seca pero suave y le llega el olor a lana rancia de su abrigo.

Esa tarde hacen las maletas de Zosia y le dicen que por fin se va a ir con su gente.

—¿Con mi madre? ¿Quieren decir con mi madre?

En todos los sueños que ha tenido en los que se va del convento, Zosia sale rodeada por los brazos de su madre. ¿Debería esperarla allí? Insegura, se va ante la estatua de piedra de María

---

* Canción folclórica que el rabino canta en el convento (del yidis): En el camino hay un árbol / que está inclinado / y todos los pájaros de ese árbol / se han alejado volando.

y se queda allí varios minutos, con los dedos apretados contra los pliegues tallados de la túnica de la estatua. Kasia encuentra allí a Zosia y la abraza con fuerza. Zosia le devuelve el abrazo.

Cuando la hermana Alicja viene a buscarla, Zosia se echa a llorar. No entiende adónde va. ¿No pueden traer a su madre allí? ¿Por qué tiene que dejar a la gente que se preocupa por ella? ¿Por qué tiene que separarse de su mejor amiga?

Cuando la hermana Alicja saca a Zosia del salón principal hay varias hermanas reunidas en el pasillo, hablando.

—¿Cómo puede ser mejor para ella que se la lleven de aquí, que se vaya con unos extraños?

—Lo único que sé es que los han aniquilado. Tienen que reclamar a los que les quedan.

—Pero ¿por qué ella? ¡Es solo una niña! ¡Están hablando de enviarla a Palestina!

Hay movimiento en la escalera.

—Hermana Olga, ¿está llorando? ¿Por Zosia?

—Estaba asustada. Dios me perdone. Sé que no es excusa para ir por ahí entrometiéndome. Pobre niña, ¿adónde se la llevan?

—No lo sabemos. Tenemos que confiar en la voluntad de Dios.

Las hermanas Alicja y Nadzieja la acompañan hasta el coche y las dos abrazan fuerte a Zosia. Tragándose las lágrimas, la hermana Alicja le abrocha los botones de hueso del cuello del abrigo a Zosia. La hermana Nadzieja le da a Zosia una bolsa grande, con el pequeño violín guardado dentro, para que se o lleve con ella.

Acaba de atardecer, pero ya ha salido la luna. El corazón de Zosia grita. Se coge la trenza.

—¿Me voy con mi madre? —pregunta Zosia.

Las dos monjas la abrazan otra vez y después se cubren la cara con las manos. Ellas han sido como madres para Zosia, porque la han cuidado y le han dado lo que necesitaba.

Zosia se echa a llorar otra vez.

En el coche, Zosia se sienta al lado de la mujer del rabino, con los ojos hinchados y sorbiendo por la nariz. Con un velo que le cubre la cabeza bien ajustado, ella intenta calmar a Zosia poniéndole la mano en el brazo y mirándola con ojos amables. Pero cuando ve que las hermanas Alicja y Nadzieja se giran hacia las puertas del convento, Zosia siente que su pánico crece. «¿Me llevan con mi madre o con unos extraños, como dijo la hermana Irena?»

Con una sacudida el coche inicia su camino sobre los adoquines irregulares, alejándose del convento. La mujer del rabino tararea otra melodía que le resulta familiar. Zosia ahueca las manos en el regazo, deseando tener el consuelo de su pájaro entre toda esa confusión. Pero en su mente su pájaro se ha hecho más grande y más fiero. Sus plumas amarillas ahora se ven toscas y grises y en las patas le han salido afilados espolones. Su trino ya no es la maravillosa melodía de dieciocho notas, ni tampoco la canción temblorosa de dos. Es un estridente grito de advertencia.

Zosia se despierta temblando; la mujer del rabino sigue a su lado en el coche. Está totalmente oscuro, a excepción de una fina franja de luz bajo el extremo de la cortina. Zosia tira de ella para abrirla y ve que se han detenido junto a un gran campamento y que hay faroles que iluminan un camino que lleva a una puerta.

—¿Adónde voy a ir?

—No te preocupes, querida. Te vas a quedar aquí hasta que podamos encontrarte un pasaje seguro a tu patria.

«¿Significa eso que me voy a casa? ¿Estoy aquí para encontrar a mi madre primero?»

La mujer del rabino escolta por el camino a Zosia, que sujeta con fuerza la bolsa de viaje. En el interior hay una habitación grande dividida con unas mantas que cuelgan del techo. En el pasillo el aire huele a sudor y a leche agria. Se oye el llanto agudo de un bebé que llega desde dentro. La mujer del rabino aparta algunas mantas para mirar y molesta a varias familias que se están preparando para acostarse. Por fin localiza la zona de los huérfanos y, una vez dentro, se dirige a una cama vacía. Da unas palmaditas sobre las mantas para indicarle a Zosia que se meta en ella

—De ahora en adelante te vamos a llamar Tzofia. No te preocupes, aquí puedes volver a ser tú. Todos los que están aquí son como tú.

Se siente aún más sola que en el convento, cuando miraba la fila de camas y veía a Adela, a Ula y a las otras niñas. Por primera vez piensa en la soledad que experimentarán ellas: Ula, que se quedó huérfana con tres años; Adela, a la que dejaron en la puerta del convento a pesar de los rumores de que sus padres aún vivían a las afueras de Celestyny. Pero sobre todo echa de menos a Kasia, que le enseñó a ver nata montada en las nubes, a patinar por los suelos de madera recién pulidos y a ver expresiones diferentes en las caras de los gatos. Que desde la primera vez que le dijo «hola» la trató siempre como su amiga.

Da vueltas en la cama durante horas. Con otro nombre nuevo, vuelve a ser una extraña para sí misma. De repente echa de menos desesperadamente su mantita, con el bordado casi invisible en el dobladillo. «¿Por qué no se me ocurrió cogerla?»

Se levanta y deambula por el pasillo. Mira por una ventana y ve que es muy temprano. En una zona de tierra entre dos barracones bajos, hay grupos de niños que se persiguen unos a otros, corriendo y subiéndose a las ramas de un árbol solitario. El cielo está cubierto, gris. Tzofia apoya las manos en el frío cristal.

Por el pasillo, un poco más allá, un grupo de mujeres están reunidas alrededor de una estufa de leña en una habitación llena de sillas desparejas, baúles y pilas de libros. Desde la puerta, Tzofia estudia las arrugas de las caras de las mujeres, las expresiones de sus ojos. Observa cómo ladean la cabeza y escucha la cadencia de sus voces. Pero no encuentra ni rastro de su madre.

A la hora de comer Tzofia sigue a los niños hasta el comedor y ve cómo los adultos se reúnen para comer con sombreros, kipás y pañuelos cubriéndoles las cabezas. No hay señal de la cruz, sino chales cubriendo los hombros y cabezas gachas durante la oración. Se siente perdida allí, donde los niños corren libres y el día va pasando sin instrucciones ni reglas. Echa de menos los confines de los muros del convento, las canciones y los rituales de la iglesia, sus días que se estructuraban alrededor de las oraciones de la mañana y la noche. Muy bajito Tzofia da gracias a Dios por la comida y apenas la toca.

Cuando la gente se dispersa, una mujer huesuda y demacrada sujeta a Tzofia por un hombro y la mira a los ojos con expresión delirante. Huele a sal y a frutos secos quemados; la carne que le cubre la mejilla izquierda tiembla. Tzofia ve que la mujer está perdida también, ahogándose en sus propias esperanzas.

—¿Eres tú, hija mía? ¿Puede ser?

La confusión de la mujer es igual a la de Tzofia. Se queda mirándola a los ojos. No son como deben: no tienen el color de la medianoche.

—¡No! —grita Tzofia.

—¿Mi dulce Rachel?

—¡Suélteme!

Si Tzofia está segura de algo, es de que no es la hija de esa mujer. Lucha para zafarse de la mano que la aprieta y la mirada atormentada de la mujer.

Tzofia corre por el camino lleno de barro y entra en un edificio lleno de pupitres, sillas y más extraños. En la pizarra hay palabras en otros idiomas: hebreo e inglés. ¡Quiere salir de allí! Si no puede estar con su madre, quiere estar con la hermana Alicja y la hermana Nadzieja, que se preocupan por ella. Mira por la puerta. Una nube de pájaros negros ha oscurecido el cielo.

La mujer aterradora se aleja.

Esa noche, horas después, una multitud se congrega alrededor de la hoguera y empieza a cantar. Tzofia vuelve a oír melodías de mucho tiempo atrás, canciones que su madre le cantaba a la hora de dormir en Gracja y que le susurraba en el pajar. Se acerca y examina las caras, viejas y jóvenes, que hay alrededor del círculo. «¿Quién es esta gente y cómo es que conocen las canciones de mi madre?»

Las canciones la irritan, aunque parecen latir en sus venas. Se tapa las orejas y recuerda los resonantes cánticos en latín del convento. Cierra los ojos y ve la capilla en toda su gloria silenciosa, las hermanas reunidas en el santuario, arrodilladas, rezando por su protección. Se pregunta por la misa de su comunión: ¿fue real o solo fue la forma que tuvo la madre Agnieszka de mantenerla a salvo?

En un esfuerzo por recuperar la calma, Tzofia saca el violín. Dobla un dedo y después otro para colocarlos sobre las cuerdas y mueve el arco despacio para localizar las notas, como hacía en la clase del convento con la hermana Nadzieja a su lado, escuchando. Deja que la guíe el sonido de las voces que la rodean y pronto no hay notas individuales, ni líneas distinguibles de melodía o armonía. Tzofia está acurrucada bajo su colcha, que es como un nido, y sus padres le dan unos besos en las mejillas que son como suaves picoteos de una mamá y un *tata* pájaros. Está en el altillo del pajar, su padre ya no está pero su madre sí, y su aliento y su sudor se mezclan con el heno. Ella está en la puerta del pajar, con los brazos extendidos, buscando las manos de su madre. Uno por uno, los que cantan alrededor del fuego se van callando para escuchar la melodía angustiada del violín de Tzofia, que articula esa sensación de extrañeza que todos comparten.

Desde esa noche en adelante, Tzofia toca todos los días para ver los matices castaños en el pelo negro de su madre, las arrugas en los ojos de su padre. Sus recuerdos son más claros, sus pensamientos se vuelven menos disonantes mientras toca. Recuerda una cena de *paprikash* de pollo (su abuela tuvo las puntas de los dedos teñidas de rojo hasta dos días después) y haberse quedado despierta hasta después de medianoche, sin poder apartar los ojos de la muñeca de su madre, que vibraba cuando sus dedos apretaban las cuerdas del chelo. No hubo susurros asustados esa noche, pero había angustia en la forma de tocar de su madre y en el movimiento fuera de tiempo de la rodilla de su padre. Su padre ni siquiera cogió el violín; solo paseó arriba y abajo por la habitación y su abuela se obsesionó con limpiarlo todo de arriba abajo y pulir el aparador de madera con más vigor que nunca. Todos actuaban como si se les hubiera olvidado que era su hora de dormir, pero ella sintió que preferían estar juntos, reunidos en el pequeño espacio del salón.

Con el tiempo todos los del campamento empezaron a conocerla, no como la niña que toca el violín, sino como «la violinista». Un hombre mayor que se llamaba Yizhai, encorvado, canoso y que olía un poco a repollo, empezó a reconocerla como propia.

—¿Cómo está mi pequeña violinista? —preguntaba cada vez que pasaba, inclinando un poco la cabeza. Tzofia sonreía, una respuesta sin palabras.

Tal vez Tzofia no fue nunca una persona de muchas palabras. Pero con la crin sobre las cuerdas, el brazo del arco en el ángulo correcto y el violín en la mano, todo lo que Tzofia tiene dentro sale de ella mediante sus largos y regulares movimientos. Lo que conecta a Tzofia con el mundo, en vez de la masa de su cuerpo, en vez de las palabras, atragantadas y secas, es el peso del violín en su hombro, la suave barbada en su barbilla y la presión constante que tiene que ejercer la mano sobre el arco.

44

$\mathcal{A}$ mediodía, Aron y Róża están esperando ante la iglesia carmelita de Celestyny. Ha sido idea de Aron, porque el comité central no tiene registros de Shira y los funcionarios de la ciudad parecen no saber nada. Cuando los feligreses salen de misa, Aron se acerca y les pregunta qué saben sobre el convento que bombardearon. Algunos se alejan sin responder. Pero una monja sonríe al oír mencionar el Felicjanki.

—Creo que ahora están en el Siostry Nazaretanki —dice.

Róża dice: «¿De verdad?», a la vez que Aron pregunta: «¿Dónde?».

—Lo último que he oído es que se refugiaron allí hasta que puedan reconstruir su convento o...

—¿Sabe si alguno de los niños se fue con ellas? —pregunta Róża.

—Imagino que sí. Hubo una comunión recientemente.

—¿Comunión?

—¿Puede decirnos dónde está?

—El convento de Nazaret está en ul. Swiętokrzyska, en el extremo de Celestyny.

Echan a andar inmediatamente. Unas hojas enroscadas susurran alrededor de sus pies y cubren los escombros y la ceniza. Para cuando llegan a la puerta ya ha atardecido. Róża se aferra a las barras de hierro y las nota frías bajo sus dedos. Aron toca el timbre. Tras unos minutos, una joven monja con un hábito, una toca blanca y botas altas aparece en la puerta.

—¿Puedo ayudarlos?

—Estamos buscando a mi hija, Shira Chodorów —dice Róża sin rodeos.

—¿Quién?

La vergüenza hace que se le forme un nudo en la garganta a Róża.

—Ella... tendrá un nombre diferente, no sé...

—Creo que será mejor que vaya a buscar a la madre Agnieszka.

Mientras esperan, Róża mira el jardín, bien podado y ya adquiriendo una tonalidad marrón. Cuando una monja mayor con un pesado hábito susurrante se acerca a ellos, Róża se pone nerviosa al ver un temblor en su cara. Es como si ya le estuviera diciendo que no.

—Soy la madre Agnieszka.

—Mi hija... —Róża traga saliva—. Creí que no podría sobrevivir en el bosque... —Empieza otra vez—. En el pajar siempre estaba tarareando y dando golpecitos con los pies. Y cuando tuvimos que irnos... me dieron esta tarjeta. Y ahora estoy aquí...

Róża se interrumpe. Ve una chispa de comprensión, tal vez el reconocimiento del parecido; después la madre Agnieszka mira al suelo.

—Lo siento muchísimo. Un rabino y su mujer se ofrecieron a darle un alojamiento más apropiado y seguro. Ellos también se iban. Creí que estar con su gente sería lo mejor para Zosia.

Róża pronuncia el nombre: «Zosia». Aron se queda en silencio.

Una monja diferente, que se había acercado un poco antes y después salió corriendo, vuelve ahora con una pala de jardín en una mano y algo que ha desenterrado en la otra.

—Había un lugar, cerca del seto, al que iba mucho. Cuando vi que había una roca, tuve la corazonada de que había enterrado esto allí. Me arrepiento de no haberlo desenterrado para ella.

Róża reconoce el trozo de la mantita de Shira, sucio y cubierto de tierra. Con los ojos llenos de lágrimas lo coge y lo abraza con fuerza, llevándoselo a la nariz para oler el aroma de su hija, aunque ya no lo conserva. Huele a tierra fresca.

—Rezamos por ella todos los días. Rezamos para que esté a salvo —dice la hermana.

La madre Agnieszka no deja de temblar.

Tzofia está absorbida por su sesión de ensayo (las piernas firmes en el suelo, como si hubiera echado raíces, todo su ser creciendo, elevándose) cuando Rifka la interrumpe. Rifka tiene la misma edad que Tzofia, está allí con sus padres y con su ganso tras haber escapado del gueto de Lublin y haber pasado el tiempo hasta que acabó la guerra escondidos en una granja que los alemanes pasaron por alto. Rifka se sabe las rutinas del campamento de memoria: cada tarde a las dos, Marian lleva galletas a la habitación de los niños; Aniela da su clase especial de dibujo los martes; y la leche fresca acaba de llegar. Le suplica a Tzofia que vaya con ella. Pueden colarse por la puerta de atrás de la cocina y tomarse un vaso cada una.

Tzofia deja que la lleve hasta allí. Rifka empuja para abrir la puerta batiente y entra en ese espacio húmedo pero limpio, mucho más grande que las cocinas del convento y cubierto de estanterías de metal con platos secos. Mientras Tzofia la mira, Rifka sirve con mucho cuidado dos vasos de leche y le da uno a Tzofia.

—Mis padres dicen que pronto vamos a coger un barco para viajar a una tierra mejor. Tú también vas a venir, ¿no?

Tzofia se encoge de hombros. Se lleva el vaso a los labios,

inhala el olor peculiar y prueba la espuma fresca. Le recuerda las tazas de leche con miel que le daba su abuela antes de ir a dormir; al tintineo de los vasos cuando su madre y ella «brindaban» en sus cumpleaños compartidos, antes de devorar grandes trozos triangulares de tarta; a la sensación del brazo de Krystyna sobre su hombro, enseñándole pacientemente a darles palmaditas a las vacas en los costados. Allí sorbía poco a poco la dulce leche de la vaca, todavía tibia a pesar del vaso metálico frío, y se lo acababa todas las veces que Krystyna quería rellenárselo, maravillándose todo el tiempo porque el animal tenía total libertad para hacer todo el ruido que quisiera. Después, a la hora de volver al altillo, dudaba; sus ojos se negaban a adaptarse a la penumbra y su cuerpo se resistía a estar contenido y quieto. Quería volver con su madre (claro que quería), pero no verse engullida por el silencio del pajar.

Cuando lo piensa, Tzofia nota una gran tensión en el pecho y boquea en busca de aire. Deja a Rifka y vuelve a la sala de ensayo, con las ventanas ligeramente abiertas. Coge el violín.

El arco sobre las cuerdas. Es la única forma que Tzofia conoce de conversar con los silencios que la vida ha convertido en sus compañeros. Siempre empieza los ensayos con la nana que su madre le cantaba en el pajar: «*Cucuricoo! Di mom iz nisht do*»... Después pasa al *Scherzo* de Brahms y continúa con diferentes piezas que aprendió con *Pan* Skrzypczak. Las *Rapsodias n.º 1* y n.º 2 de Bartók; *El vuelo del moscardón* de Rimsky-Korsakov. Los saltos del arco le recuerdan mucho a su pájaro y su trino tembloroso de dos notas. Mira a su alrededor para buscar algo nuevo.

Tzofia revisa la caja llena de música que alguien llevó consigo hasta allí, su posesión terrenal más preciada. Encuentra una pieza de Ravel, *Kaddish*, para violín y piano. Le echa un vistazo a la partitura y empieza a tocar la melodía, deteniéndose muchas veces para encontrar cada tono, cada articulación, y reproducirla perfectamente. Cuando siente que lo tiene, toca desde el principio, añadiendo el piano en su cabeza según va avanzando.

La melodía (su lentitud, su tierna tristeza, la forma en que cada nota parece tensa y pacífica al mismo tiempo) le recuerda a Tzofia la música que tocaba su padre. Al principio el piano solo proporciona un mínimo acompañamiento, sus notas agudas resuenan de forma distante, tintineando como un cristal siguiendo la melodía de Tzofia. Pero la parte de piano pronto se vuelve más compleja, envolviendo la música de Tzofia con arpegios, abrazándola como dos cuerpos que se entrelazan. Tzofia se recuerda en el pajar con su madre, tumbada bajo el heno, en silencio, con la música en su cabeza. Y ahora es cuando empieza a cantar la melodía en voz alta y los ojos de su madre brillan, animándola. Acelera un poco el tempo, dejando que cada nota se alargue, expectante, y se balancea siguiendo la marea que provoca la música. Su tono se vuelve más cálido, más alegre. En los acordes del piano oye consuelo, como una mano extendida. Tzofia y su madre caminan juntas, salen del pajar y después siguen por el jardín y el campo…

Un acorde es incierto, como dudoso; se detiene para comprobarlo. Ha llegado tan inesperadamente que Tzofia se pregunta si es un error, pero el siguiente acorde del piano lo aclara todo: es decidido, se aleja y después vuelve. «¿Adónde?»

La melodía de Tzofia sube, como si protestara, cuando la música del piano se vuelve más oscura y profunda. Tzofia despliega la melodía en largas olas que crecen y rompen llenas de melancolía, mientras el piano se hunde aún más y más en sus profundidades, hasta que se convierte en un rumor quedo, el eco de un grito lejano. Con el piano muy lejos, la delicada melodía de Tzofia juega con sus propios arpegios tristes, cada uno más alto que el anterior. Inclina el cuerpo otra vez, deja su violín en el aire y su música se vuelve más audaz. Como si fuera una respuesta, el piano llega al límite de su clave para alcanzar acordes tranquilos pero extáticos, que salvan la distancia entre los instrumentos, repitiendo la melodía una última vez. Tzofia se aferra a su última nota todo lo que puede, hasta que el arco se desliza imperceptiblemente para pasar del movimiento a la quietud, del sonido al silencio.

En la partitura que tiene delante, el piano termina donde empezó, con la misma nota de invocación resonando como una campana, como si estuviera en un círculo infinito. Tzofia toca la pieza completa solo una vez, pero se queda sosteniendo el arco sobre la cuerda mucho después de haber dejado de tocar, con los ojos cerrados.

Fuera oye el trino de los pájaros.

Las monjas rezan por Zosia todos los días, porque han oído rumores de que algunos judíos de toda Europa se meten ilegalmente en cargueros para ir a Palestina y acaban detenidos, atrapados en otros puertos o incluso hundidos por bombas que colocan en el interior de los barcos.

Róża tiembla solo de pensarlo. Shira ha sobrevivido a los bombardeos; estaba allí, sana y salva. Pero el único rastro que queda de ella es la mantita, desenterrada del agujero junto a la alheña por una hermana muy observadora. Róża la abraza con fuerza.

Sigue buscando. En un refugio le dan la dirección de los campamentos de personas desplazadas más cercanos. Hay uno en particular que parece ser el favorito de los trabajadores de Bricha, que «rescatan» a los niños judíos supervivientes de los hogares cristianos. ¿Será allí adonde el rabino y su mujer llevaron a Shira?

Al llegar, Róża busca entre las caras de los niños que están sentados alrededor de mesas de pícnic. Cruza un patio donde otros juegan al pillapilla y pregunta en la oficina.

—No tenemos registrado a nadie que se apellide Chodorów. Ni Shiras, ni Zosias tampoco. ¿Puede que se lo hayan cambiado?

—Se llamaba Zosia cuando estaba en el orfanato.

—Tal vez haya adoptado un nombre diferente.

—¿Puedo echarle un vistazo a los nombres de su lista?

—Sí puede, pero, entre usted y yo, los registros aquí no son muy fiables. Hacemos todo lo que podemos, pero con tanta gente yendo y viniendo... La gente llega en medio de la noche y, si oye el rumor de que hay un posible transporte que sale de Hamburgo, se va de repente y sin avisar. En las últimas semanas he oído hablar de barcos que salen para Palestina, Nueva York y Marruecos. Oleadas que van y vienen. Es difícil llevar un registro.

—¿Hay alguna niña que sea especialmente musical?

—¿Perdón?

—Musical. Que siempre esté tarareando o dando golpecitos al ritmo de algo.

—Hay una niña que tocaba el violín en la hoguera. Tenía mucho talento. Pero se fue la semana pasada, no sé adónde. No hablaba mucho, pero sí que tocaba muy bien.

Róża pregunta en el campamento por la violinista de la hoguera. Todo el mundo habla de una niña callada de unos ocho o nueve años, que tocaba como una virtuosa.

—¡Nunca he oído a nadie tocar como ella! ¡Y menos tan pequeña! —le dice a Róża un hombre mayor.

—Había una familia que tenía una niña de su edad con la que solía estar. ¿Se la llevarían con ellos? —aventura la mujer de un hombre.

—¿Sabe el nombre de la familia?

—No.

—¿Y adónde pudieron ir?

—Lo siento.

ϒ

Róża y Aron viajan al puerto de Hamburgo. Róża busca en los registros de los barcos; se queda de pie en los muelles y mira al mar embravecido. Puede que hayan estado a diez kilómetros la una de la otra, cuando Róża estaba viajando hacia el oeste desde Celestyny y Shira hacia el norte desde el campamento al puerto. No se han reencontrado por cuestión de días. Ahora no hay forma de saber adónde ha ido Shira.

La cara de Aron refleja el abatimiento de Róża.

—Oh, Różyczka.

Esté donde esté Shira, ahora no hay forma de rastrearla. No lo dice, pero ambos lo saben: Shira está perdida en el universo.

Recorren la ciudad a pie, sin dirección. El aire que sale de los pulmones de Róża se le atraviesa en la garganta. Si tuviera la esperanza de que Shira la estuviera buscando a ella... Pero ¿sabría Shira siquiera su nombre?

Aron le limpia las lágrimas de los ojos y le lleva agua para que beba. Se sienta a su lado en un banco. Un jilguero solitario vuela en círculos sobre su cabeza.

—Róża, por favor. Honra a Shira viviendo una vida maravillosa.

Róża mira el cielo y parpadea mientras Aron le coge las manos.

CUARTA PARTE

La niñita ya no necesita estar callada, así que toca su música muy alto. Toca, no para las flores que crecen en coloridas macetas de barro en su terraza, ni para un jardín pasado y distante. Toca para las ondas de radio. Sus notas viajan a una velocidad de trescientos treinta y dos metros por segundos, más rápido incluso que su pájaro amarillo.

Tras el silencio más largo, desea que su música llegue muy alto, hasta el cielo, y muy lejos, hasta el mar.

45

Nueva York. Otoño de 1965

*R*óża coge dos mantas de punto de un estante alto y cubre con una la cama y con otra el sofá; después traslada los jerséis más gruesos, guardados cada uno individualmente en bolsas de plástico, a los cajones centrales de su armario. El frío del otoño ha llegado pronto a Brooklyn este año, pero eso no le supone un problema. Su apartamento es acogedor y por las noches, cuando Aron y ella pasean por el barrio y charlan, encuentran en las esquinas vendedores de castañas asadas envueltas en cucuruchos de papel, sus favoritas.

Se sube a un taburete alto para sacar los abrigos de lana y los gorros para sustituir las prendas más finas que ocupan el armario de la entrada. Después ordena la sala de música, que podría haber sido una habitación infantil, pero Aron y ella no hablan de eso. La única vez que se quedó embarazada aquí (estaba de muy poco tiempo; ni siquiera lo sospechaba hasta que empezó a manchar), su cuerpo no logró retenerlo. En cuclillas en el baño, con la cabeza apretada contra el frío metal del toallero, silenciosa y quieta como si todavía estuviera escondida, fue dejando que toda la sangre se fuera, abrumada una vez más por el olor a óxido y a podredumbre.

Supo entonces que no podría tener otro hijo (¿de dónde iba a venir la luz necesaria, tras tantos entierros bajo el heno, la nieve y los escombros, tras el incidente del conejo?), así que evitó discretamente a Aron durante sus días más fértiles y los dos se conformaron con ser los tíos de los cuatro hijos de Chana y Hershel. La curva de las mejillas de los niños, sus bracitos rechonchos, sus deditos traslúcidos... todo eso dolía y, hasta que el más pequeño superó los cinco años (la edad que tenía Shira en el pajar), Róża no pudo aceptarlos completamente, a pesar de las cenas familiares de todos los viernes y las celebraciones de cumpleaños. Como su cumpleaños era solo dos días después del de Shira, todavía guardaba en su interior los recuerdos de los pícnics familiares en el río Narew: cómo Shira se tapaba los ojos y se revolvía por la anticipación, esperando que empezara la canción del chelo, y después soltaba una exclamación al ver las tartas de su abuela, tan decoradas que parecían castillos cubierto de joyas, cada año más bonitas que el anterior.

A veces visualizaba su cara luminosa o miraba la vieja foto, ahora enmarcada y colocada en su mesa, y pensaba que tal vez era verdad que la belleza podía salvar el mundo. Pero entonces algo se colaba en su vida y lo cambiaba todo. El marrón líquido de los ojos de una niña junto al mostrador de la tienda o un fragmento de música (un solo de violín en la radio) producían un terremoto en su interior. Un recuerdo, enterrado mucho tiempo atrás, le tiende una emboscada. Se volvió loca de angustia justo después de que se llevaran a Shira del pajar. Cuando Henryk y Krystyna entraron, se lanzó a los brazos de Krystyna, llorando. Su niña ya no estaba con ella. Con ninguno de ellos...

Para cenar prepara pastel de carne y ensalada de lechuga. Esos son los platos que salen en las revistas de allí. Después va con Aron hasta la pastelería italiana más cercana, donde comparten un *cannolo*, dando mordiscos por turnos, cada vez más pequeños, hasta que se acaba.

Emerger tras la vida pasada significa adoptar cosas nuevas, alejarse de las que te recuerdan al pasado. No examinar las caras de la gente que pasa a tu lado cuando paseas; no volver a la biblioteca, una vez más, a revisar los registros; no buscar en el fondo de un baúl para tocar un deshilachado retal de mantita, un viejo reloj, una antigua brújula o una tarjeta con una dirección impresa.

Aquí, en Greenpoint, Róża evita todas las cosas que le recuerdan al pasado (los escaparates de las pastelerías judías llenos de *babka* y *rugelach*; algunas tiendas de ropa; y todas las recetas que contienen setas), excepto una: el chelo. Primero con uno alquilado, para después lograr uno de su propiedad, Róża lo toca y enseña a tocarlo. Solo acepta alumnos de diez años o más, es una norma inquebrantable. Ninguno más pequeño y nunca prodigios infantiles. Los adolescentes, larguiruchos e impresionables, le parecen los más atractivos, por cómo se visten, con esos vaqueros tan rígidos, y cómo hablan sin parar, con su inglés perfecto, de sus ídolos favoritos del *rock* americano, incluso mientras ensayan a Hayden, Beethoven o Bach. Tras subir las estrechas escaleras hasta el apartamento, se sientan en una silla de la sala de música, en medio de un círculo de sol, junto a la ventana en saliente, y se colocan el chelo entre las piernas. Róża los anima mientras calientan y hacen ejercicios: arco con cuerdas abiertas, *pizzicatos* con la mano izquierda, paradas dobles para los alumnos avanzados.

Ella siempre que puede escucha música (retransmisiones de la WQXR). Hace punto mientras escucha, pensando muchas veces en su padre, que tarareaba las grabaciones mientras tallaba meticulosamente sus violines.

Hoy llega tarde y el programa ya ha empezado: quien toca es una violinista solista que interpreta los *Mitos* de Szymanowski. Se acomoda con las agujas, el ovillo (su último proyecto: una bufanda de invierno de buclé azul) y su té Lipton.

Delicadas y brillantes, las notas de la violinista la trasportan desde el principio. La música se va desplegando en líneas de tensión y calma, agua que fluye y después se aquieta, una noche en un bosque que se convierte en alba. Los recuerdos del pasado salen a la superficie como el agua de una crecida. Róża podría estar de vuelta en Gracja, junto a la orilla del río, con Natan a su lado y los deditos de Shira dando golpecitos sobre la pierna de su *bobe*. Pero pronto el sonido se vuelve atormentado y Shira y ella huyen de todo lo que conocen y aman, acurrucándose juntas y abrazándose fuerte. En el tono sombrío de la música ella oye la canción de las vigas del pajar, el heno húmedo, el cielo de la noche. Recuerdos que salvan y destruyen a la vez.

Por la tarde llegan sus alumnos. Primero Stanley y después Muriel.

La última del día es Julie, su alumna estrella. Julie entra con el chelo apoyado en la cadera, la mochila colgada a la espalda y el olor azucarado del dónut que se acaba de comer todavía en los labios. Antes de afinar, se aparta el flequillo de la cara con una gruesa cinta de pelo blanca. Su expresión alegre se vuelve seria y concentrada cuando se inclina sobre las cuerdas, probando notas y escuchando para después ajustar sutilmente las clavijas. El año que viene participará en el programa de Juilliard para alumnos avanzados.

Durante toda la hora trabajan en el *Concerto Ballata* de Glazunov. Cuando Julie recoge para irse, le dice:

—Tengo una entrada para el concierto de violín del próximo domingo en el Carnegie Hall, pero no puedo ir, porque tengo la audición de cámara de Bach. El asiento es delante, pero un poco ladeado. ¿Querrías tú la entrada?

—Sí, me encantaría ir. Gracias.

Más tarde Róża llama a la taquilla para comprar una segunda entrada para Aron, pero están agotadas.

46

*T*zofia pasa largas horas todos los días en la sala de ensayo de Heichal HaTarbut. No hace descansos para comer algo, ni para salir a dar un breve paseo; trabaja muy concentrada en las piezas de su recital, compás por compás, con los ojos fijos en la pared, que tiene alguna raya provocada por las esquinas de los atriles metálicos o los respaldos de sillas plegables. A esas alturas sigue marcando el progreso de sus sesiones de ensayo con monedas (cinco shekels, que cruzan la distancia hasta el extremo de un estante que hay a un lado o vuelven al principio, a empezar de nuevo) hasta lograr dominar sus piezas sin errores.

Aquí descubrieron su talento cuando un violonchelista de la Palestine Orchestra la oyó tocar en una hoguera del kibutz de Neve Ora. Convenció a su director musical (que siempre estaba buscando gente para varios puestos) para que la escuchara y fue él quien le aseguró su formación avanzada. Ahora, muchos años después, ya primera violinista de la Israel Philharmonic Orchestra, ensaya *Dríades y Pan*, parte del programa que ha grabado recientemente y que tocará en vivo, junto con el *Scherzo* de Bramhs, el martes siguiente en Londres y el domingo siguiente en Nueva York.

Ahora se llama Tzofia Levy. Como viajó hasta allí con la familia de Rifka, adoptó su apellido. Su nombre de nacimiento, que se perdió con su mantita, ya no resuena en su interior, y la necesidad de buscar a su madre, cada vez que resurge, queda ahogada porque sigue sin saber cómo se llamaba. Años atrás, justo antes de que naciera su hija, Shoshana, intentó averiguarlo. En Yad Vashem se quedó mirando la inscripción: «A ellos les daré dentro de mi templo y sus muros un lugar y un nombre mejor que el de hijos e hijas»... A pesar de su búsqueda en los registros de supervivientes y en las listas de transporte de Żegota, no logró descubrirlo.

Lo que sí encontró fue la dirección de *Pan* Skrzypczak y le escribió para agradecerle todo lo que le había enseñado. Él respondió con una larga carta; las letras de la hoja la trasportaron al despacho de la madre Agnieszka, con la silueta del profesor inclinado sobre las partituras, escribiendo notas con un lápiz oscuro. En la carta le expresaba el gran alivio que sentía al saber que había sobrevivido y que estaba a salvo y su placer por esos éxitos que él siempre supo que lograría. Y todo su cariño volvió en una oleada ante su insistencia sobre que ella le enseñó a él mucho más que al contrario. Dijo que quería verla tocar, así que ella tenía pensado enviarle una entrada para su próximo concierto en Viena justo cuando se enteró de su muerte. En los momentos de guardia baja todavía hay dolor y piensa en recuperar el contacto con Kasia y las hermanas Alicja y Nadzieja, que se ocuparon mucho de ella... Pero no quiere volver a Polonia. Ahora solo mira hacia delante, centrada en su familia y su música.

Mira su reloj y se sorprende al ver que son casi las cinco. Mete el violín en su funda, se lo cuelga a la espalda y sale de la sala de ensayo.

El Rothschild Boulevard está atestado y el aire es caliente y pegajoso. Se para en un mercado, compra pasta de almendras, mantequilla y limones y después sigue su camino. Quiere meter una tarta en el horno antes de la hora de la cena. No es extravagante ni recargada, pero es la favorita de su hija: tarta de almendras cubierta de nata y frambuesas frescas. Mañana irán a Meir Garden para hacer una pequeña fiesta. Tzofia sentirá una punzada en el vientre cuando, para conmemorar el día en que su hija cumple cinco años, toque *HaYom Yom Huledet* con el violín y cuente la historia de una niñita y su pájaro que recogen margaritas para hacer una elegante guirnalda de cumpleaños.

En el metro, donde no hay aglomeraciones dominicales, Róża se queda de pie, rodeando con un brazo la barra metálica. Al otro lado del pasillo hay sentada una niña con largas trenzas que se agarra a la tela arrugada de la pernera del pantalón de su hermano. Róża mira su reflejo en el cristal de la ventanilla. Cuando el metro llega a la estación de la calle Cincuenta y siete, sale para ir al auditorio.

Dentro, Róża le da su entrada a una señora con los labios fruncidos y una blusa con el cuello alto y después cruza el pasillo alfombrado. Ha estado en el Carnegie Hall solo unas cuantas veces, una de ellas para oír a Janos Starker. Da una vuelta por el auditorio, maravillándose con las columnas doradas y los techos con grandes arcos. Se sienta en un asiento tapizado de terciopelo, con el programa del concierto en la mano.

En todas las filas, una detrás de otra, se ven parejas vestidas de etiqueta que se inclinan el uno hacia el otro para hablar. Huelen a colonia, a gomina y a almidón para la ropa. Róża se siente una pordiosera con su sencillo vestido. Se sienta muy erguida, solitaria, bien envuelta en su abrigo, y mira hacia delante, al escenario, donde hay sillas metálicas y atriles.

Róża recuerda una noche, hace muchísimo tiempo, en el salón de sus padres, en la que Natan y ella afinaban sus instrumentos. Habían planeado ensayar juntos la *Sonata para violín y chelo* de Ravel, pero entonces Natan le guiñó un ojo (cambio de planes) y se lanzó a tocar una pieza zíngara, un frenesí de notas. Shira, que estaba acurrucada entre sus abuelos, con su mantita en la mano, se bajó del sofá, se puso a correr en círculos y las partituras salieron volando de los atriles cuando pasó a su lado como una exhalación. Róża dejó a un lado el chelo y salió corriendo detrás de Shira, la atrapó y la abrazó contra su pecho. Sus padres también se levantaron y todos empezaron a bailar, girando sin parar en el poco espacio que había en la habitación, con la música zíngara latiendo entre ellos. Acalorados y felices. Sin poder parar de jadear.

47

Cuando sube al escenario, Tzofia mira las hileras de asientos muy juntos que se extienden hasta las balconadas de palcos iluminados. Su pianista y ella hacen una reverencia y ella acerca la oreja al violín para afinar. Entonces cierra los ojos, escuchando el silencio total del auditorio, y ve las primeras notas en su mente: el golpeteo del inicio, sonidos que conectan con sus primeros recuerdos (silencio y confusión, pero también calidez y contacto), imágenes que pretende infundir en cada nota.

Como siempre que actúa, no importa en qué parte del mundo sea, ladea la cabeza hacia fuera, por debajo de la luz. Justo antes de bajar el brazo del arco sobre la cuerda, examina las filas que ve y se permite imaginar.

A un lado hay una mujer con los ojos del color de la medianoche.

En el hombro de la mujer, un diminuto pájaro amarillo.

La música se eleva como si saliera del suelo, debajo de los pies de Róża, latiendo a través del heno, las plumas y los escombros blanquecinos. El golpeteo del violín es un martilleo en su pecho; los acordes crecientes del piano, un grito impaciente. Las notas que Róża una vez garabateó en unos pentagramas dibujados a mano, que una vez susurró en el silencio del altillo del pajar, ahora vuelven a ella desde el otro lado del auditorio, salvando la distancia de años: el *Scherzo* de Brahms reverbera en todas las células de su cuerpo como la nostalgia que precede a todos los recuerdos.

El violín hace fluir la melodía con un júbilo conmovedor. Apoyado por los acordes del piano, su melodía desciende desde lo más alto, generosa, tierna, como una mano que envuelve la otra. Cuando el violín y el piano intercambian papeles, la violinista toca el acompañamiento en frases suaves que se van elevando, cada final un poco más alto que el anterior, hasta que se queda en suspenso, como un pensamiento en busca de algo, sin terminar. Róża siente que se yergue en el asiento como si quisiera atrapar la música en el aire, enaltecida por cada ascenso, deseando gritar, aunque permanece callada.

El inicio atronador vuelve, un galope salvaje cuando el piano acelera con un tono cada vez más agudo, que después se detiene de repente como si por fin hubiera alcanzado su destino. Ahora el violín interpreta la alegre parte media. Róża no puede ver por las lágrimas, porque la música le dice todo lo que necesita saber: ellas fueron una, desde la semilla en el vientre hasta los cuerpos entrelazados bajo el heno, después se separaron, pero quedaron melodías (esa melodía) compartidas entre ellas, siempre.

El final llega como un regalo, una sorpresa entre manos ahuecadas que expresan un cariño tan grande que es capaz de desterrar toda la soledad. Nota por nota se va alargando, como una hilera de cuentas de cristal ensartadas en un hilo.

Róża se levanta.

Con el acorde final, Tzofia deja que el brazo del arco caiga y coloca el violín junto al costado. En medio del aplauso del público, le sonríe al pianista y hace una reverencia.

Los asistentes se revuelven, a punto de levantarse de sus asientos. Una de ellas, a un lado del escenario, ya está de pie. Tzofia parpadea por los focos y mira en su dirección, con una leve esperanza revoloteando en su interior, como un pájaro amarillo que vuela de vuelta a casa.

Nota sobre los apellidos polacos

En polaco, los apellidos a veces toman diferentes formas según su género y por ello tienen diferentes terminaciones. Por eso el apellido de una mujer casada puede tener un final diferente del apellido de su marido. En este libro he sido fiel a esa convención. Además, palabras como «señor» (*Pan*) y «señora» (*Pani*) y los apellidos tiene formulaciones diferentes dependiendo del caso de la frase. Para evitarles confusiones a los lectores de otros idiomas, he escrito todos los títulos y apellidos en nominativo.

Agradecimientos

Amy Einhorn, extraordinaria editora, vio el corazón de este proyecto y, con su gran perspicacia y confianza, me ayudó a desarrollarlo. Conor Mintzer me hizo unos comentarios brillantes sobre la trama y el lenguaje, en sintonía perfecta con el pulso emocional de la obra. Francesca Main de Picador y el espectacular equipo de Flatiron, especialmente Bob Miller, Caroline Bleeke, Amelia Possanza, Nancy Trypuc, Cristina Gilbert, Katherine Turro y Keith Hayes le dieron alas a este libro para llegar volando a todo el mundo. Gail Hochman defendió mi forma de escribir (¡e incluso ofreció un *bat mitzvah*!). Jennifer Einhorn siempre creyó en esta historia y por ello le estoy más que agradecida.

Ha sido un honor y un privilegio para mí entrevistar a Stan Berger, Myra Genn, Roald Hoffmann, Millie Selinger, Ruth Salton y el ya fallecido George Salton. Las historias de vuestras vidas, llenas de valentía, perseverancia, ingenuidad y amor me llenaron de asombro. Aunque los personajes y los acontecimientos de este libro son ficción, nuestras conversaciones me enriquecieron a mí y a todas las páginas que he escrito.

Mi guía en Polonia, Paweł Szczerkowski, junto con Rafał Brenner y Tomasz Ciemiorek, me llevaron a lugares que solo estaban en mi imaginación y añadieron profundidad histórica, riqueza cultural y mucha diversión a mi viaje. En Israel, Amnon Weinstein me acogió en su taller, donde restaura minuciosamente violines que una vez tocaron los judíos de los guetos y campos, para hacer con ellos conciertos de conmemoración y esperanza.

Si la relación entre Shira y su profesor es enternecedora, es tal vez porque las relaciones que yo he tenido con mi profesores y mentores han estado siempre llenas de cariño: Marilyn Abildskov, me entendiste como escritora desde el principio y agradezco mucho tu perspicacia, generosidad e inteligencia en lo que respecta a los momentos cotidianos de la vida; gracias a ti, Lan Samantha Chang, por tu agudo sentido del ritmo de la historia y del latido de su corazón; a Tony Doerr, por tu curiosidad ilimitada sobre el universo y la pura belleza de tus frases; a David Russell, por tu infinito entusiasmo por la música, por este proyecto y tu cofre del tesoro lleno de anécdotas; a Michelle Wildgen, por tu profunda comprensión de la causa y efecto narrativos; a Steven Bauer, por tus sutiles intuiciones narrativas y tus constantes ánimos; a Kevin McIlvoy, por tu sabiduría sobre los libros y la vida y tu inquebrantable fe en mi creatividad.

Linda Wentworth me trajo todos los recursos adecuados. Catherine Epstein me ayudó con la historia y con mucho más. Demetrius Shahmehri me enseñó a escuchar las historias que hay dentro de la música. Dusty Miller y Marc Fromm, buscaron en la lectura la mente de una niña, sus traumas y sus sueños. Kent Hicks me enseñó a seguir huellas (¡y también construyó la casa en la que escribí parte de esto!). Pamela Erens me mostró que se le pueden hacer cambios importantes incluso a una tarta que ya casi está hecha. Susan O'Neill arrojó luz sobre la vida en un convento. Martha Scherzer y Jonathan Vatner se ofrecieron a hacer tormentas de ideas conmigo en uno de los peores momentos y aportaron ideas sólidas y llenas de perspicacia. Este manuscrito es mejor gracias a los estupendos instintos literarios de Rebecca Gradinger.

Gracias a mis muchos queridos y adorados amigos, por leerme en las primeras y peores fases y seguir animándome a continuar: Julia Mintz, Brittany Shahmehri, Catherine Newman, Katryna Nields, Sara Just, Missy Wick, Jean Zimmer, Alisa Greenbacher, Tamar Naor, Tracy Camenisch, Gideon Yaffe, Chris Cander, Judith Frank, Naomi Shulman, Carol Edelstein, Robin Barber, Linda Moore, Amanda Roach, Cynthia Gensheimer y Shelley Nolden. Por sus visitas fortificantes, los paseos, las comidas y los tés infinitos: Emily Neuburger, Lydia Peterson, Claudia Canale-Parola, Becky Michaels, Judith Inglese, Ariana Inglese, Kristin Rotas, Anne Hulley, Suzanne Forman, Caryn Brause, Steve Breslow, Drew y Cathy Starkweather, Lauren Weinsier, Jennifer Addas y Nancy Garlock. Y los que están más lejos, pero a los que no quiero menos: Cathy Bendor, Matthew Tarran, Jennine Kirby, Keith y Lisa Lucas, Manuel y Stephanie Vargas, Susan Verducci, Jenny Walter, Lisa McLeod, Vance Ricks, Susan Leeds, Sarah Buss y Mar Corning.

Me siento muy agradecida con el Tin House Summer Workshop, la Bread Loaf Writer's Conference y el Iowa Summer Writing Festival y por el tiempo de escritura sin interrupciones en Wellspring House, Patchwork Farm y Hillside House.

Gracias a mi familia, los Rosner, Corwin y Malina: hay una cadeneta que nos conectará siempre. Os quiero. (Nancy: tú me has ayudado a mantenerme sana. Eliza: ¡y tú a seguir cuerda!)

Bill, Sophia y Juliet: habéis vivido el proceso de la escritura y reescritura de todas las palabras de este libro y vuestros ánimos nunca han vacilado. Mi amor es más que infinito y agradezco cada día en que vosotros formáis mi hogar.

Nota de la autora

Hace varios años estuve en un acto literario con *If a Tree Falls*, mi autobiografía sobre cómo fue la crianza de mis dos hijas sordas en un mundo que oye y habla. Una mujer del público me contó una experiencia de su infancia durante la Segunda Guerra Mundial: estuvo escondida con su madre en una buhardilla, donde tenía que estar en silencio prácticamente todo el tiempo. Me imaginé lo que pasó esa madre para intentar mantener en silencio a una niña pequeña, un esfuerzo que era justo el opuesto al mío, que estaba centrado en animar a mis hijas a vocalizar todo lo posible.

Después me reuní más veces con esa mujer, «una niña escondida» como se denominaba ella, y, gracias a sus contactos, conocí a varias más. Pronto me encontré inmersa en un nuevo proyecto que tenía que ver con el silencio, la separación, la pérdida y, sobre todo, el amor.

Algunos de los niños escondidos que conocí estuvieron ocultos separados de sus familias. Me abrumó ver el dolor que les produjo esa separación, que aún persiste (a pesar de saber que todo fue para asegurar su supervivencia). A algunos les dieron nuevos nombres y los llevaron a lugares cristianos; después de la guerra muchos tuvieron dificultades para recuperar un sentido de su comunidad y su identidad.

En el U.S. Holocaust Memorial Museum hay carteleos con fotos de niños y el texto: «¿Te acuerdas de mí?». Y la pregunta es literal: si te acuerdas de mí es que hay alguien ahí que me reconoce y que puede contarme cosas de mi familia, decirme mi nombre, y así yo podré descubrir mi historia, mis raíces: mi ser. Para los refugiados de las guerras y los conflictos actuales, los niños alejados y arrancados de sus familias, esas preguntas siguen resonando.

Mi infancia quedó marcada, a diario, por el sonido de los ensayos del violín de mi padre. Durante la escritura de este libro tuve la oportunidad de conocer a un lutier israelí al que le pidieron que reconstruyera un violín recuperado de uno de los campos de la muerte nazis, que aún tenía cenizas en su interior. Escuché allí los sonidos de otros violines rescatados de la guerra y me sentí como si oyera claramente las voces de los músicos perdidos que los tocaban. Supe entonces que la niña de mi historia sería muy musical y que la música sería algo que compartiría con su familia, cuando estaban juntos y también separados.

Un canto al silencio es una historia sobre la nostalgia: la nostalgia de una niña y una madre por estar conectadas, oírse y encontrar su camino de vuelta a casa. Se lo dedico a mis padres.

Este libro utiliza el tipo Aldus, que toma su nombre
del vanguardista impresor del Renacimiento
italiano, Aldus Manutius. Hermann Zapf
diseñó el tipo Aldus para la imprenta
Stempel en 1954, como una réplica
más ligera y elegante del
popular tipo
Palatino

Un canto al silencio
se acabó de imprimir
un día de primavera de 2021,
en los talleres gráficos de Liberdúplex, s. l. u.
Crta. BV-2249, km 7,4. Pol. Ind. Torrentfondo
Sant Llorenç d'Hortons (Barcelona)